ちくま文庫

向田邦子ベスト・エッセイ

向田邦子
向田和子 編

筑摩書房

家族

食いしんぼう

犬と猫とライオン

こだわりの品

旅

仕事

私というひと

向田邦子ベスト・エッセイ

家族

父の詫び状

つい先だっての夜更けに伊勢海老一匹の到来物があった。

ひと仕事終えて風呂に入り、たまには人並みの時間に床に入ろうかなと考えながら、思い切り悪く夕刊をひろげた時チャイムが鳴って、友人からの使いが、いま伊豆から車で参りましたと竹籠に入った伊勢海老を玄関の三和土《たたき》に置いたのである。

オドリにすれば三、四人前はありますというだけあって、みごとな伊勢海老であった。勿論《もちろん》生きている。

暴れるから、火にかけたら釜の蓋《ふた》で力いっぱい押えて下さいと使いの人がいい置いて帰ったあと、私は伊勢海老を籠から出してやった。どっちみち長くない命なのだから、しばらく自由に遊ばせてやろうと思ったのだ。海老は立派なひげを細かく震わせながら、三和土の上を歩きにくそうに動いている。黒い目は何を見ているのか。私達が美味《おい》しいと賞味する脳味噌はいま何を考えているのだろう。

七、八年前の年の暮のことだが、関西育ちの友人が伊勢海老の高値に腹を立て、産地からまとめて買って分けてあげるといい出したことがあった。押し詰って到着した伊勢海老の籠を玄関脇の廊下に置いたところ、間仕切りのない造りだったので、夜中に海老が応接間へ這《は》い出してしまったのである。海老達はどういうわけかピアノの脚によじ登ろうとしたらしく、次の日に私が訪ねた時、黒塗りのピアノの脚は見るも無惨な傷だらけになり、絨毯《じゅうたん》には、よだれというかなめくじが這ったあとのようなしみがいっぱいについていた。結局高い買物についてしまったわねと大笑いをしたことを思い出して、三和土の隅のブーツを下駄箱に仕舞った。

奥の部屋では三匹の猫が騒いでいる。ガサゴソという音を聞きつけたのか匂いなのか。猫に伊勢海老を見せてやりたいという気持がチラと動いたが、結局やめにした。習性とはいえ飼っている動物の残忍な行動を見るのは飼主として辛《つら》いものがある。

これ以上眺めていると情が移りそうなので籠に戻し、冷蔵庫の下の段に入れて寝室に入ったのだが、海老の動く音が聞えるような気がして、どうにも寝つかれないのである。

こういう晩は嫌な夢を見るに決っている。

これも七、八年前のことだが、猫が四角くなった夢を見たことがあった。

いま飼っているコラット種の雄猫《おすねこ》マミオがタイ国から来た直後、先住のシャム猫の雌《めす》と折り合いが悪く、馴《な》れるまでペット用の四角い箱の中に入れておいたことがある。

その頃見たテレビのシーンに「四角い蛙」のはなしがあった。大道香具師《やし》が前日から蛙を四角い箱に押し込んで置く。四角くなった蛙を面白おかしい口上と共に売りつけるのである。買った人がうちへ帰って開ける頃にはもとの蛙にもどっているのだが、あとは野となれ山となれ。おかしくてその時は笑ったのだが、気持のどこかに笑い切れないものが残っていたのだろう。

夢の中でマミオが灰色の四角い猫になっているのである。何ということをしてしまったのかと私は猫を抱きしめ声を立てて泣いてしまった。自分の泣き声でびっくりして目を覚ましたのだが、目尻が濡れていた。すぐに起きて猫の箱をのぞいたら猫は丸くなって眠っていた。

灯を消して天井を見ながら、なるべく海老以外のことを考えようとしたら、不意にマレーネ・ディートリッヒの顔が浮かんできた。

テレビで見た往年の名画「間諜X27」のラストシーンである。娼婦の姿をしたディートリッヒが反逆罪で銃殺される。隊長が「撃て」と命令し、並んだ十数人の兵士の銃が一斉《いっせい》に発射されるのだが、あれはうまい仕掛けである。命令した人間は手を下したのは自分ではないと思い、撃った兵士も命令に従ってやっただけだと自分に言い訳が立つ。しかも、ああいう場合、誰の銃に実弾が入っているか、本人にも知らされないと聞いている。

そこへゆくと、一人暮しは不便である。

海老を食べようと決めるのも私だし、手を下すのも私である。冷蔵庫の中でまだ動いているに違いない大きい海老を考えると気が重く、眠ったのか眠らないのか判らないうちに朝になってしまった。

昼前、私はまだ生きている海老を抱えてタクシーにのり、年頃の大学生のいるにぎやかな友人の家を選んで海老を進呈した。

玄関には海老の匂いとよだれのようなしみが残った。香を焚き、海老一匹料れなくてどうする、だからドラマの中でも人を殺すことが出来ないのだぞと自分を叱りながら、四ツン這いになって三和土を洗っていた。

子供の頃、玄関先で父に叱られたことがある。

保険会社の地方支店長をしていた父は、宴会の帰りなのか、夜更けにほろ酔い機嫌で客を連れて帰ることがあった。母は客のコートを預ったり座敷に案内して挨拶をしたりで忙しいので、靴を揃えるのは、小学生の頃から長女の私の役目であった。

それから台所へ走り、酒の燗をする湯をわかし、人数分の膳を出して箸置きと盃を整える。

再び玄関にもどり、客の靴の泥を落し、雨の日なら靴に新聞紙を丸めたのを詰めて湿気を取っておくのである。

あれはたしか雪の晩であった。

お膳の用意は母がするから、といわれて、私は玄関で履物の始末をしていた。七、八人の客の靴には雪がついていたし、玄関のガラス戸の向うは雪明りでボオッと白く見えた。すき間風のせいかこういう晩は新聞紙までひんやりと冷たい。靴の中に詰める古新聞に御真影がのっていて叱られたことがあるので、かじかんだ手をこすり合せ、気にしながらやっていると、父が鼻唄をうたいながら手洗いから出て座敷にゆくところである。

父は音痴で、「箱根の山は天下の険」がいつの間にかお経になっているという人である。うちの中で鼻唄をうたうなど、半年に一度あるかなしのことだ。こっちもついつられてたずねた。

「お父さん。お客さまは何人ですか」

いきなり「馬鹿」とどなられた。

「お前は何のために靴を揃えているんだ。片足のお客さまがいると思ってるのか」

靴を数えれば客の人数は判るではないか。当り前のことを聞くなというのである。

あ、なるほどと思った。

父は、しばらくの間うしろに立って、新聞紙を詰めては一足ずつ揃えて並べる私の手許を眺めていたが、今晩みたいに大人数の時は仕方がないが、一人二人の時は、そんな揃え方じゃ駄目だ、というのである。

「女の履物はキチンとくっつけて揃えなさい。男の履物は少し離して」

父は自分で上りかまちに坐り込み、客の靴を爪先の方を開き気味にして、離して揃えた。

「男の靴はこうするもんだ」

「どうしてなの」

私は反射的に問い返して、父の顔を見た。

父は、当時三十歳をすこし過ぎたばかりだったと思う。重みをつけるためかひげを立てていたが、この時、何とも困った顔をした。少し黙っていたが、

「お前はもう寝ろ」

怒ったようにいうと客間へ入って行った。

客の人数を尋ねる前に靴を数えろという教訓は今も忘れずに覚えている。ただし、なぜ男の履物は少し離して揃えるのか、本当の意味が判ったのは、これから大分あとのことであった。

父は身綺麗で几帳面な人であったが、靴の脱ぎ方だけは別人のように荒っぽかった。

くつぬぎの石の上に、おっぽり出すように脱ぎ散らした。

客の多いうちだからと、家族の靴の脱ぎ方揃え方には、ひどくうるさいくせに自分はなによ、と父の居ない時に文句をいったところ、母がそのわけを教えてくれた。

父は生れ育ちの不幸な人で、父親の顔を知らず、針仕事をして細々と生計を立てる母親の手ひとつで育てられた。物心ついた時からいつも親戚や知人の家の間借りであった。

履物は揃えて、なるべく隅に脱ぐように母親に言われ言われして大きくなったので、早く出世して一軒の家に住み、玄関の真中に威張って靴を脱ぎたいものだと思っていたと、結婚した直後母にいったというのである。

十年、いや二十年の恨みつらみが、靴の脱ぎ方にあらわれていたのだ。

そんな父が、一回だけ威勢悪くションボリと靴を脱いだことがある。戦争が激化してぼつぼつ東京空襲が始まろうかという、あれも冬の夜であった。

カーキ色の国民服にゲートルを巻き、戦闘帽の父が夜遅く珍しく酒に酔って帰ってきた。酒は配給制度で宴会などもう無くなっていた頃だったから、闇の酒だったのかも知れない。灯火管制で黒い布をかけた灯りの下で靴を脱いだ父は、片足しか靴をはいていないのである。

近くの軍需工場の横を通ったところ、中で放し飼いになっている軍用犬が烈しく吠え立てた。犬嫌いの父が、

「うるさい。黙れ！」

とどなり、片足で蹴り上げる真似《まね》をしたら、靴が脱げて工場の塀の中へ落ちてしまったというのである。

「靴のひもを結んでいなかったんですか」

と母が聞いたら、

「間違えて他人の靴をはいてきたんだ」

割れるような大声でどなると、そっくりかえって奥へ入って寝てしまった。たしかにふた回りも大きい他人の靴であった。

翌朝、霜柱を踏みながら、私は現場に出かけて行った。犬に吠えられながら電柱によじ登って工場の中をのぞくと、犬小舎のそばに靴らしいものが見える。折よく出てきた人にわけを話したところ、

「娘さんかい。あんたも大変だね」

といいながら、中からポーンとほうって返してくれた。犬の嚙みあとがあったが、もともとかなり傷んでいたから大丈夫だろうと思いながらうちへ帰った。それから二、三日、父は私と目があっても知らん顔をしているようであった。

「啼《な》くな小鳩よ」という歌が流行《はや》った頃だから昭和二十二、三年だろうか。

父が仙台支店に転勤になった。弟と私は東京の祖母の家から学校へ通い、夏冬の休みだけ仙台の両親の許へ帰っていた。東京は極度の食糧不足だったが、仙台は米どころでもあり、たまに帰省すると別天地のように豊かであった。東一番丁のマーケットには焼きがれいやホッキ貝のつけ焼の店が軒をならべていた。

当時一番のもてなしは酒であった。

保険の外交員は酒好きな人が多い。配給だけでは足りる筈もなく、母は教えられて見よう見真似でドブロクを作っていた。米を蒸し、ドブロクのもとを入れ、カメの中へねかせる。古いどてらや布団を着せて様子を見る。夏は蚊にくわれながら布団をはぐり、耳をくっつけて、

「プクプク……」

と音がすればしめたものだが、この音がしないと、ドブロク様はご臨終ということになる。

物置から湯タンポを出して井戸端でゴシゴシと洗う。熱湯で消毒したのに湯を入れ、ひもをつけてドブロクの中へブラ下げる。半日もたつと、プクプクと息を吹き返すのである。

ところが、あまりに温め過ぎるとドブロクが沸いてしまって、酸っぱくなる。こうなると客に出せないので、茄子《なす》やきゅうりをつける奈良漬の床《とこ》にしたり、「子供のドブち

ちゃん」と称して、乳酸飲料代りに子供たちにお下げ渡しになるのである。すっぱくてちょっとホロっとして、イケる口の私は大好物であった。弟や妹と結託して、湯タンポを余分にほうり込み、

「わざと失敗してるんじゃないのか」

と父にとがめられたこともあった。

客の人数が多いので酒の肴《さかな》を作るのも大仕事であった。年の暮など夜行で帰って、すぐ台所に立ち、指先の感覚がなくなるほどイカの皮をむき、細かく刻んで樽いっぱいの塩辛をつくったこともあった。新円切り換えの苦しい家計の中から、東京の学校へやってもらっている、という負い目があり、その頃の私は本当によく働いた。

働くことは苦にならなかったが、嫌だったのは酔っぱらいの世話であった。

仙台の冬は厳しい。代理店や外交員の人たちは、みぞれまじりの風の中を雪道を歩いて郡部から出て来て、父のねぎらいの言葉を受け、かけつけ三杯でドブロクをひっかける。酔わない方が不思議である。締切の夜など、家中が酒くさかった。

ある朝、起きたら、玄関がいやに寒い。母が玄関のガラス戸を開け放して、敷居に湯をかけている。見ると、酔いつぶれてあけ方帰っていった客が粗相した吐瀉物《としゃぶつ》が、敷居のところいっぱいに凍りついている。

玄関から吹きこむ風は、固く凍《い》てついたおもての雪のせいか、こめかみが痛くなるほ

ど冷たい。赤くふくれて、ひび割れた母の手を見ていたら、急に腹が立ってきた。

「あたしがするから」

汚い仕事だからお母さんがする、というのを突きとばすように押しのけ、敷居の細かいところにいっぱいにつまったものを爪楊子で掘り出し始めた。

保険会社の支店長というのは、その家族というのは、こんなことまでしなくては暮してゆけないのか。黙って耐えている母にも、させている父にも腹が立った。

気がついたら、すぐうしろの上りかまちのところに父が立っていた。

手洗いに起きたのだろう、寝巻に新聞を持ち、素足で立って私が手を動かすのを見ている。

「悪いな」とか「すまないね」とか、今度こそねぎらいの言葉があるだろう。私は期待したが、父は無言であった。黙って、素足のまま、私が終るまで吹きさらしの玄関に立っていた。

三、四日して、東京へ帰る日がきた。

帰る前の晩、一学期分の小遣いを母から貰う。

あの朝のこともあるので、少しは多くなっているかと数えてみたが、きまりしか入っていなかった。

いつも通り父は仙台駅まで私と弟を送ってきたが、汽車が出る時、ブスッとした顔で、

「じゃあ」

といっただけで、格別のお言葉はなかった。

ところが、東京へ帰ったら、祖母が「お父さんから手紙が来てるよ」というのである。巻紙に筆で、いつもより改まった文面で、しっかり勉強するようにと書いてあった。終りの方にこれだけは今でも覚えているのだが、「此《こ》の度《たび》は格別の御働き」という一行があり、そこだけ朱筆で傍線が引かれてあった。

それが父の詫び状であった。

ごはん

歩行者天国というのが苦手である。

天下晴れて車道を歩けるというのに歩道を歩くのは依怙地《えこじ》な気がするし、かといって車道を歩くと、どうにも落着きがよくない。

滅多に歩けないのだから、歩ける時に歩かなくては損だというさもしい気持がどこかにある。頭では正しいことをしているんだと思っても、足の方に、長年飼い慣らされた習性からうしろめたいものがあって、心底《しんそこ》楽しめないのだ。

この気持は無礼講に似ている。

十年ほど出版社勤めをしたことがあるが、年に一度、忘年会の二次会などで、無礼講というのがあった。その晩だけは社長もヒラもなし。いいたいことをいい合う。一切根にもたないということで、羽目を外して騒いだものだった。

酔っぱらって上役にカラむ。こういう時オツに澄ましていると、融通が利《き》かないと思われそうなので、酔っぱらったふりをして騒ぐ。

わざと乱暴な口を利いてみる。

だが、気持の底に冷えたものがある。

これはお情けなのだ。

一夜明ければ元の木阿弥《もくあみ》。調子づくとシッペ返しがありそうな、そんな気もチラチラしながら、どこかで加減しいしい羽目を外している。

あの開放感と居心地の悪さ、うしろめたさは、もうひとつ覚えがある。

それは、畳の上を土足で歩いた時だった。

今から三十二年前の東京大空襲の夜である。


当時、私は女学校の三年生だった。

軍需工場に動員され、旋盤工として風船爆弾の部品を作っていたのだが、栄養が悪かったせいか脚気《かつけ》にかかり、終戦の年はうちにいた。

空襲も昼間の場合は艦載機が一機か二機で、偵察だけと判っていたから、のんびりしたものだった。空襲警報のサイレンが鳴ると、飼猫のクロが仔猫をくわえてどこかへ姿を消す。それを見てから、ゆっくりと本を抱えて庭に掘った防空壕へもぐるのである。

本は古本屋で買った「スタア」と婦人雑誌の附録の料理の本であった。クラーク・ゲーブルやクローデット・コルベールの白亜の邸宅の写真に溜息をついた。

私はいっぱしの軍国少女で、「鬼畜米英」と叫んでいたのに、聖林《ハリウッド》だけは敵性国家ではないような気がしていた。シモーヌ・シモンという猫みたいな女優が黒い光る服を着て、爪先をプッツリ切った不思議な形の靴をはいた写真は、組んだ脚の形まで覚えている。

料理の本は、口絵を見ながら、今日はこれとこれにしようと食べたつもりになったり、材料のあてもないのに、作り方を繰返し読みふけった。頭の中で、さまざまな料理を作り、食べていたのだ。

「コキール」「フーカデン」などの食べたことのない料理の名前と作り方を覚えたのも、防空壕の中である。

「シュー・クレーム」の頂きかた、というのがあって、思わず唾をのんだら、

「淑女は人前でシュー・クレームなど召し上ってはなりません」

とあって、がっかりしたこともあった。

三月十日。

その日、私は昼間、蒲田に住んでいた級友に誘われて潮干狩に行っている。

寝入りばなを警報で起された時、私は暗闇の中で、昼間採ってきた蛤《はまぐり》や浅蜊《あさり》を持って

逃げ出そうとして、父にしたたか突きとばされた。

「馬鹿！　そんなもの捨ててしまえ」

台所いっぱいに、蛤と浅蜊が散らばった。

それが、その夜の修羅場《しゅらば》の皮切りで、おもてへ出たら、もう下町の空が真赤になっていた。我家は目黒の祐天寺のそばだったが、すぐ目と鼻のそば屋が焼夷弾《しょういだん》の直撃で、一瞬にして燃え上った。

父は隣組の役員をしていたので逃げるわけにはいかなかったのだろう、母と私には残って家を守れといい、中学一年の弟と八歳の妹には、競馬場あとの空地に逃げるよう指示した。

駆け出そうとする弟と妹を呼びとめた父は、白麻の夏布団を防火用水に浸し、たっぷりと水を吸わせたものを二人の頭にのせ、叱りつけるようにして追い立てた。この夏掛けは水色で縁を取り秋草を描いた品のいいもので、私は気に入っていたので、「あ、惜しい」と思ったが、さっきの蛤や浅蜊のことがあるので口には出さなかった。

だが、そのうちに夏布団や浅蜊どころではなくなった。「スタア」や料理の本なんぞといってはいられなくなってきた。火が迫ってきたのである。

「空襲」

この日本語は一体誰がつけたのか知らないが、まさに空から襲うのだ。真赤な空に黒い B29。その頃はまだ怪獣ということばはなかったが、繰り返し執拗《しつよう》に襲う飛行機は、巨大な鳥に見えた。

家の前の通りを、リヤカーを引き荷物を背負い、家族の手を引いた人達が避難して行ったが、次々に上る火の手に、荷を捨ててゆく人もあった。通り過ぎたあとに大八車が一台残っていた。その上におばあさんが一人、チョコンと坐って置き去りにされていた。父が近寄った時、その人は黙って涙を流していた。

炎の中からは、犬の吠え声が聞えた。

飼犬は供出するよういわれていたが、こっそり飼っている家もあった。連れて逃げるわけにはゆかず、繋《つな》いだままだったのだろう。犬とは思えない凄《すさ》まじいケダモノの声は間もなく聞えなくなった。

火の勢いにつれてゴオッと凄まじい風が起り、葉書大の火の粉が飛んでくる。空気は熱く乾いて、息をすると、のどや鼻がヒリヒリした。今でいえばサウナに入ったようなものである。

乾き切った生垣を、火のついたネズミが駆け廻るように、火が走る。水を浸した火叩きで叩き廻りながら、うちの中も見廻らなくてはならない。

「かまわないから土足で上れ！」

父が叫んだ。

私は生れて初めて靴をはいたまま畳の上を歩いた。

「このまま死ぬのかも知れないな」

と思いながら、泥足で畳を汚すことを面白がっている気持も少しあったような気がする。

こういう時、女は男より思い切りがいいのだろうか。父が、自分でいっておきながら爪先立ちのような半端な感じで歩いているのに引きかえ、母は、あれはどういうつもりだったのか、一番気に入っていた松葉の模様の大島の上にモンペをはき、いつもの運動靴ではなく父のコードバンの靴をはいて、縦横に走り廻り、盛大に畳を汚していた。母も私と同じ気持だったのかも知れない。

三方を火に囲まれ、もはやこれまでという時に、どうしたわけか急に風向きが変り、夜が明けたら、我が隣組だけが嘘のように焼け残っていた。私は顔中煤《すす》だらけで、まつ毛が焼けて無くなっていた。

大八車の主が戻ってきた。父が母親を捨てた息子の胸倉を取り小突き廻している。そこへ弟と妹が帰ってきた。

両方とも危い命を拾ったのだから、感激の親子対面劇があったわけだが、不思議に記憶がない。覚えているのは、弟と妹が救急袋の乾パンを全部食べてしまったことである。うちの方面は全滅したと聞き、お父さんに叱られる心配はないと思って食べたのだという。

孤児になったという実感はなく、おなかいっぱい乾パンが食べられて嬉しかった、とあとで妹は話していた。

さて、このあとが大変で、絨毯爆撃《じゅうたんばくげき》がいわれていたこともあり、父は、この分でゆくと次は必ずやられる。最後にうまいものを食べて死のうじゃないかといい出した。

母は取っておきの白米を釜いっぱい炊き上げた。私は埋めてあったさつまいもを掘り出し、これも取っておきのうどん粉と胡麻《ごま》油で、精進揚《しょうじんあげ》をこしらえた。格別の闇ルートのない庶民には、これでも魂の飛ぶようなご馳走だった。

昨夜の名残りで、ドロドロに汚れた畳の上にうすべりを敷き、泥人形のようなおやこ五人が車座になって食べた。あたりには、昨夜の余燼《よじん》がくすぶっていた。

わが家の隣りは外科の医院で、かつぎ込まれた負傷者も多く、息を引き取った遺体もあった筈だ。被災した隣り近所のことを思えば、昼日中から、天ぷらの匂いなどさせて不謹慎のきわみだが、父は、そうしなくてはいられなかったのだと思う。

母はひどく笑い上戸《じょうご》になっていたし、日頃は怒りっぽい父が妙にやさしかった。

「もっと食べろ。まだ食べられるだろ」

おなかいっぱい食べてから、おやこ五人が河岸のマグロのようにならんで昼寝をした。

畳の目には泥がしみ込み、藺草《いぐさ》が切れてささくれ立っていた。そっと起き出して雑巾《ぞうきん》で拭こうとする母を、父は低い声で叱った。

「掃除なんかよせ。お前も寝ろ」

父は泣いているように見えた。

自分の家を土足で汚し、年端《としは》もゆかぬ子供たちを飢えたまま死なすのが、家長として父として無念だったに違いない。それも一個人ではどう頑張っても頑張りようもないことが口惜《くや》しかったに違いない。

学童疎開で甲府にいる上の妹のことも考えたことだろう。一人だけでも助かってよかったと思ったか、死なばもろとも、なぜ、出したのかと悔んだのか。

部屋の隅に、前の日に私がとってきた蛤や浅蜊が、割れて、干からびて転がっていた。

戦争。

家族。

ふたつの言葉を結びつけると、私にはこの日の、みじめで滑稽《こっけい》な最後の昼餐《ちゅうさん》が、さつまいもの天ぷらが浮かんでくるのである。

はなしがあとさきになるが、私は小学校三年生の時に病気をした。肺門淋巴《リンパ》腺炎《せんえん》という小児結核のごく初期である。

病名が決った日からは、父は煙草《たばこ》を断った。

長期入院。山と海への転地。

「華族様の娘ではあるまいし」

親戚からかげ口を利かれる程だった。

家を買うための貯金を私の医療費に使ってしまったという徹底ぶりだった。

父の禁煙は、私が二百八十日ぶりに登校するまでつづいた。

広尾の日赤病院に通院していた頃、母はよく私を連れて鰻屋《うなぎ》へ行った。病院のそばの小さな店で、どういうわけか客はいつも私達だけだった。

隅のテーブルに向い合って坐ると、母は鰻丼を一人前注文する。肝焼がつくこともあった。鰻は母も大好物だが、

「お母さんはおなかの具合がよくないから」

「油ものは欲しくないから」

口実はその日によっていろいろだったが、つまりは、それだけのゆとりがなかったのだろう。

保険会社の安サラリーマンのくせに外面《そとづら》のいい父。親戚には気前のいいしゅうとめ。そして四人の育ち盛りの子供たちである。この鰻丼だって、縫物のよそ仕事をして貯《た》めた母のへそくりに決っている。私は病院を出て母の足が鰻屋に向うと、気が重くなった。

鰻は私も大好物である。だが、小学校三年で、多少ませたところもあったから、小説

などで肺病というものがどんな病気かおぼろげに見当はついていた。

今は治っても、年頃になったら発病して、やせ細り血を吐いて死ぬのだ、という思いがあった。

少し美人になったような気もした。鰻はおいしいが肺病は甘くもの悲しい。

おばあちゃんや弟妹達に内緒で一人だけ食べるというのも、嬉しいのだがうしろめたい。

どんなに好きなものでも、気持が晴れなければおいしくないことを教えられたのは、この鰻屋だったような気もするし、反対に、多少気持はふさいでも、おいしいものはやっぱりおいしいと思ったような気もする。どちらにしても、食べものの味と人生の味とふたつの味わいがあるということを初めて知ったということだろうか。

今でも、昔風のそば屋などに入って鏡があると、ふっとあの日のことを考えることがある。

暗い臙脂《えんじ》のビロードのショールで衿元をかき合せるようにしながら、私の食べるのを見るともなく見ていた母の姿が見えてくる。その前に、セーラー服の上に濃いねずみ色と赤の編み込み模様の厚地のバルキー・セーターを重ね着した、やせて目玉の大きい女の子が坐っていて、それが私である。母はやっと三十だった。髪もたっぷりとあり、下ぶくれの顔は、今の末の妹そっくりである。赤黄色いタングステンの電球は白っぽい蛍光灯に変り、鏡の中にかつての日の母と私に似たおやこを見つけようと思っても、たまさか入ってくるおやこ連れは、みな明るくアッケラカンとしているのである。

母の鰻丼のおかげか、父の煙草断ちのご利益《りやく》か、胸の病の方は再発せず今日に至っている。

空襲の方も、ヤケッパチの最後の昼餐の次の日から、B29は東京よりも中小都市を狙いはじめ、危いところで命拾いをした形になった。

それにしても、人一倍食いしん坊で、まあ人並みにおいしいものも頂いているつもりだが、さて心に残る〝ごはん〟をと指を折ってみると、第一に、東京大空襲の翌日の最後の昼餐。第二が、気がねしいしい食べた鰻丼なのだから、我ながら何たる貧乏性かとおかしくなる。

おいしいなあ、幸せだなあ、と思って食べたごはんも何回かあったような気もするが、その時は心にしみても、ふわっと溶けてしまって不思議にあとに残らない。

釣針の「カエリ」のように、楽しいだけではなく、甘い中に苦みがあり、しょっぱい涙の味がして、もうひとつ生き死ににかかわりのあったこのふたつの「ごはん」が、どうしても思い出にひっかかってくるのである。

白か黒か

子供の時分、親に言いつけられた用のひとつに、風呂の湯加減を見る仕事があった。

今と違って、ガス風呂ではなかったから、薪《まき》の太さや乾き具合で火の勢いも違っていた。まだ大丈夫と思って風呂の蓋《ふた》を取ると、沸き切って湯玉がはねていることもあったし、いい加減薪をくべたと思っても、ぬるいことがあった。

遊んでいると母に呼ばれる。

「お風呂の加減をみておいで」

軽くこう言われるとなんでもないのだが、

「お父さんがお入りになるんだから、ちゃんとみてきて頂戴《ちようだい》よ」

と母が言い、そばから祖母が、

「すこし熱いかも知れないよ」

口をはさんだりすると、もういけなかった。

まず右手の先を入れてみる。

たしかに熱い。だが、熱いかも知れないと言われたからそう思うのかも知れないという気もしてくる。

一度出した手を、もう一度入れてみる。二度目は、手の温度が違っているせいか、はじめのときより、もっと判らなくなっている。

左手を入れてみる。

このへんから、ますます自信がなくなってくる。いい加減のところで報告して、

「俺は菜っぱじゃないんだぞ。人を茹《ゆ》でる気か、お前は」

父にどなられたことがあった。

「酒を飲んだあとは、少しぬる目の風呂がいいんだ。女の子なんだから、そのくらい覚えておけ」

女の子だからというのは、嫁にいったとき役に立つという意味だったと思うが、この点では父は娘を見る目がなかった。

兎《と》に角《かく》、なにかというとどなられていたので、子供の方もしくじるまいとして緊張をしてしまうのだろう。

「入っていいか。脱ぐぞ」

父がどなっている。

「熱いの？　ぬるいの？」

母の声もする。

「熱いといえば熱いようだし、ぬるいといえばぬるいような気もするんだけど」

と言いたいが、これでは答にならないと思い返して、もう一度、手を入れようとするが、すでにして両手は茹でだこのように赤くなっている。

仕方がない。私はスカートの裾をまくり、片足をそろそろと湯船のなかに入れかけた。

ガラリと風呂場の戸があいて、

「何をしているんだ、お前は」

猿股《さるまた》ひとつの父が立っていた。

白か黒か。

改まって考えると、判らなくなる癖がある。

これも子供の時分だが、冬など私は朝起きると、母や祖母に、

「ねえ、今日は寒い？　寒くない？」

と聞いて、

「そのくらい、自分で考えなさい」

と叱られた。

考えても判らないから、丁寧に考えれば考えるほど判らなくなってしまうから聞いているのである。

三つ子の魂何とやらで、私は今でも旅行に出るときなど、慎重に考えたあげく、頓珍《とんちん》漢《かん》な身仕度《みじたく》になってしまうことがある。

ついこの間も、北アフリカへ遊びにいったのだが、サハラ砂漠は朝晩は非常に冷えますよ、と言われたのに、そうかも知れない、と、そんな筈はないのふたつを、仕事そっちのけで、小一月にわたって考え抜き、結局、夏仕度で出かけていった。案の定、朝晩は大変な冷え込みようで、私は厚いセーターを買い、それでも足りずにモロッコの奥地の小さな町で三千五百円で毛布を買い、くるまってふるえていた。

憧れのサハラ砂漠に立った記念写真のなかで、だんだら縞の毛布にくるまって、みの虫のような姿をしているのは私ひとりであった。

あれは、日本がシンガポールを落したときだったと思うが、

「イエスかノーか」

と迫ったのは、山下奉文《ともゆき》中将であった。

私は、このときの相手、パーシバル将軍に同情してしまう。

同じような意味で、私が尊敬するのは博奕《ばくちう》打ちである。

丁か半か。

とにかく、どちらかにキッパリと運命をゆだねるのである。

丁といえば、丁という気もするが、半の匂いもする。この前丁と踏んだら半ということがあった。いま直観的に丁、と思ったということは、半ということかも知れぬ、などと思いは千々《ちぢ》に乱れて、婚期を逸してしまうのである。

丁半から、いきなり婚期にはなしが飛ぶのは支離滅裂《しりめつれつ》だが、実感なのだから仕方がない。

私は失格だが、博奕打ちとしては女のほうがすぐれているのではないだろうか。

この男、と見込んで一生をゆだねるのは、まさに一六勝負である。

男は仕事がある。女房の出来不出来、合う合わないで、一生の浮き沈みがそのまま決まるものでもないが、女は何といっても肩をならべる男次第《しだい》である。

結婚はそれを、丁、半で決めるようなものだ。子供を生むのも、同じようなものだといった人もいたが、私にいわせれば子供は一人と限らない。二人三人生んでおけば、丁も半も出るではないか。

いまの教育の、マルバツ式で採点するやり方は多分正しいのであろう。すくなくとも、子供は迷わずに大局をつかむことに馴《な》れてゆく。迷うことすらなくなって、私のような欠陥人間は減ってゆき、すこぶる効率よく暮してゆくようになりそうだ。

これから先は屁理屈を承知で言うのだが、売れのこりの女の子、つまり私が、曲りなりにもドラマなど書いてごはんをいただいている部分は、白か黒か判らず迷ってしまう部分のような気がする。

好きかといえば好きではない。嫌いかといわれればそうでもない。好きでいて嫌い。嫌いなくせに好き。

善かといえば丸っきり善ではない。

では悪かと聞かれると、あながち悪とは言い切れない。

そんなところが人間だという気がしているのだが、そのせいか、三年ほど前に、女性誌の仕事で同じ放送作家の倉本聰《そう》氏をインタビューしたとき、とても嬉しいことがあった。

「五歳のときなにしてらした」

とたずねたら、倉本聰氏は、人の倍はありそうな大目玉で、

「ぼんやりしてた」

と答えてくださったのである。

たしかにあの時分は、テレビもマンガもなかった。いま、ぼんやりしている五歳の子供はいるのだろうか。

麗子の足

子供の頃は牛蒡《ごぼう》が苦手だった。

人参のように目くじら立てて嫌いと叫ぶほどではなかったが、こんなものどこがおいしいのだろうと思っていた。笹がきにする時の庖丁の使い方が、鉛筆をけずる時とそっくりなので、鉛筆のけずりかすを食べているような気になったのかも知れない。

牛蒡のおいしさが判ったのは、おとなになってからである。ソプラノよりアルトが、日本晴れより薄曇りが、新しい洋服より着崩れたものが、美男より醜男《ぶおとこ》が好きになったのも此《こ》の頃である。

半年ほど前に岸田劉生《りゆうせい》展を覗《のぞ》いた。

没後五十年記念とかで、珍しいものもあったが、会場を歩きながら、絵に対する好みも変るものだと気がついた。

若い時分は、劉生でいえば代表的な「麗子」の像が好きだった。ところが、いま一番心をひかれるのは同じ麗子の像でも「麗子住吉詣之立像」なのである。マーガレットと呼ばれた毛糸縮みの肩掛けを羽織り、くすんだ朱色の絞りの着物を着た麗子が、三段重ねのアコーディオンのような奇妙な形の提灯を下げている立ち姿である。

若い時分は、この絵の持っている暗さ薄気味の悪さがひとつ好きになれなかったが、いま見るとゾクゾクするほど好《よ》い。

夜は暗く冬は冷たく、神社やお寺のお詣りは、はしゃいでいるようなもののどこか恐ろしい。子供の頃、漠然と感じていたものが、みごとに一枚の絵になっている。更にもうひとつ、素足で立つ幼い麗子の足の、親指と人さし指の間が離れているのに気がついた。下駄をはいて育ったまぎれもない日本人の足なのである。

此の頃の子供は、下駄がはけないという。

黙っていると、足の中指とくすり指の間に鼻緒をはさんではくそうな。言われて子供たちの足を見ていると、なるほど親指と人さし指の間はピタリとくっついて足だけ見れば西洋人である。私たちや祖父母の足はこうではない。足の親指と人さし指の間は、入江になっていた。知り合いの、今年八十になるおたき婆さんがそうで、二本の足の指の間にゴムひもを張れば、パチンコが出来るくらいに離れていた。

この人はもともと酒屋の嫁だったが、戦後、長男が思い切って店を改装してスーパーにしたのが大当りした上に、たまった酒代のカタに押しつけられた土地が値上りして、いまや億万長者である。

最近、戦前に建てた家を取りこわして、鉄筋三階建にした。勿論《もちろん》冷暖房完備である。おばあちゃんも陽当りのいい一室をあてがわれ、何不自由ない暮しと思われたが、どうも元気がない。

ほとんど自分の部屋には居つかずに、スーパーの従業員控室で油を売っている。わけを聞いたところ、ストーブと畳だという。セントラル・ヒーティングは、

「あたった気がしない」

というのである。

「どっち向いて手、出していいか判んない」から、頼りなくていけないそうだ。いろりにしろこたつにしろ、火だこの出来るほど熱いのにあたらなくては、身も心も暖まらないのであろう。

煙も出ない、匂いもしない、炎の色も見えない暖房は、「なんか油断がなんねくて」かえってくたびれるとこぼしていた。

おたき婆さんは、一回だけ靴をはいたことがあった。

十年ほど前に、町内会で旅行に出かけた時、着物では、乗り降りの足さばきが悪いだろうと、息子の嫁がアッパッパと靴を調《ととの》えてくれたのである。マメが出来るといけないというので、一サイズ大きいのを求め、二、三日近所を歩いて足馴《あしな》らしをして出かけたのだが、帰ったら寝込んでしまった。

歯が浮き、肩がバリバリに張ってどうにも我慢が出来なかったという。歩くたびに靴がぬげそうなので、歯を食いしばりエラというかあごのあたりに力を入れてリキんでいたらしい。靴があんなにくたびれるものとは知らなかった、みんな辛抱《しんぼう》がいいねえ、と感心して踵《かかと》の高い私の靴を眺めていた。

私の母も、この頃は時々着馴れない洋服を着て靴をはいたりして、私をドキッとさせているが、七十年のほとんどを和服で通してきた。

夏の、耐えがたい暑さの日だけ簡単服、つまりアッパッパを着用に及ぶことはあっても、足許の方は下駄で間に合せていた。だから、靴をはいたのは、あの晩がはじめてであった。

それは、三月十日の東京大空襲の晩であった。

私たちは目黒の祐天寺の近くに住んでいたが、まわりを火に囲まれてしまった。

乾き切った生垣を火が走りはじめ、私たちは水にぬらした火叩きで叩き、その合い間

にうちの中を見廻った。はじめはいちいち履物《はきもの》をぬいでいたが、

「いいから、土足であがれ！」

父がどなり、私は生れてはじめて、靴のまま畳の上を歩いた。

次の瞬間、焼けるかも知れないと思いながら、どこかに、勿体《もったい》ないというかいけないことをしているという遠慮があり、その反面、日頃やってはいけないことをしているたかぶりもあったように思う。

父は、自分で言っておきながら、やはり社宅である、という気分がぬけないのか、爪先だって歩いていた。

この時、一番勇ましかったのは母である。

一番気に入りの大島の上にモンペをはき、足袋《たび》の上に、これも父の靴の中で一番高価なコードバンの靴をはいていた。つまり焼けてしまったら勿体ないと思ったのであろうが、五尺八寸の大男の父の靴を五尺に足りないチビの母がはいているのだから、これは、どうみてもミッキー・マウスかチャップリンであった。

このチャップリンが、家族の中で誰よりも堂々と、大胆に畳を汚していた。この母の足も、麗子の足と同じように親指と人さし指のひらいている日本人の足なのである。

こういう足は、だんだんと少なくなってゆくのだろう。靴の歴史も、もうすぐ三代になる。

洋服を着て、全身や顔の記念撮影をしておくのもいいけれど、せっかく下駄から靴への過渡期に生きている私たちの世代である。家族の素足の写真を撮《うつ》しておくのも面白いのではないだろうか。

丁半

気が遠くなるほど昔のはなしだが、うちの父は麻雀《マージャン》に凝ったことがある。凝るとなると毎日しなくては納まらないたちだったから、相手の見つからない日は家族が犠牲になった。

夕食が終って、子供はそれぞれの勉強部屋へ引き上げる。ものの十分もたたないうちに、障子の向うから、母の低い声がする。

「済まないけど、お父さんが麻雀したいらしいから、相手をして上げて頂戴《ちょうだい》よ」

食事の途中から、予想はしていたが、子供にも都合がある。

「明日は試験だから、勘弁してよ」

これが通用しない。

「授業中になにを聞いてるんだ。うちへ帰ってまで勉強しなくちゃ試験が受からないような馬鹿は学校へなんか行かなくてもいい」

私たちにジカに言いはしないが、母にそう言っているらしい。

「四人も子供がいるからいけないのよ。二人ぐらいなら、お父さんがいくら頑張ったって、麻雀出来ないんだもの」

「今さらそんなこと言ったって、仕方ないだろ。済まないけど、頼むわよ」

母は一人一人勧誘に歩き、私とあと二人が茶の間へシブシブ下りてくる。

夕刊を読んでいた父は、はじめて気がついた、という顔で、

「なんだお前たち。また麻雀したいのか。しようのない奴らだな。今からこういうこと覚えると、大きくなってロクなことにならないぞ」

仕方がない、つき合ってやる、といった風にパイをならべ出す。

日頃は口吐言《くちこごと》が多いのに、麻雀のときだけは私たちにお世辞をつかい、母にりんごをむけの、紅茶をいれろのと子供の機嫌をとっていた。

それでも間に合わないと思ったのか、父は何か賭けようじゃないかと言い出した。賭けるといっても子供が相手だから、お菓子や果物である。

一等は玉チョコやみかんを三個、二等は二個、三等は一個、ビリはなしである。

ところが、ビリになった末の妹が、当時小学生だったが、一個も貰えなかったので、ベソをかいて、自分の部屋へ引っ込んでしまった。

突然、母が怒り出した。

「お父さん、何てことするんですか。一番小さい子が負けるの、当り前じゃありませんか。親のくせにどうしてそんな不公平なことするんですか。こういうことなら、もう一切、うちで麻雀するのはやめて頂きますから」

普段は父にどなられても口返答《くちごたえ》ひとつしない母なので、父はひどくびっくりしたらしい。

私は少しヘンだなと思った。

勝負ごと、賭けごとは、はじめから不公平に決っている。

だが母は、一歩も譲らず、私たちは分け前を供出させられ、改めて等分に分けて与えられた。

父は賭けごとが嫌いでなかった。

だが母は、一切勝負ごとをしなかった。

「私は判らないから」

と言ってはじめから手をふれようとしなかった。主婦が麻雀を覚えると、うちの用が滞《とどこお》ると思ったのかも知れない。

だがもうひとつ、母は賭けごとをしなくてもよかったのではないかと思う。

麻雀やトランプをしなくても、母にとっては、毎日が小さな博打《ばくち》だったのではないか。

見合い結婚。

海のものとも山のものとも判らない男と一緒に暮す。その男の子供を生む。その男の母親に仕え、その人の死に水をとる。

どれを取っても、大博打である。


今は五分五分かも知れないが、昔の女は肩をならべる男次第で、女の一生が定まってしまった。

まして、その子供を生むとなると、まさに丁半である。

男か女か。

出来は、いいのか悪いのか。

「よろしゅうござんすか。よろしゅうござんすね」

ツボ振りは左右をねめ廻して声をかけるが、女は自分のおなかがサイコロでありツボである。

まして この勝負、イカサマは出来ないのだ。

こんな大勝負は一生に何遍もないが、女は、毎日小さく博打をしている。

早いはなしが、毎日の買物である。

鯵《あじ》にしようか鰯《いわし》にしようか。

鳥にしようか豚にしようか。

バーゲン・セールで素早く目玉商品を探しあて、人ごみをかきわけて自分のほうへ手《た》繰《ぐ》り寄せなくてはいけない。

「今晩は早く帰る」

うちでメシを食うぞ、と亭主は出かけていったが、どうも帰りは遅いような気がする。こういうとき、張り切ってお刺身など買うと勿体《もったい》ないから、おでんで安く上げておこう。

駅前に出来たクリーニング屋は、サービスがよさそうだから、いまの店を上手《うま》くやめて、あっちへ移そうか。クリーニングといえば、天気予報は、ここ当分はお天気が続くでしょうと言っていたから、一枚しかない亭主のレインコートを、今のうちにドライに出して置こう。

息子がヘンな女の子とつき合ってるらしい。夫に言わなくちゃいけないけど、夫の方も、会社の嫁《ゆ》き遅れのOLと少しモヤモヤしているような気がするから、あてこすりと思われるとマズイかしら。

いや、かえって、サラリと切り出した方が、そっちの方にも効くかも知れない。

丁か半か。

女は毎日小さく賭け、目に見えないサイコロを振っているような気がする。

賭けごとに夢中で、麻雀や競馬に血道《ちみち》を上げている男性に、一身上の大変化が起きることがある。

事業の浮き沈み。転職、エトセトラ。

こういうとき、大抵のひとは賭けごとから遠ざかる。或いは内輪になる。前ほど目を血走らせて、朝帰りということをしなくなる。

その時期は、自分の事業そのものが博打なのであろう。

「ステイード」や「カツラノハイセイコ」の代りに、自分が出走しているのである。

だから、一国の首相や大統領は、麻雀や競馬をしなくても退屈しないで済むのではないかしら。

知った顔

おもてで肉親と出逢ってしまうことがある。

道を歩いていると、向うのほうから親きょうだいが歩いてくる。こういうとき、私はどういうわけか、大変にあわて、へどもどして居心地の悪いことになってしまう。あ、と虚心に手をあげることは滅多にない。大抵は、気づいたことを相手に悟られないよう、なるべく知らん顔をする。

スレ違う直前になって、いま気がついた、という風に、すこし無愛想な声をかける。どうやら向うも同じ気持とみえる。幸い、いまの都会は人通りも多く、道にも看板やらポストやら、バイクやらが置かれてあり、何もない一本道を、こちらからも一人、向うからも一人、逃げもかくれも出来ない状態で近づいてゆく、ということは、まず無いので、その点はかなり助かる。

これがOK牧場の決闘ではないが、ほかになにもなかったら、そんなところで肉親が近づいてきたら、私はどうしていいか顔に困ってしまうだろう。

十代の頃、地方へ出張に出掛ける父のカバン持ちをして、駅まで見送りに行かされたことがあった。

カバンといったところで、三、四日分の着替えである。大の男なら、片手で軽いのだが、父は決して自分でカバンを持たなかった。自分は薄べったい書類カバンを持ち、どんどん先に歩いてゆく。

母か私、ときには弟が、うしろからカバンを持ってお供につくのである。今では考えられない風景だが、戦前の私のうちでは、さほど不思議とも思わず、月に一度や二度はそうやっていた。母に言わせると、お父さんは、威張っているくせにさびしがりだから、持っていって上げて頂戴《ちょうだい》よ、という。

持ってゆくのはいいとして、何とも具合の悪いのはプラットフォームで汽車が出るまで待っているときであった。

父は座席に坐ると、フォームに立っている私には目もくれず、経済雑誌をひらいて読みふける。読みふけるフリをする。

はじめの頃、私はどうしていいか判らず、父の座席のガラス窓のところにぼんやり立っていた。

父は、雑誌から顔を上げると、手を上げて、シッシッと、声は立てないが、ニワトリを追っぱらうようなしぐさをした。

もういいから帰れ、という合図と思い、私は帰ってきた。

ところが、出張から帰った父は、ことのほかご機嫌ななめで、母にこう言ったというのである。

「邦子は女の子のくせに薄情な奴だな。俺が帰ってもいい、といったら、さっさと帰りやがった」

そんなに居てもらいたいのなら、ニワトリみたいに人を追い立てることはないじゃないかと思ったが、口返答《くちごたえ》など思いもよらないので黙っていた。

その次、出張のお供を言いつかったときは、私は父の窓からすこし離れたフォームの柱のかげで、そっぽを向いて立っていた。父も、ムッとした顔で、経済雑誌を読みふけっていた。

発車のベルが鳴った。

父はますます怒ったような顔になり、私のほうを見た。

「なんだ、お前、まだそんなところにいたのか」

という顔である。

私も、ブスッとして父のほうを見た。戦前のことだから勿論《もちろん》手などは振らない。ただ、ちょっと見るだけである。現在、ホームドラマの一シーンとして、この場面を描いたら、この父と娘はなにか確執があると思われるに違いない。

夕方になって雨が降り出すと、傘を持って駅まで父を迎えにゆかされた。今と違って駅前タクシーなど無い時代で、改札口には、傘を抱えた奥さんや子供が、帰ってくる人を待って立っていた。

父に傘を渡し、うしろからくっついて帰ってくる。父は、受取るとき、

「お」

というだけである。

ご苦労さんも、なにもなかった。帰り道も世間ばなしひとつするでなく、さっさと足早に歩いていた。

あれは、たしか夏の晩だった。

父の帰ってくる時間に、物凄《ものすご》い夕立がきた。私は傘を持って駅へ急いだ。早くゆかないと間に合わない。うちの父は性急《せっかち》で、迎えがくると判っていても待たずに歩き出す性分である。当時、うちは東横線祐天寺駅のそばだったが、いつもの通り、近道になっている小さな森の中の道を小走りに歩いた。

街灯もないので、鼻をつままれても判らない真暗闇である。

向う側から、七、八人の人の足音がする。帰宅を急ぐサラリーマンに違いない。もしかしたら、この中に父がいるかも知れない。しかし、すれ違っても、顔も見えないのである。仕方がない。私はスレ違うたびに、

「向田敏雄」「向田敏雄」

父の名前を呟いた。

「馬鹿！」

いきなりどなられた。

「歩きながら、おやじの名前を宣伝して歩く奴があるか」

父は傘をひったくると、いつものように先に歩き出した。

あとで母は、

「お父さん、ほめてたわよ」

という。あいつはなかなか気転《きてん》の利《き》く奴だ、といって、おかしそうに笑っていたという。

ついこの間、お風呂から上って体を拭いていたら、電話が鳴った。

ひとり暮しの心易《こころやす》さで、そのまま居間にゆき、受話器をとった。

友人からの電話である。絨緞《じゅうたん》の上に坐って、近況をしゃべりながら、私は、ハッと体

を固くした。

すぐ足許から、知った顔が私を見ている。

倉本聰《そう》氏である。

「週刊文春」の裏表紙に、白いアイヌ犬の山口をしたがえ、河原に坐りこんで、こっちを見ている氏の写真がのっている。ご存知カゴメトマトジュースのＣＭである。

私はあわてて、タオルで体をかくし、電話のうけ答えはうわのそらになってしまった。

倉本氏のＣＭには、

「こだわる。怒る。感動する」

というキャッチフレーズがついている。

私の場合は、

「こだわる。驚く。あわてる」

であった。

知った顔がＣＭに登場すると、まことに不幸不便である。出来たら、裏表紙には出ないでね、とこんど正式に倉本氏に申し入れるつもりでいる。

娘の詫び状

どうしても今日のうちに白状しておかなくてはならないことがあって、母をコーヒーに誘った。

茶の間で喋《しゃべ》ると話が辛気《しんき》くさくなる。明るい喫茶店なら、私も事務的に切り出せるし、母も涙をこぼしたり取り乱すことなしに受けとめてくれると思ったからである。

次の日になると、私の初めてのエッセイ集が発売になる。明治生れのわが父の短気横暴を中心に、子供の頃の暮しのあれこれをまとめたものだが、問題はあとがきであった。

三年前に乳癌を患ったが、母の心臓の具合のよくなかったことと、私自身思うところあって別の病名を言い、ごく内輪の者以外には表沙汰にしなかったこと。あまり長く生きられないような気がして、誰に宛てるともつかぬ呑気な遺言状のつもりで、これを書きました、などと述べているのである。

書いた直後にサラリと白状してしまえばよかったのだが、言おうとすると雨が降ってきたり――運動会ではないのだから雨が降ってもかまわないのだが、こういう話は天気のいい、母の機嫌のいい日に切り出したかった。というのは口実で嫌なことと締切を先にのばすのは、私の一番悪い癖なのである。

手頃な店を見つけ、向い合って坐った。

七十一歳の母はコーヒー好きで、いつものように山盛り三杯の砂糖を入れ、親戚の噂などを上機嫌で話している。うわの空で相槌《あいづち》を打っているうちに、二人ともコーヒーを飲んでしまった。もう言うしかない。

「三年前のあれね、実は癌だったのよ」

一呼吸置いて、母はいつもの顔といつもの声でこう言った。

「そうだろうと思ってたよ」

また一呼吸置いて、少しいたずらっぽい口調で、お前がいつ言い出すかと思っていた、とつけ加えた。

私は古いタイヤから空気が洩れるような溜息をついてしまった。

この三年、母とは別に住んでいたこともあり、私は完璧に騙したと思っていた。ことさら元気そうに振舞ったせいか、医学雑誌から健康の秘訣を語る座談会に出て欲しいと言われたこともあった。

母は手術直後の弟の声で判ったという。あの子がああいう声を出すからには、只事《ただごと》ではないな、と思ったというのである。水のお代りを頼みながら、私は、思わず声に出してしまった弟の情を嬉しいと思い、三年間、ただのひとことも、病気について探りを入れずにいてくれた母を、凄《すご》いと思った。母の方が役者が上であった。騙したと思っていた私が、実はみごとに騙されていたのである。

本が店頭に並んだ直後から、わが家の電話のベルが頻繁《ひんぱん》に鳴るようになった。古い友人達が、本で私の病気を知り、水臭いと腹を立てている。見ず知らずの同病の方、××エキス、宗教団体からのものもあった。これから伺いますというのもあり、私はお礼とお詫びに汗をかいた。

一番多かったのは、「うちの父と同じ」という声であった。

人一倍情が濃い癖に、不器用で家族にやさしい言葉をかけることが出来ず、なにかというと怒鳴り手を上げる父親が、かなりの数で世間様にもいたのである。自分には寛大、妻にはきびしい身勝手な夫が、威張っている癖に自分一人では頭ひとつ洗えない夫が、ほかにもおいでになったのである。

見ず知らずの方が、電話の向うで、一時間にわたって自分の父親を熱っぽく、時にはうるんだ声で語って下さったこともあった。始めの二、三日は私も感動して伺ったのだが、折悪しく本職のテレビドラマの締切とぶつかり、催促するプロデューサーの声が切迫するようになってからは電話番号を伺い、いずれ、ということでお詫びして切らせて戴いた。同様の手紙も沢山《たくさん》頂戴した。

「自分は三十代の父親だが、娘が将来、私のことをもし活字にした場合、どういう風に書くのかと思うと索漠たる思いがする。あなたの父上のようにブン殴った方がいいのだろうか」

とたずねられ、返答に窮したこともあった。

お世辞半分であろうが、他人様にはいい父、いい家族とうつるらしく、父上のご存命中、一緒に酒を飲みたかったと書いて下すった方、母上によろしく、ご弟妹にお目にかかりたいという声も随分と沢山あった。

ところが、わが家族は、ことのほかご機嫌が悪いのである。

何様でもあるまいし、家の中のみっともないことを書かれて、きまりが悪くてかなわないというのである。ここで退いては商売に差し支えるので、尊敬する先輩方のエッセイを例にひいて抗弁したのだが、そういう方のご家族もみなかげでは泣いておられると反撃され、結局二度とこういう真似は致しません、と謝った。とにかく去年の暮から今年のお正月にかけては謝ってばかりいた。「父の詫び状」という題名が悪かったのかも知れない。

お辞儀

留守番電話を取りつけて十年になる。

近頃はこの機械も普及したと見えて、見当違いなメッセージが入っていることも少なくなったが、はじめの頃は楽しいのが多かった。

「なんとかコーヒー店だけど、モカ・マタリを二キロとブルー・マウンテンを一キロ、大至急届けて頂戴」

「××子がさ、どしてもうち出てくっていうんだよ。そいでさ、あれ？ モシモシ、モシモシ、聞えないの？ モシモシ。フッフッ（電話機に息を吹き込む音）おかしいな。アー、本日ハ晴天ナリ」

こんなのは序の口で、いきなり、

「人を馬鹿にするな」

とどなられたこともある。

借金のいいわけするのが嫌だからといって、女を使って居留守を使うとは何事か。今日中に三十万、耳を揃えて返せ、と大変な見幕である。勿論《もちろん》、身に覚えのない全くの間違い電話なのだが、私の方も姓を名乗り、只今外出しているがこれは留守番電話でありますから、私が話し終って信号音が出たら一分以内で名前と用件をおっしゃって下さい、といっているのだから、どうしてこういうことになるのか、見当がつかない。

一分間では用が足りず、再びかけ直してパートⅡまで吹き込む人もあったが、面白かったのは黒柳徹子嬢であった。

「向田さん？　黒柳です」

はじめにこういわないと、あとが出てこないらしく、早口でこういうと、あとはもっと早口で、こういう機械に向って電話をするのははじめてなので物凄《ものすご》くしゃべりにくいの。感情的にしゃべるのもヘンだし、ニュースみたいにしゃべるのもおかしいし、どうしたらいいか迷ってしまいます、などといっているうちに一分たって切れてしまう。

つづいて、また、一通話。

「向田さん？　黒柳です」

と同じ調子ではじまって、さっきの続きなんだけど、一分て早いわねえ。ほかの人はみんな一分でちゃんと用が足りるのかしら。みなさんすごく頭がいいんですねえ。あたしはダメだわなどといっているうちに一分終了。

またまた「向田さん？　黒柳です」にはじまって、いまNHKのスタジオの副調整室から掛けているんだけど、あたしが一方的にしゃべっているもんだから、みんなチャックは気が狂ったんじゃないかみたいな顔であたしの方見てるの。と情況説明でこれも切れてしまった。

こんな調子で、立板に水の早口で九通話もしゃべりまくりながら、結局は、用件はあとでジカに話すわねということになったのだが、通して聞くと何とも楽しい九分間のショーになっている。

私は一人で楽しんではいけないと思い、無断で申しわけないと思ったが、打ち合せにみえたディレクター諸氏や来客にこのテープを聞かせて、もてなしのひとつにしたことがあった。黒柳嬢の一人連続九通話の記録はまだ破られていない。

今までに、一番無愛想な電話は、父からかかったものだろう。

「ウム」

どういうわけかまず物凄いうなり声である。つづいて、

「向田敏雄！」

と自分の名前をどなり、

「すぐ、会社へ電話しなさい。電話××の×××番！」

嚙みつくようにどなっている。なにか気に障ることでもしたのかと泡くってかけたら、

お能の切符をもらったから取りにこいというごく普通の用件であった。父は八年前に亡くなったが、留守番電話で声を聞いたのはこれ一回であった。

母もこの頃では大分馴れたが、取りつけた当座はかなり個性的であった。

「お母さんだけどね。そうお。居ないの」

あきらかに腹を立てている。

「いないんならいいですよ。機械にしゃべったってしようがないもの。切るからね」

プンプンしている顔が見えるような声であった。

十年間に間違い電話を含めてユニークなものも多かったが、私が一番好きなのは初老と思われる婦人からの声であった。

「名前を名乗る程の者ではございません」

品のいい物静かな声が、恐縮し切った調子でつづく。

「どうも私、間違って掛けてしまったようでございますが。――こういう場合、どうしたらよろしいんでございましょうか」

小さな溜息と間があって、

「失礼致しました。ごめん下さいませ」

静かに受話器を置く音が入っていた。

たしなみというのはこういうことかと思った。この人の姿かたちや着ている物、どういう家庭であろうかと電話の向うの人をあれこれ想像してみたりした。お辞儀の綺麗な人に違いないと思った。

半年ほど前、母の心臓の調子のよくないことがあった。発作性頻脈《ひんみゃく》といって、一時的に脈搏《みゃくはく》が二百を越すのである。直接生命に別状はないというものの、本人もまわりも不安になり検査入院ということになった。この大晦日《おおみそか》で満七十歳になる母は息災な人で、お産以外は寝込んだことがない。入院は生れて初めての体験である。一カ月ほどで退院出来るから心配ないといってきかせたのだが、死出の旅路にでかける覚悟で出かけたらしかった。

入院して二、三日は、まるでお祭り騒ぎであった。夜になると十円玉のありったけを握って廊下の公衆電話から今日一日の報告をするのである。

三度三度の食事の心配をしないで暮すのがいかに極楽であるか。献立がいかに老人の好みと栄養を考えて作られているか。看護婦さんがいかに行き届いてやさしいか。テレビのリポーターも顔まけの生き生きとした報告であった。無理をして自分を励ましているところがあった。

三日目あたりから、報告は急激に威勢が悪く、時間も短くなってきた。四日目からはその電話もなくなった。

追い込みにかかっていた仕事に区切りをつけ、私が一週間目に見舞った時、母はひとまわりも小さくなった顔で、ベッドに坐っていた。この日は、よそにかたづいている妹もまじえて姉弟四人の顔が揃ったのだが、辛《つら》いのは帰りぎわであった。

私が弟の腕時計に目を走らせ、

「ではそろそろ」

といおうかなとためらっていると、一瞬早く母が先手を打つのである。

「さあ、お母さんも横にならなくちゃ」

晴れやかな声でいうと思い切りよく立ち上り、見舞いにもらった花や果物の分配を始める。押し問答の末、結局私達は持ってきた見舞いの包みより大きい戦利品を持たされて追っ払われるのである。

「見舞いの来ない患者もいるのに、こうやってぞろぞろ来られたんじゃお母さんきまりが悪いから当分はこないでおくれ」

と演説をしながら、一番小さな母が四人の先頭に立って廊下を歩いてゆく。

「本当にもうこないでおくれよ」

くどいほど念を押しエレベーターに私達を押しこむと、ドアのしまりぎわに、

「有難うございました」

今までのぞんざいな口調とは別人のように改まって、デパートの一階にいるエレベー

ターガールさながらの深々としたお辞儀をするのである。

ストレッチャーをのせる病院の大型エレベーターは両方からドアがしまる。寝巻の上に妹の手編の挽茶《ひきちゃ》色の肩掛けをかけて、白くなった頭を下げる母の姿は、更にもうひと回り小さくみえた。私は、「開」のボタンを押してもう一度声をかけたいという衝動を辛《かろ》うじて押えた。

四人の姉弟は黙って七階から一階までおりていった。弟がくぐもった声で、ポツンと言った。

「たまンねえな」

末の妹が、

「いつもこうなのよ」

という。妹は毎日世話に通い、弟は三日に一度ずつのぞいているが、母は必ずエレベーターまで送ってきて、こうやって頭を下げる。しかも弟にいわせると、「人数によって角度が違う」というのである。

「今日は全員揃ってたから一番丁寧だったよ」

お母さんらしいやと私達は大笑いしながら、涙ぐんでいるお互いの顔を見ないようにして駐車場へ歩いていった。

母の改まったお辞儀はこれが二度目である。

二年前、私は妹をお供につけて母に五泊六日の香港旅行に行ってもらった。

「死んだお父さんに怒られる」とか「冥利《みょうり》が悪い」と抵抗したが、もともとおいしいもの好きで、年にしては好奇心も旺盛な人だから、追い出してさえしまえばあとは喜ぶと判っていたので、けんか腰の出発だった。

空港で機内持ち込みの荷物の改めがある。私は、母と妹が係官の前でバッグの口をあけているのをプラスチックの境越しに見ていた。

「ナイフとか危険なものは入っていませんね」

係官が型の如《ごと》くたずねている。私は当然「ハイ」という答を予期したのだが、母は、ごく当り前の声で、

「いいえ持っております」

私も妹もハッとなった。

母は、大型の裁《た》ちばさみを出した。

私は大声でどなってしまった。

「お母さん、なんでそんなものを持ってきたの」

母は私へとも係官へともつかず、

「一週間ですから爪が伸びるといけないと思いまして」

係官は笑いながら「どうぞ」といって下すったが、私は、中の待合室でなぜ爪切りを持ってこなかったのと叱言《こごと》をいった。

「出掛けに気がついたんだけど、爪切り探すのも気ぜわしいと思って」

言いわけをしながら「お父さん生きてたら、叱られてたねえ」とさすがに母もしょんぼりしている。

少し可哀《かわい》そうになったので、私はそっと立って花屋へゆき、蘭のコサージを作ってもらった。三千円を二千五百円に値切り、母に手渡すと今度はえらい見幕で怒るのである。

「何様じゃあるまいし、お前はどうしてこんな勿体《もったい》ないお金の使い方をするの」

あげくの果ては返しておいでよ、と母子げんかになってしまった。一生に一度のことなんだからいいじゃないのと妹がとりなして、やっときげんが直り、胸につけたところで、搭乗を知らせるアナウンスがあった。列を作って改札口へ入りながら、母は急に立ちどまると、立っている私の方を振り向いた。てっきり手を振ると思ったので私は右手をあげた。母は深々とお辞儀をした。私も釣られて、片手を振りかけたまま頭を下げたので天皇陛下のようになってしまった。

私は入場券を買ってフィンガーに出た。冬にしてはあたたかいみごとに晴れた日であった。まっ青な空の一点が雲母《うんも》のように光って、飛行機が飛び立ち下りてくる。

母の乗っている飛行機がゆっくりと滑走路で向きを変え始めた。急に胸がしめつけられるような気持になった。

「どうか落ちないで下さい。どうしても落ちるのだったら帰りにして下さい」

と祈りたい気持になった。

飛行機は上昇を終り、高みで旋回をはじめた。もう大丈夫だ。どういうわけか不意に涙が溢《あふ》れた。たかが香港旅行ぐらいでと自分を笑いながら、さっきの裁ちばさみや蘭の花束のことを思い合せて口許は声を立てて笑っているのに、お天気雨のように涙がとまらなかった。


祖母が亡くなったのは、戦争が激しくなるすぐ前のことだから、三十五年前だろうか。私が女学校二年の時だった。

通夜の晩、突然玄関の方にざわめきが起った。

「社長がお見えになった」

という声がした。

祖母の棺のそばに坐っていた父が、客を蹴散らすように玄関へ飛んでいった。式台に手をつき入ってきた初老の人にお辞儀をした。

それはお辞儀というより平伏といった方がよかった。当時すでにガソリンは統制されており、民間人は車の使用も思うにまかせなかった。財閥系のかなり大きな会社で、当時父は一介の課長に過ぎなかったから、社長自ら通夜にみえることは予想していなかったのだろう。それにしても、初めて見る父の姿であった。

物心ついた時から父は威張っていた。家族をどなり自分の母親にも高声を立てる人であった。地方支店長という肩書もあり、床柱を背にして上座に坐る父しか見たことがなかった。それが卑屈とも思えるお辞儀をしているのである。

私は、父の暴君振りを嫌だなと思っていた。

母には指環《ゆびわ》ひとつ買うことをしないのに、なぜ自分だけパリッと糊の利《き》いた白麻の背広で会社へゆくのか。部下が訪ねてくると、分不相応と思えるほどもてなすのか。私達姉弟がはしかになろうと百日咳《ひゃくにちぜき》になろうとおかまいなしで、一日の遅刻欠勤もなしに出かけていくのか。

高等小学校卒業の学力で給仕から入って誰の引き立てもなしに会社始まって以来といわれる昇進をした理由を見たように思った。私は亡くなった祖母とは同じ部屋に起き伏しした時期もあったのだが、肝心の葬式の悲しみはどこかにけし飛んで、父のお辞儀の姿だけが目に残った。私達に見せないところで、父はこの姿で戦ってきたのだ。父だけ夜のおかずが一品多いことも、保険契約の成績が思うにまかせない締切の時期に、八つ当りの感じで飛んできた拳骨《げんこつ》をも許そうと思った。私は今でもこの夜の父の姿を思うと、胸の中でうずくものがある。

母は子供たちにお辞儀をみせてくれたが、父は現役のまま六十四歳で、しかも一瞬の心不全で急死したので、遂に子供には頭を下げずじまいであった。晩年は多少折れたようなものの、やはり叱りどなり私達に頭を下げさせたまま死んだ。

親のお辞儀を見るのは複雑なものである。

面映《おもは》ゆいというか、当惑するというか、おかしく、かなしく、そして少しばかり腹立たしい。

自分が育て上げたものに頭を下げるということは、つまり人が老いるということは避けがたいことだと判っていても、子供としてはなんとも切ないものがあるのだ。

父の風船

いい年をして、いまだに宿題の夢を見る。

「英語の単語を因数分解で解け」という問題に、汗びっしょりでベッドにはね起きたこともあった。私は、テレビやラジオの脚本を書いて御飯を頂いているのだが、時間ギリギリまで遊んでしまう自制心のなさは、小学校一年のときから少しも変っていない。

「桃太郎サン」の全文をノートに書き写す宿題を朝になって思い出して、あたたかいお櫃《ひつ》の上でベソをかきかき書いたこともあった。そのせいか、今でも、桃太郎というと、炊きたての御飯の匂いを思い出して困ってしまう。

一番印象に残っているのは、風船の宿題である。

あれは小学校何年のことだったろうか。

私は、紙風船を作る宿題が出来なくて、半泣きであった。

数学で、球形は沢山《たくさん》の楕円形から成り立っている、というようなことを習って、先生は例として紙風船を示していた。理数系統は大嫌いであったから、私は、窓から運動場を眺めることで時間をつぶした。そして、家へ帰って、ハタと当惑してしまったのである。

当時はまだ、質のいい高性能接着剤はなかったから、ひょろ長い楕円形の端と端を張り合せて、紙風船をつくることは至難の業《わざ》であった。あちらつければ、こちらがはがれる。遂に泣き出した私に、父は「もう寝ろ」とどなった。

朝起きた私は、食卓の上に紙風船がのっているのを発見した。いびつで、ドタッとした、何とも不様《ぶざま》な紙風船であった。

「いろんなものを動員したあげく、やっと小さな薬罐《やかん》が型に合って出来たのよ。お父さんにありがとうを言いなさい」

母が口をそえた。父は怒ったような顔をして、ごはんを食べていた。

私は風船を大きな菓子袋の中に入れて、意気揚々と登校した。

ところが――風船を作ってきたのは私一人なのである。そんな宿題は出てはいなかったのだ。

その日帰って、私は嘘をついた。

「とてもよくできましたって、ほめられた……」

今にして思えば小賢《こざか》しいはなしだが、そういわなくてはいけないような気がしたのだろう。

「お父さんの風船」のはなしは、「邦子の盲腸とお父さんの駈けっこ」とならんで、よく話題にのぼった。これは、私が盲腸手術直後、女学校の編入試験をうけた前夜に父が見た夢のはなしなのである。

学科だけで体育は勘弁してもらうという約束だったのに、なぜか試験官は私にランニングを命じた。父は激怒して、代りに私が走ってもよろしいかと申し出て、ヨーイ・ドンでほかの女生徒とならんで走り出したところ、足がもつれて走れない。脂汗を流して、うなっているところを母に起された——というお粗末である。この二つのエピソードは頑固で気短かな父が、実は子煩悩《こぼんのう》である——というPR用に、好んで母が話していたようである。私は、ますます白状しそびれてしまった。

そして、この二月。父は突然六十四年の生涯を閉じた。死因は心不全。五分と苦しまず、せっかちな父らしい最期であった。

葬儀やら後始末やらが一段落してほっと一息ついたら、桜が散っていた。

今年は、春らしいものは、セーター一枚買わなかった。せめてスカーフでもと思って、二月ぶりに銀座へ出て、文明堂の前まできて、足がとまった。

そうだ。父は、いつか酔っぱらって、ドラ焼のはなしをしていたっけ。

若い時分に、酒に酔って、友人と二人、ドラ焼を沢山買いこんで、四丁目から銀座通りの店のガラス戸に、ドラ焼の皮を、ペタンペタンとはりつけて歩いたというのである。

やってみようかな、ふとそう思った。

一万円ほど、ドラ焼を買いこむ。いくつあるかな。皮は上下二枚だから倍になる。それを、和光のウインドーからはじめて——ペタンペタンとはってゆく。

道ゆく人は、気狂いと思うだろうか。

それとも、今はやりのハプニングと見るかしら？

何分ぐらいでお巡りさんがとんでくるか？

その前に、店の人が出てきて私は——「すみません、父の供養をしているんです」といったら許してくれるかな……他愛《たわい》ない空想はこのへんで女店員さんの「いらっしゃいませ」の声で破られた。結局、私は何も買わずに歩き出していた。

字のない葉書

死んだ父は筆まめな人であった。

私が女学校一年で初めて親許を離れた時も、三日にあげず手紙をよこした。当時保険会社の支店長をしていたが、一点一画もおろそかにしない大ぶりの筆で、

「向田邦子殿」

と書かれた表書を初めて見た時は、ひどくびっくりした。父が娘宛の手紙に「殿」を使うのは当然なのだが、つい四、五日前まで、

「おい邦子!」

と呼捨てにされ、「馬鹿野郎!」の罵声や拳骨《げんこつ》は日常のことであったから、突然の変りように、こそばゆいような晴れがましいような気分になったのであろう。

文面も折り目正しい時候の挨拶に始まり、新しい東京の社宅の間取りから、庭の植木の種類まで書いてあった。文中、私を貴女と呼び、

「貴女の学力では難しい漢字もあるが、勉強になるからまめに字引きを引くように」という訓戒も添えられていた。

褌《ふんどし》ひとつで家中を歩き廻り、大酒を飲み、癇癪《かんしゃく》を起して母や子供達に手を上げる父の姿はどこにもなく、威厳と愛情に溢れた非の打ち所のない父親がそこにあった。

暴君ではあったが、反面テレ性でもあった父は、他人行儀という形でしか十三歳の娘に手紙が書けなかったのであろう。もしかしたら、日頃気恥しくて演じられない父親を、手紙の中でやってみたのかも知れない。

手紙は一日に二通くることもあり、一学期の別居期間にかなりの数になった。私は輪ゴムで束ね、しばらく保存していたのだが、いつとはなしにどこかへ行ってしまった。父は六十四歳で亡くなったから、この手紙のあと、かれこれ三十年つきあったことになるが、優しい父の姿を見せたのは、この手紙の中だけである。

この手紙も懐しいが、最も心に残るものをと言われれば、父が宛名を書き、妹が「文面」を書いたあの葉書ということになろう。

終戦の年の四月、小学校一年の末の妹が甲府に学童疎開をすることになった。すでに前の年の秋、同じ小学校に通っていた上の妹は疎開をしていたが、下の妹はあまりに幼く不憫《ふびん》だというので、両親が手離さなかったのである。ところが三月十日の東京大空襲で、家こそ焼け残ったものの命からがらの目に逢い、このまま一家全滅するよりは、と心を決めたらしい。

妹の出発が決まると、暗幕を垂らした暗い電灯の下で、母は当時貴重品になっていたキャラコで肌着を縫って名札をつけ、父はおびただしい葉書に几帳面な筆で自分宛の宛名を書いた。

「元気な日はマルを書いて、毎日一枚ずつポストに入れなさい」

と言ってきかせた。妹は、まだ字が書けなかった。

宛名だけ書かれた嵩高《かさだか》な葉書の束をリュックサックに入れ、雑炊用のドンブリを抱えて、妹は遠足にでもゆくようにはしゃいで出掛けて行った。

一週間ほどで、初めての葉書が着いた。紙いっぱいはみ出すほどの、威勢のいい赤鉛筆の大マルである。付添っていった人のはなしでは、地元婦人会が赤飯やボタ餅を振舞って歓迎して下さったとかで、南瓜《かぼちゃ》の茎まで食べていた東京に較べれば大マルに違いなかった。

ところが、次の日からマルは急激に小さくなっていった。情ない黒鉛筆の小マルは遂にバツに変った。その頃、少し離れた所に疎開していた上の妹が、下の妹に逢いに行った。

下の妹は、校舎の壁に寄りかかって梅干の種子をしゃぶっていたが、姉の姿を見ると種子をペッと吐き出して泣いたそうな。

間もなくバツの葉書もこなくなった。三月目に母が迎えに行った時、百日咳を患っていた妹は、虱《しらみ》だらけの頭で三畳の布団部屋に寝かされていたという。

妹が帰ってくる日、私と弟は家庭菜園の南瓜を全部収穫した。小さいのに手をつけると叱る父も、この日は何も言わなかった。私と弟は、一抱えもある大物から掌《てのひら》にのるウラナリまで、二十数個の南瓜を一列に客間にならべた。これ位しか妹を喜ばせる方法がなかったのだ。

夜遅く、出窓で見張っていた弟が、

「帰ってきたよ！」

と叫んだ。茶の間に坐っていた父は、裸足《はだし》でおもてへ飛び出した。防火用水桶の前で、瘠《や》せた妹の肩を抱き、声を上げて泣いた。私は父が、大人の男が声を立てて泣くのを初めて見た。

あれから三十一年。父は亡くなり、妹も当時の父に近い年になった。だが、あの字のない葉書は、誰がどこに仕舞ったのかそれとも失くなったのか、私は一度も見ていない。

食いしんぼう

お八つの時間

「お前はボールとウエハスで大きくなったんだよ」

祖母と母はよくこういっていたが、確かに私の一番古いお八つの記憶はボールである。あれは宇都宮の軍道《ぐんどう》のそばの家であった。五歳ぐらいの私は、臙脂《えんじ》色の銘仙《めいせん》の着物で、むき出しの小さなこたつやぐらを押している。その上に黒っぽい刳《く》り抜きの菓子皿があり、中にひとならべの黄色いボールが入っている。私はそれを一粒ずつ食べながら、二階の小さな窓から、向いの女学校の校庭を眺めていた。白い運動服の女学生がお遊戯をしているのが見えた。

初めての子供でおまけに弱虫だったから、小学校に入るまではたしかにボールとウエハス——待てよ、無学揃いの我が家である。本当に球（ボール）と上蓮根（ウエハス）でいいのかしら。念のため明解国語辞典を引いてみたら、案《あん》の定《じょう》違っていた。

ボオロ〔ポ bolo〕小麦粉に鶏卵を入れて軽く焼いた球型の菓子。

ウエファアス〔Wafers〕西洋ふうの甘い軽焼せんべい。

四十数年間、ボールと思い込んでいたものがポルトガル語のボオロであったこと、ウエファアスの綴《つづ》りはこうであったことが、やっと判ったわけである。のっけからこの有様だから何とも心もとないのだが、子供の頃に食べたお八つを思い出すままに挙げてみると次の通りである。

ビスケット。動物ビスケット。英字ビスケット。クリーム・サンド。カステラ。鈴カステラ。ミルク・キャラメル。クリーム・キャラメル。新高《にいたか》キャラメル。グリコ。ドロップ。茶玉。梅干飴《あめ》。きなこ飴。かつぶし飴。黒飴。さらし飴。変り玉（チャイナ・マーブル）。ゼリビンズ。金米糖《こんぺいとう》。塩せんべい。砂糖せんべい。おこし。チソパン。木ノ葉パン。芋せんべい。氷砂糖。落雁《らくがん》。切り餡《あん》。味噌パン。玉子パン。棒チョコ。板チョコ。かりんとう――

きりがないからこのへんでやめておくが、昭和十年頃の中流家庭の子供のお八つは大体こんなところだった。

当時、父は保険会社の次長で月給九十五円。アンパン一個二銭だったそうな。今と違って子供はお金を持たされず、買い食い厳禁であった。学校から帰るとまず手を洗い、柱時計の前に坐って、三時を打つのを待つのである。戸棚には私は赤、弟は緑色と色分けされた菓子皿がならび、二、三種のお八つが入っていた。時計の針の進むのがいやにゆっくり感じられて、一度だけだが、踏台を弟に押えさせ柱時計の針を進ませたところ、どういう加減かビリビリッときて墜落し、少しの間フラフラしていたことがある。

うちの父は、正統派といえば聞えがいいが、妙に杓子定規《しゃくしじょうぎ》なところがあって、新聞は朝日、たばこは敷島、キャラメルは森永がひいきであった。

だが私は、森永キャラメルのキューピッドのついたデザインは好きだったが、明治のクリームキャラメルの匂いと、グリコのおまけに心をひかれた。ところが、父はグリコに対して妙に敵意を持っていたようで、

「飴なら飴、玩具なら玩具を買え。飴も食べたい、玩具も欲しいというのはさもしい了《りよう》見《けん》だ」

と機嫌が悪かった。四角四面の父は、グリコの押しつぶしたような自由な形も気に入らなかったのかも知れない。

この頃、一番豪華なお八つはシュークリームと、到来物のチョコレート詰合せであった。

特に大小さまざまな動物のチョコレートを詰合せた箱を貰うと、子供たちは緊張のあまり上ずってしまう程だった。長男の弟が一番、長女の私が二番目に好きなものを取るのだが、欲張って一番大きな象に手を出すと、中がガラン洞だったりする。小さい犬や兎のほうが、中まで無垢《むく》のチョコレートでガッカリしてしまうのだが、こういう場合、

父はどんなに弟が泣いても取り替えることを許さなかった。

さしてゆとりのない暮しの中から、母は母なりの工夫で四人の子供たちのお八つを整えたのだろうが、私は一銭玉を握って駄菓子屋へ飛び込む買い食いが羨《うらやま》しかった。

ニッキ水やミカン水、お好み焼を食べてみたかった。どういう手段でお金を手に入れたか覚えがないのだが、親にかくれて当て物（いわゆるメクリ）をしたところ大当りで、赤いキンカ糖の大きな鯛をもらったことがある。うちへ帰れば叱られて取り上げられるのは判っていたから、学校の机の中にかくしたところ、体操の授業が終って教室へもどってみると、まっ黒に蟻がたかっていた。

バナナや氷水は疫痢《えきり》になるから駄目。たまに銀座へ出ても、食べさせてもらえるのはプリンとアイスクリームだけであった。綿飴《わたあめ》とアイスキャンデーも絶対にいけませんのクチであった。どこの誰が使ったか判らない割り箸をろくに洗いもしないで使ってあるから不潔である、というのが理由である。私はこの十五年ばかりあと、親戚のうちに下宿した時に、初めてお祭りで綿飴を買った。買ったものの、その場で立ち食いが出来なくて、新聞紙にくるんでもらい、下宿めがけて駆け出したのだが、途中で知人に逢ってしまい炎天下で立ち話ということになった。やっと切りあげてまた駆け出してもどったが、あけてみたところ、ベタベタにぬれた新聞紙の中に、うす赤く染まった割り箸が一本転がっているだけであった。

昔の子供は聞き分けが悪かったのかそれとも親が厳しかったのか、お灸《きゅう》を据えたり押し入れへほうり込んだりの体罰はさほど珍しくなかった。子供のほうもさして恨みがましく考えず、撲《ぶ》たれようが往来へ突き出されようが、ワンワン泣くだけ泣くと、あとはケロリとしたものであった。私も、お灸こそ据えられなかったが、お八つ抜きのお仕置きは覚えがある。そんな時、弟は、「お姉ちゃんが可哀《かわい》そうだ」と、敷居の上に飴玉をのせ、金槌《かなづち》で二つに割って私に呉れたという。今でも姉弟でいい合いになると、母がその話を持ち出すので、私は旗色が悪くなって困ってしまう。

弟で思い出したが、私が小学校へ上った時に、父は私と二つ下の弟の為に机を作ってくれた。デザインは父で、仕事は近所に住む家具職人だった。腕はいいが子沢山《こだくさん》で、ガランとして家具ひとつないうちで、年中派手な夫婦げんかをやっていた。折からの不景気で、父は見かねて仕事を頼んだらしい。

今思い出してもあれは何とも奇妙な机であった。飛び切り大型の机に、私と弟が入れ違いというか差し向いで腰掛けるようになっているのである。抽斗《ひきだし》のほかに、脚にはランドセルや草履袋を入れる棚まで作りつけになっていた。モケット張りの椅子も弟のは少し高めに出来ていたし、黒っぽく塗ったサクラの材質も仕上りも堂々たるもので、当時としても相当高価だったと思う。

他人の家を転々として恵まれない少年時代を送った父が、長男長女に子供の頃の夢を託した作品だったと思うが、残念なことに一人っ子の父は「きょうだい」というものを知らなかったようだ。

大人しくしているのは父の前だけで、私と弟は、やれノートが国境線を越えたの、消しゴムのカスを飛ばしたので大立ち廻りのけんかとなり、大抵、一人は食卓で勉強という仕儀になったのである。

「お父さんがつまらないものを作るから」

と祖母と母は笑いながら陰口を利《き》いていた。おまけに、素人《しろうと》の悲しさで、子供の成長を計算に入れなかったものだから、すぐに使えなくなってしまった。椅子と抽斗の間に足がはさまり、窮屈で坐れなくなったのである。

上物《じょうもの》だが役立たずの大机は、それでも、十一回の引越しの半分をついてきたようだが、いつとはなしに処分されて見えなくなってしまった。

以前テレビでやっていた「ヒカリサンデスク」のコマーシャルを見るたびに、この父性愛の結晶である「きょうだい机」を思い出し、私はひとりで笑っていた。

あれはいくつの時だったか、たしか青葉の頃であった。私はこの机に一人で坐って、ふかし芋を食べながら母の「主婦之友」をめくっていた。汗ばんだひじに、ゆったりした大きな机は気持よかった。少女時代の照宮《てるのみや》様の写真がのっていた。いい机だな、と初めて思ったような気がする。考えてみると、これはわが人生初めての机であった。

お芋のふかしたのは、当時よく出てくるお八つであった。衣《きぬ》かつぎや新じゃがいものふかしたのもおいしかったが、何といってもさつまいもで、蓋《ふた》がデコボコになったご飯蒸しから甘い湯気を吹き上げていた光景をハッキリと覚えている。

私は「おいらん」が好きだった。

薄くてうす赤い皮。紫色を帯びたねっとりとした白。細身の甘い「おいらん」はその名の通り女らしくやさしいお芋だった。

反対に「金時」は大ぶりで、黄金色にぽっくりして、――誰がつけたのか知らないが、この頃になって、この二つのネーミングは本当に素晴しいと思う。それにひきかえ、戦争がはじまってから出てきた「農林一号」は、名前もつまらないが、お芋自体も水っぽく好きになれなかった。この頃から、私達のお八つはだんだんとさびしくなっていった。

お八つは固パンと炒《い》り大豆がせいぜいだった戦争が終って、一時期父はカルメ焼に凝ったことがある。仙台支店長だった頃だが、夕食が終ると子供たちを火鉢のまわりに集めて、父のカルメ焼が始まる。こういう時、四人きょうだい全部が揃わないと機嫌が悪いので、

「勉強もあるだろうけど、頼むから並んで頂戴よ」

と母が小声で頼んで廻り、私達は仕方なく全員集合ということになる。父は、自分で買ってきたカルメ焼用の赤銅《あか》の玉杓子《たまじやくし》の中に、一回分の赤ザラメを慎重に入れて火にかける。

「これは邦子のだ」

まじめくさっていうので、私も仕方なく、

「ハイ」

なるべく有難そうに返事をする。

砂糖が煮立ってくると、父はかきまわしていた棒の先に極く少量の重曹《じゆうそう》をつけ、濡れ布巾の上におろした玉杓子の砂糖の中に入れて、物凄い勢いでかき廻す、砂糖はまるで嘘のように大きくふくれ、笑み割れてカルメ焼一丁上り！　ということになる。うまく行った場合はいいのだが、ちょっと大きくふくれ過ぎたなと、見ていると、シュワーと息が抜け、みるみるうちにペシャンコになってしまう。こういう場合、子供たちはそんなものは見もしなかった、という顔で、そ知らぬ風をしなくてはならないのだ。

緊張のあまり、ハァ……と大きな吐息をもらしたら、それに調子を合せるようにカルメ焼もため息をつき、ペシャンコにつぶれてしまい、

「ヘンな時に息をするな！」

とどなられたこともあった。

こういう時、うちで一番の笑い上戸《じょうご》の母は、なにかと用をつくって台所にいたが、水仕事をする母の背中とお尻が細かに揺れて、笑っているのがよく判った。

私は子供のくせに癇《かん》が強くて、飴玉をおしまいまでゆっくりなめることの出来ない性分であった。途中でガリガリ噛んでしまうのである。変り玉などは、しゃぶりながら、どこでどう模様が変るのか気になってたまらず、鏡を見ながらなめた覚えがある。

飴玉だけでなく、何を焦《じ》れていたのか爪を噛み、鉛筆のお尻から三角定規、分度器からセルロイドの下敷きまで噛んで穴だらけであった。人の話を最後まで聞くことが出来ず口をはさむ。推理小説の読み方も我慢なしで、途中まで読み進むと、自分の推理が当っているかどうかが気になってついラストのページを読んでしまう、といった按配《あんばい》であった。

ところが、つい半年ほど前、入院生活を体験した。気がついたら私は飴玉をお仕舞いまでしゃぶっていたのである。病気が気持をゆったりとさせたのか不惑《ふわく》を越した年のせいか、嬉しいような寂しいような妙な気分であった。

子供はさまざまなお八つを食べて大人になる。

「なにを食べたかいってごらん。あなたという人間を当ててみせよう」

といったのは、たしかブリア・サヴァランだったと思うが、子供時代にどんなお八つを食べたか、それはその人間の精神と無縁ではないような気がする。

猫は嬉しい時、前肢《まえあし》を揃えて押すようにする。仔猫の時、母猫の乳房を押すとお乳がよく出る。出ると嬉しいから余計に押す。それが本能として残ったのだと聞いたことがある。子供時代に何が嬉しく何が悲しかったか、子供の喜怒哀楽にお八つは大きな影響を持っているのではないか。

思い出の中のお八つは、形も色も、そして大きさも匂いもハッキリとしている。英字ビスケットにかかっていた桃色やうす紫色の分厚い砂糖の具合や、袋の底に残った、さまざまな色のドロップのかけらの、半分もどったような砂糖の粉を掌《てのひら》に集めて、なめ取った感覚は、不意に記憶の底によみがえって、どこの何ちゃんか忘れてしまったけれど一緒にいた友達や、足をブラブラゆすりながら食べた陽当りのいい縁側の眺めもうすぼんやりと浮かんでくるのである。

そういう光景の向うから聞えてくるのは、私の場合、村岡のオバサンと関屋のオジサンの声である。昔、夕方のあれは六時頃だったのか、子供ニュースというのがあって、村岡花子、関屋五十二の両氏が交代でお話をされた。この声を聞くと夕飯であった。このあと、「カレント・トピックス」という時間があった。男のアナウンサーが、英語でニュースを喋《しゃべ》るのである。私は、これをひどく洒落《しゃれ》たことばの音楽のように聞いていた。

それにしても私は自分に作曲の才能がないのが悲しい。ハイドンの「おもちゃの交響曲」にならって、わが「お八つの交響曲」を作れたらどんなに楽しかろうと思うのだが、私はおたまじゃくしがまるで駄目なのである。

薩摩揚

初めての土地に行くと、必ず市場を覗く。どこかで見たような名所旧跡よりも、ゴミゴミした横丁を、あっちの魚屋こっちの八百屋と首を突っ込み、お国訛りのやりとりを聞きながら、やはり金沢の魚は顔つきが違うなあと感心するほうが、遥かに面白いからである。

そんな一角にかまぼこ屋を見かけると、私は途端に落着かなくなる。それも、店先に油鍋を据えて薩摩揚を揚げていたら、その薩摩揚が平べったいのではなく、人参やごぼうの入っていない棒状のだったりしたらもう我慢が出来ない。

「多分駄目だろうな」

半分は諦めながらも、

「いや、もしかしたら……」

迷った挙句、結局は三、四本買ってその場で立ち喰いということになる。そして、いつも裏切られる。揚げ立ての薩摩揚は、その土地なりにそれぞれおいしいのだが、私にとっての薩摩揚は違うのだ。三十六年前に鹿児島で食べたあの薩摩揚でなくてはならないのだから、始めから無理な注文に決っている。

父の転勤にともない、東京から鹿児島へ行ったのは小学校三年の時だった。新幹線も関門トンネルもない時代で、東京駅から丸一日の汽車の旅である。祖母などは、誰におどかされたのか、

「鹿児島のお巡りさんは、夏場は丸裸で、褌《ふんどし》の上に剣を吊っているそうだよ」

父に聞えぬように小声で囁《ささや》いて、わが息子の栄転を恨んでいた。ところが、聞くと見るとは大違いで、当り前のはなしだが巡査はちゃんと制服を着ているし、食べものはおいしい、陽気はいいで、すっかり鹿児島が気に入ってしまったようだ。

今でこそデパートで地方物産展が開かれ、居ながらにして日本全国の名物が味わえるが、戦前は、その土地の食べものは、その土地へ行かなくては口に入らなかった。マスコミも発達していなかったから、どこの何がおいしいのか知識もなかった。

そのせいか、一抱えもある桜島大根や、一口で頬張れる島みかんに驚いたり、キビナゴという縦縞の入った美しい小魚や壺漬のおいしさに感動した。そして、どういうわけか我が家は薩摩揚に夢中になった。

土地の人達は薩摩揚とはいわず、「つけ揚げ」という。シッチャゲと少々行儀の悪い

呼び方をする人もいた。たしか一個一銭だったと思う。物の安かった当時としても、これは安直なおかずであったらしく、母は毎日つけ揚げを買いに行くのはきまりが悪い、とこぼしていた。十部屋もある大きな社宅に住む分限者《ぶげんしゃ》が毎日つけ揚げでは、いかにもケチに見えたのだろう。分限者とは、土地の言葉で金持のことである。金持どころか我が家は全く無資産だったが、高い石垣や大きな門構えから、私は学校でも「分限者の子」と呼ばれていた。

分限者の子は、通っていた山下小学校の帰りに、よく薩摩揚屋へ寄り道をした。練り上げた魚のすり身を、二挺《にちよう》の庖丁を使って太目の刺身のサク程の大きさに作る。それを刺身庖丁で切りとるようにしながら棒状にまとめて、たぎった油鍋へ落しこむ。シューと金色の泡を立てていったん沈み、みごとな揚げ色がついて浮いてくる。あれは胡麻油だったのだろうか、香ばしい匂いと手ぎわのよさに酔いながら見あきることがなかったが、見物はいつも私一人だった。

大人の本を読むことを覚えたのも、この頃だった。納戸に忍び込んで父の蔵書の一冊を抜き取り、隣りの勉強部屋で読みふける。見つかれば取り上げられるに決っているから、万一に備えて「グリム童話集」や「良寛さま」など親に買ってもらった本を上に置き、抽斗《ひきだし》を半分開けて用心しいしいの読書だった。

夏目漱石全集、明治大正文学全集、世界文学全集——一冊を何日かけて読んだのか、いや、子供心にどれほどのことが判ったのか、今にして思えば、何故《なぜ》あと三年五年待って、もう少し分別がついてから読まなかったのか全く悔やまれるのだが、とにかく、鹿児島にいた足かけ三年の間に、このへんのところは全部「読んだ」ようだ。

当時はテレビなどほかに娯楽もなく、ままごとや人形遊びに物足らなくなった子供は、ボオッとしているか本を読むか、どちらかだったのではないだろうか。

学校から帰ると、ランドセルをおっぽり出して、抽斗をあけるのが楽しみだったが、あれは夏のことだったか、開けたとたんに中から守宮《やもり》が首を出し、大騒ぎになったことがある。結局、人を頼んで守宮退治という騒動になり、私はかくした本が見つかりはしないかと肝をつぶしたが、格別叱られた記憶もないところをみると、両親は知っていたのかも知れない。

直木三十五の「南国太平記」は、面白くて面白くて、夜眠るのが勿体《もったい》なくて仕方なかった。漱石の中では「倫敦塔《ロンドンとう》」を何度も繰り返して読んだし、バルビュスの「地獄」の中の、壁の穴から隣室のベッドシーンを盗み見る場面に衝撃を受けた記憶も残っている。「阿部定」のことを知ったのも、この頃だった。

級友に、フトン屋の子がいた。その家へ遊びにいった折に、小僧さん達が新聞をひろげながら、私達に聞かせるように声高に事件を話していた。綿入れにでも使うのだろう、だだっ広い二階の板の間で商売もののフトンに寄りかかりながら聞いたような気がする。フトン屋の子は、色白の大柄な口の重い女の子だったが、困ったように笑って私を見ていた。その日、桜島がいつもより烈しく煙を吹き上げ、市内に灰が降ったように覚えているけれど、子供の記憶だから当てにならない。

考えてみれば「阿部定」事件は昭和十一年である。私が鹿児島にいたのは昭和十四年から三年間だから、この記憶は事件当時ではなく、判決か仮出獄の記事だったのだろうか。いずれにしても、うちへ帰ってこの話題を口にしてはならないらしい、と見当がついたところをみると、おぼろげながら「事件」のあらましは判っていたのかも知れない。ともあれ、このあたりの記憶には何故《なぜ》か薩摩揚の匂いが漂っている。

匂いといえば、父が芸者衆に送られて帰ってきたことがあった。たしか松の内だったが、黒いトンビを着た父にまつわりつくようにして、三、四人の芸者が座敷に上った。びんつけ油と白粉《おしろい》の匂いだろう、祖母や母にない匂いが玄関から廊下に漂った。母は簞《たん》笥《す》のカンの音を立てて手早く羽織を取り替え、にこやかに迎えていたが、茶の間に引っ込むと、

「子供は早く寝なさい」

と私達を叱りつけた。祖母は黙って火鉢の灰をならし、母は酒の燗をつけていた。客

間から酔った父が出てきて、母の背にかぶさるようにして冗談口を叩き、お銚子を手にして、

「アチアチ……」

と珍しくふざけながら戻っていった。

嫉妬という言葉も知らなかったし、夫婦の機微も判る筈はなかったが、それでもこの頃から今迄《いままで》知らなかった大人の世界が、うすぼんやりと見え始めたようだ。

やはり同級生で、神主の子がいた。鳥集《とりだまり》神社という小ぢんまりしたお社《やしろ》が彼女の家であった。女のきょうだいの一番下で、子供のくせにお婆さんのような口の利《き》き方をした。私たちはお賽銭箱《さいせんばこ》の横に腰を下し、足をブラブラさせながら話をした。彼女は、

「お姉さんたちのすぐあとご不浄に入るとねえ……」

と声をひそめて、女は大人になると時々面倒なことになるらしい……と教えてくれた。私は、横目で賽銭箱の中をのぞきながら、こんなに少ししか入ってなくて、暮して行けるのかしら、と心配しながら聞いていた。鼻先で、鈴の緒が揺れていた。人の手の脂でうす黒く汚れた赤い緒を見ながら、ああ嫌だな、と思った。それでも、読んだ筈の世界文学全集のさまざまな場面とは決して重なり合わず、それはそれ、これはこれと、まだ他人ごとに思っていたのだから、本当のところは判っていなかったのかも知れない。

男の子の裸を見た、といって父に殴られたのもこの時分のことである。裏山で男の子

の角力大会があった。私は弟と見物にゆき、ふざけながら帰ったとたん、父に烈しく頬を打たれた。

「お父さん、邦子を幾つだと思っているんですか、まだ子供でしょ」

体当りで私をかばった母にも父は鉄拳を振ってどなりつけた。

「子供でも女の子は女の子だ！」

年の割にませていた長女の私を、父はよくお供に連れて歩いた。縁日に連れていってやる、というので浴衣に着がえ、祖母に三尺帯を結んでもらっているところへ父が入ってきた。

「お父さんは今晩何を買うか当ててごらん」

という。当時父は「さつき」の鉢植えに凝っていたから、

「さつきでしょ」と答えると、途端にムッとした口調で、

「俺はカンの鋭い子供は大嫌いだ」

吐き捨てるようにいうと、サッサと一人で出掛けてしまった。それまで見たことのない顔をしていた。私が十歳とすると父は三十三歳である。自分と性格の似ている私を可愛がりながらも、時にはうとましく思った父の気持が、此《こ》の頃やっと判るようになった。

城山の麓に照国神社がある。そのすぐ前に靴屋があった。昔風の店だったが、そこの

ウインドーに、緑色のハイヒールが飾ってあった。外国製だろう華奢《きやしや》な作りで、足首にも緑色の細い紐がついていた。うちの一族は野暮天《やぼてん》揃いで、当時ハイヒールをはくようなモダンな女は一人もいなかったから、私にはまるでそこだけ後光がさしているように思えた。

うちへ帰ってから、縁側でハイヒールをはいたつもりで爪立って歩いてみた。大きくつんのめって、もう少しでガラス戸に首を突っ込むところだった。目の前に桜島が煙を吐いていた。

社宅は上之平《かみのひら》といって、城山の並びの山の裾にあり、鹿児島市を一望のもとに見下せる高台であった。縁側に立つとすぐ前に桜島があった。

「空谷《くうこく》」という言葉を覚えたのも桜島のおかげである。いい言葉だからずっと気に入っていたのだが、この文章を書くに当って念のため辞書を引いて驚いてしまった。「空谷」というのは、遠くから山を見た時の谷間の陰翳《いんえい》のことだと思っていたら、人のいないさびしい谷のことだという。随分長い間思い違いをしていたことになる。

この言葉を教えてくれたのは、上門《かみかど》先生、内野先生、田島先生、どなただろうか。いずれも山下小学校の男の先生だが、この中で田島先生の思い出が鮮かである。大男で力自慢の田島先生は、受持ではなかったが、体操の時間に、「城山まで駆足！」などという時には、学年全体の指揮をとって、大声で号令をかけた。城山からの帰り道に、先生

は電柱につながれていた馬の口をこじあけて、

「動物の年齢は歯を見れば判る」

と生徒に示した。嫌がって暴れる馬を、先生も必死の形相《ぎょうそう》で押えこみながらの理科の授業だった。私はこの田島先生に、クラス全員の前で殴られたことがある。理由は忘れてしまったが、些細《ささい》なことで、当時の私にはどう考えても殴られる理由は判らなかった。ただ東京から転校した私は、多少成績もよく、人もチヤホヤした。その頃からぼつぼつ烈しくなり始めた日支事変の英霊が帰った時など、学校を代表して、女だてらに公会堂で弔詞《ちょうじ》を読む、というようなこともあり、田島先生は苦々しく思っておられたのではないかと思う。確かに私はうぬぼれの強い生意気な小学生だった。生れて初めて父以外の人間に殴られた屈辱は残ったが、それでも田島先生のことは大好きだった。今でも、あの体当りの凄《すさ》まじい路上の実地教育と、増上慢《ぞうじょうまん》の鼻をへし折られた頰の痛さは、重ね合せてなつかしく思い出すことがある。田島先生が沖縄で戦死されたことを知ったのは、つい五年ほど前であった。

クラスにIという女の子がいた。

背も一番小さく、少し左足を引いていたので、体操の時間にはいつも一人だけ遅れて駆け出していた。

遠足の朝、級長をしていた私は、見送りに来たこの子の母親から大きな風呂敷包みを持たされた。ずっしりと重い包みの中は茹《ゆ》で卵で、「みんなで食べて下さい」という意味のことを聞き取りにくい鹿児島弁でいって子供の私に頭を下げた。私は今でも、茶色の粗末な風呂敷と、ほかほかと温かい茹で卵の重味を辛《つら》い気持で思い出す。

平凡なお嫁さんになるつもりだった人生コースが、どこでどう間違ったのか、私はいまだに独り身で、テレビのホームドラマを書いて暮している。格別の才もなく、どこで学んだわけでもない私が、曲りなりにも「人の気持のあれこれ」を綴って身すぎ世すぎをしている原点――というと大袈裟《おおげさ》だが――もとのところをたどって見ると、鹿児島で過した三年間に行き当る。

春霞《はるがすみ》に包まれてぼんやりと眠っていた女の子が、目を覚まし始めた時期なのだろう。お八つの大小や、人形の手がもげたことよりも、学校の成績よりももっと大事なことがあるんだな、ということが判りかけたのだ。今までひと色だった世界に、男と女という色がつき始めたといおうか。うれしい、かなしい、の本当の意味が、うすぼんやりと見え始めたのだろう。この十歳から十三歳の、さまざまな思い出に、薩摩揚の匂いが、あの味がダブってくるのである。

かの有名な「失われた時を求めて」の主人公は、マドレーヌを紅茶に浸した途端、過ぎ去った過去が生き生きとよみがえった。私のマドレーヌは薩摩揚である。何とも下世《げせ》話《わ》でお恥ずかしいが、事実なのだから、飾ったところで仕方がない。

ところで、鹿児島へは行ってみたい気持半分、行くのが惜しい気持半分で、あれ以来、まだ一度も行かずにいる。

幻のソース

よそでおいしいものを頂いて、「うむ、この味は絶対に真似して見せるぞ」という時、私は必ず決った姿勢を取ることにしています。

全身の力を抜き、右手を右のこめかみに軽く当てて目を閉じます。レストランのざわめきも音楽も、同席している友人達の会話もみな消えて、私は闇の中にひとり坐って、無念無想でそのものを味わっているというつもりになるのです。

どういうわけか、この時、全神経がビー玉ほどの大きさになって、右目の奥にスウッと集まるような気がすると、「この味は覚えたぞ」ということになります。

名人上手の創った味を覚え、盗み、記憶して、忘れないうちに自分で再現して見る——これが私の料理のお稽古なのです。

「頭でも痛いのですか」

知らない方はこう心配されます。私はロダンの〝考える人〟か目を閉じて指揮をするカラヤンのつもりですが、口の悪い友人は、座頭市とメシを食っているようだと申します。どうも時々白目を出すらしいのです。言いたい人間には言わせて置け。楽譜もなければ方程式もない〝味〟を覚えようというのです。格好をかまってはいられません。

このやり方で、私は若竹椀や沢煮椀、醬油《しょうゆ》ドレッシングやにんにく玉子などの料理をわがレパートリーに加えることが出来ました。大抵の料理は、ちょっとしたコツを板前さんに聞く程度で、何とか近い味を再現出来たのですが、ただひとつ、どこからどう取りついたらいいのか途方に暮れた味がありました。

五年ほど前にパリで食べたペッパー・ステーキにかかっていたソースです。オペラ座の前の地下にある小ぢんまりした店で、アマリア・ロドリゲスのファドを聴いた時のディナーに出たものでした。

茶褐色のコクのあるソースは、重い凄味《すごみ》のある味で私を圧倒しました。私の四十何年かの食の歴史で初めて出逢った味でした。何と何をどうして作ったのか見当もつかないままに、私はいつものように右手をこめかみに当て、味を覚えようと目を閉じました。

舞台では、黒いドレスのアマリア・ロドリゲスが、その頃パリで流行《はや》り始めていた「オ・シャンゼリゼ」の歌唱指導をしています。あまり大きい声で歌うと、覚えた味を忘れそうなので小さな声で唱和しました。帰りの飛行機の中でも度々《たびたび》、覚えた味を反芻《はんすう》しながら、ご一緒した澤地久枝女史に、日本へ帰ったら同じものを作ってご馳走するわねと約束しました。さあ、こうなったら後へは引けません。

東京に着いて時差ボケが直るとすぐ、私はフランス料理の本をめくり、辻静雄著『たのしいフランス料理』の中に、このソースの作り方が出ていることをつきとめました。

正式の名前はグラス・ド・ヴィアンド（濃く煮つめた肉汁）でした。材料表を見、作り方を読んで、腰が抜けそうになりました。出来上り五リットルとして、牛のスネ肉三キロ、仔牛のスネ肉二キロ、仔牛の骨一キロ、バター二百グラム、にんじん、玉葱《たまねぎ》、ポロ葱各二百グラム、セロリ七十グラム、ブーケ・ガルニ、ニンニク一個、粒胡椒十粒、丁子《ちょうじ》一本、水八リットル、塩十五グラム――。

これを、砕き、叩き、順に重ね、いため、沸騰させ、火を弱め、放置して汗をかかせ、五時間煮つめ、強火であおって壁を作り、とろ火にして、骨に汁をそそぎかけてぬらし、また三時間煮つめて溶かし、あくを取り、脂をすくい、裏ごしして、また水を加えて数時間煮て――きりがないのでやめますが、とにかく、十数時間かかるのです。

私は作りました。

汗だくだくの一日の終りに、小鍋いっぱいの茶色いジェリーのもとのようなソースが出来たのです。早速《さっそく》ペッパー・ステーキを作り、右手をこめかみにあてがい目を閉じ、ビー玉を右目の奥に寄せて味わって見ました。似ています。「オ・シャンゼリゼ」です。

すぐ澤地久枝女史に電話して成功を告げ、植田いつ子女史も誘って近々に試食会を開きましょうと大きく出たのですが、残念ながらこれは実現しませんでした。毎週一回来てくれるお手伝いが、傷んだ煮凝《にこご》りと間違えて捨ててしまったのです。パリで食べたあの味もたった一回しか味わえなかったわが幻のソースの味も、日に日に遠いものになっていますが、あの日の苦労がこたえたのでしょう、フランス料理のソースは残さずパンで拭って食べる習慣が身につきました。

水羊羹

私は、テレビの脚本を書いて身すぎ世すぎをしている売れのこりの女の子（？）でありますが、脚本家というタイトルよりも、味醂干し《みりんぼし》評論家、または水羊羹《みずようかん》評論家というほうがふさわしいのではないかと思っております。今日は水羊羹についてウンチクの一端を述べることに致しましょう。

まず水羊羹の命は切口と角であります。

宮本武蔵か眠狂四郎が、スパッと水を切ったらこうもなろうかというような鋭い切口と、それこそ手の切れそうなとがった角がなくては、水羊羹といえないのです。

水羊羹は、桜の葉っぱの座ぶとんを敷いていますが、うす緑とうす墨色の取合わせや、ほのかにうつる桜の匂いなどの効用のほかに、水羊羹を器に移すときのことも考えられているのです。つまり、下の桜のおザブを引っぱって移動させれば、水羊羹が崩れなくてもすむという、昔ながらの「おもんぱかり」があるのです。

水羊羹は江戸っ子のお金と同じです。宵越しをさせてはいけません。傷みはしませんが、「しわ」が寄るのです。表面に水気が滲《し》み出てしまって、水っぽくなります。水っぽい水羊羹はクリープを入れないコーヒーよりも始末に悪いのです。

固い水羊羹。

これも下品でいけません。色も黒すぎては困ります。

小学生の頃、お習字の時間に、「お花墨」という墨を使っていました。どういうわけか墨を濃くするのが子供の間に流行《はや》って、杉の葉っぱを一緒にすると、ドロドロになって墨が濃くなるというので、先生の目を盗んでやっていましたが、今考えてみますと、何も判っていなかったんだなと思います。墨色の美しさは、水羊羹のうす墨の色にあるのです。はかなくて、もののあわれがあります。

水羊羹は、ふたつ食べるものではありません。口あたりがいいものですから、つい手がのびかけますが、歯を食いしばって、一度にひとつで我慢しなくてはいけないのです。水羊羹を四つ食った、なんて威張るのは馬鹿です。その代り、その「ひとつ」を大事にしましょうよ。

心を静めて、香りの高い新茶を丁寧に入れます。私は水羊羹の季節になると白磁のそばちょくに、京根来《ねごろ》の茶托《ちゃたく》を出します。水羊羹は、素朴な薩摩硝子《ガラス》の皿か小山岑一《しんいち》さん作の少しピンクを帯びた肌色に縁だけ甘い水色の和蘭陀《オランダ》手の取皿を使っています。

水羊羹と羊羹の区別のつかない男の子には、水羊羹を食べさせてはいけません。そういう野郎には、パチンコ屋の景品棚にならんでいる、外箱だけは大きいけど、ボール紙で着ぶくれて、中身は細くて小さいいやにテカテカ光った、安ものの羊羹をあてがって置けばいいのです。

ここまで神経を使ったのですから、ライティングにも気を配ろうじゃありませんか。蛍光灯の下で食べたのでは水羊羹が可哀《かわい》そうです。

すだれ越しの自然光か、せめて昔風の、少し黄色っぽい電灯の下で味わいたいものです。ついでに言えば、クーラーよりも、窓をあけて、自然の空気、自然の風の中で。

ムード・ミュージックは何にしましょうか。

私は、ミリー・ヴァーノンの「スプリング・イズ・ヒア」が一番合うように思います。この人は一九五〇年代に、たった一枚のレコードを残して、それ以来、生きているのか死んだのか全く消息の判らない美人の歌手ですが、冷たいような甘いような、けだるいような、なまぬくいような歌は、水羊羹にピッタリに思えます。クラシックにいきたい時は、ベロフの弾くドビュッシーの「エスタンプ（版画）」も悪くないかも知れませんね。

水羊羹は気易くて人なつこいお菓子です。どこのお菓子屋さんにでも並んでいます。

そのくせ、本当においしいのには、なかなかめぐり逢わないものです。

私は、今のところ、「菊家」のが気に入っています。青山の紀ノ国屋から六本木の方へ歩いて三分ほど。右手の柳の木のある前の、小づくりな家です。粋な着物をゆったりと着こなした女主人が、特徴のあるハスキーな声で、行き届いた応対をしてくれます。この人の二人の息子さんが奥でお菓子を作っているのです。とてもセンスのあるいい腕で、生菓子も干菓子もみごとです。お茶会のある日など、ひる過ぎにゆくと売り切れということもあります。

入って右手の緋毛氈《ひもうせん》をあしらった待合の椅子に腰かけて、「唐衣《からごろも》」や「結柳《むすびやなぎ》」と、それこそうす墨の美しい手で書かれた小さな紙の入った、干菓子を眺めているだけで、日本というのはいい国だなと思います。この字も、すてきな女主人の筆なのです。

水羊羹が一年中あればいいという人もいますが、私はそうは思いません。水羊羹は冷し中華やアイスクリームとは違います。新茶の出る頃から店にならび、うちわを仕舞う頃にはひっそりと姿を消す、その短い命がいいのです。

お弁当

自分は中流である、と思っている人が九十一パーセントを占めているという。この統計を新聞で見たとき、私はこれは学校給食の影響だと思った。

毎日一回、同じものを食べて大きくなれば、そういう世代が増えてゆけば、そう考えるようになって無理はないという気がした。

小学校の頃、お弁当の時間というのは、嫌でも、自分の家の貧富、家族の愛情というか、かまってもらっているかどうかを考えないわけにはいかない時間であった。

豊かなうちの子は、豊かなお弁当を持ってきた。大きいうちに住んでいても、母親がかまってくれない子は、子供にもそうと判るおかずを持ってきた。

お弁当箱もさまざまで、アルマイトの新型で、おかず入れが別になり、汁が出ないように、パッキングのついた留めのついているのを持ってくる子もいたし、何代目のお下りなのか、でこぼこになった上に、上にのせる梅干で酸化したのだろう、真中に穴のあいたのを持ってくる子もいた。

当番になった子が、小使いさんの運んでくる大きなヤカンに入ったお茶をついで廻るのだが、アルミのコップを持っていない子は、お弁当箱の蓋《ふた》についでもらっていた。蓋に穴のあいている子は、お弁当を食べ終ってから、自分でヤカンのそばにゆき、身のほうについで飲んでいた。

ときどきお弁当を持ってこない子もいた。忘れた、と、おなかが痛い、と、ふたつの理由を繰り返して、その時間は、教室の外へ出ていた。

砂場で遊んでいることもあったし、ボールを蹴っていることもあった。そんな元気もないのか、羽目板に寄りかかって陽なたぼっこをしているときもあった。

こういう子に対して、まわりの子も先生も、自分の分を半分分けてやろうとか、そんなことは誰もしなかった。薄情のようだが、今にして思えば、やはり正しかったような気がする。ひとに恵まれて肩身のせまい思いをするなら、私だって運動場でボールを蹴っていたほうがいい。

お茶の当番にあたったとき、先生にお茶をつぎながら、おかずをのぞいたことがある。のぞかなくても、先生も教壇で一緒に食べるので、下から仰いでもおよその見当はついたのだが、先生のおかずも、あまりたいしたものは入っていなかった。

昆布の佃煮と切りいかだけ。目刺しが一匹にたくあん。そういうおかずを持ってくる子のことを考えて、殊更《ことさら》、つつましいものを詰めてこられたのか、それとも薄給だったのだろうか。

私がもう少し利発な子供だったら、あのお弁当の時間は、何よりも政治、経済、社会について、人間の不平等について学べた時間であった。残念ながら、私に残っているのは思い出と感傷である。

東京から鹿児島へ転校した直後のことだから、小学校四年のときである。

すぐ横の席の子で、お弁当のおかずに、茶色っぽい見馴《みな》れない漬物だけ、という女の子がいた。その子は、貧しいおかずを恥じているらしく、いつも蓋を半分かぶせるようにして食べていた。滅多《めった》に口を利《き》かない陰気な子だった。

どういうきっかけか忘れてしまったが、何日目かに、私はその漬物をひと切れ、分けてもらった。これがひどくおいしいのである。

当時、鹿児島の、ほとんどのうちで自家製にしていた壺漬なのだが、今みたいに、坐っていて、日本中どこの名産の食べものでも手に入る時代ではなかったから、私は本当にびっくりして、おいしいおいしいと言ったのだろうと思う。

その子は、帰りにうちへ寄らないかという。うんとご馳走して上げるというのである。

小学校からはかなり距離のあるうちだったが、私はついていった。もとはなにか小商《こあきな》いをしていたのが店仕舞いをした、といったつくりの、小さなうちであった。彼女の姿を見て、おもてで遊んでいた四、五人の小さな妹や弟たちが彼女と一緒にうちへ上った。

うちには誰もいなかった。私は戸締りをしていないことにびっくりしたが、すぐにその必要がないことが判った。そのうちはちゃぶ台のほかは家具は何ひとつ無かったからである。

彼女は、私を台所へ引っぱってゆき、上げ蓋を持ち上げた。黒っぽいカメに手をかけたとき、頭の上から大きな声でどなられた。

働きに出ていたらしい母親が帰ってきたのだ。きつい訛《なま》りで「何をしている」と言って叱責する母親に向って、彼女はびっくりするような大きな声で、

「東京から転校してきた子が、これをおいしいといったから連れてきた」

というようなことを言って泣き出した。

母親に立ち向う、という感じだった。

帰ろうとする私の衿髪《えりがみ》をつかむようにして、母親は私をちゃぶ台の前に坐らせ、丼いっぱいの壺漬を振舞ってくれた。この間、三十八年ぶりで鹿児島へゆき、ささやかな同窓会があった。この人に逢いたいと思ったが、消息が判らないとかで、あのときの礼は

まだ言わずじまいでいる。

女子供のお弁当は、おの字がつくが、男の場合は、弁当である。

これは父の弁当のはなしなのだが、私の父はひと頃、釣に凝ったことがある。のぼせると、何でも本式にやらなくては気の済まない人間だったから、母も苦労をしたらしいが、釣に夢中になっていて弁当を流してしまった。

はなしの具合では川、それも渓流らしい。茶店などある場所ではなかったから、諦めていると、時分どきになったら、すこし離れたところにいた一人の男が手招きする。

「弁当を一緒にやりませんか」

辞退をしたが、余分があるから、といって、父のそばへやってきて、弁当をひろげてみせた。

「世の中に、あんな豪華な弁当があるのかと思ったね」

色どりといい、中身といい、まさに王侯貴族の弁当であったという。あとから礼状でもと思い、名前を聞いたが、笑って手を振って答えなかった。その人とは帰りに駅で別れたが、その頃としては珍しかった外国産の大型車が迎えにきていたという。

何年かあとになって、雑誌のグラビアでその人によく似た顔をみつけて、もう一度びっくりしたという。勅使河原《てしがわら》蒼風《そうふう》氏だったそうな。人違いじゃないのと言っているうちに父は故人になった。あの人の花はあまり好きではなかったが、親がひとかたけの弁当を振舞われたと思うせいか、人柄にはあたたかいものを感じていた。

たっぷり派

絵や美術品を見るときに、じっくり時間をかけて鑑賞する人と、ごく短時間にさっと眺めて帰ってくる人間がいる。

私は後者、つまり急ぎ足のほうである。

風呂ならカラスの行水《ぎょうずい》である。

絵なら絵、茶碗なら茶碗を、じっくり拝見すると、どうしても均等に目がいってしまう。かえって印象が稀薄になってしまう。それと、なまじ時間があると思うので、気持がゆるんでしまう。

一期《いちご》一会《いちえ》、というほど大げさなものではないが、この一瞬しか見られないのだぞ、と我と我が身にカセをはめると、目のないなりに緊張するせいか、余韻《よいん》が残り残像が鮮明のような気がする。升田名人は、子供の頃にパッと飛び立つトリの数を、一目見てあてるのがお上手だったそうだ。

コツは、ほかの子供のように、一羽二羽と空中で数えないことだという。飛び立つトリをパッと見て、その図柄、感じを瞬間に目のなかに焼きつけてしまう。あとから瞼《まぶた》に残るトリの数を見当つければいい、というのである。

我が意を得たりと嬉しくなったが、升田名人と私ごときを同列におくのは、おこの沙《さ》汰《た》であって、あちらは天性の勝負師、私のはただのせっかちに過ぎないのである。

見るほうがあっさり、というやり方だから味のほうも同じかというとこれが反対なのだから、おかしなものだと思ってしまう。

おそばのタレは、たっぷりとつけたい。

たっぷり、というよりドップリといった方がいい。

野暮と笑われようと田舎者とさげすまれようと、好きなものは好きなのだから仕方がない。

その代り、いよいよご臨終というときになって、

「ああ、一度でいいから、たっぷりタレをつけてそばを食いたかった」

などと思いを残さないで済む。

たっぷりはそばのタレだけではない。

恥しながら、私は醬油《しょうゆ》もソースも、たっぷりとかけたのが好きなのだ。

昔は、塩気を粗末にするとひどく叱られたものだった。

お刺身を食べるとき、銘々が小皿に醬油をつぐ。

子供のことだから、つい手がすべって多い目についでしまう。どうにか使い切れば文句はないのだが、残ったりしたら大事《おおごと》だった。

「お前は自分のつける醬油の分量も判らないのか」

と叱られるのである。

「残しておいて、あした使いなさい」

私の小皿だけは、蠅帳《はいちょう》に仕舞われてしまう。

次の食事のとき、ほかの家族は、小皿に新しく醬油をついでいるのに、私だけが前の残りを使わなくてはならない。

皿のまわりは、醬油が飛び散って汚れているし、気のせいか醬油もねばって、おいしくない。ゴミなんかも浮いているような気がする。

二度目の食事に使ってもまだ残っていると、食事が終ってご飯茶碗についだ番茶で、醬油の残った小皿をすすがせられた。

一人だけうす赤く染った番茶を頂かなくてはならない。

このときのことが骨身にしみたのであろう、私は刺身醬油をつぐとき、いつも用心しいしい、ポッチリ注いでいた。

早く大人になって、残ってもかまわない、そんなこと気にしないで、たっぷり醬油やソースをつけて物を食べたいと思っていた。

親の教育が裏目に出た例であろう。

バターを利《き》かせたプレーン・オムレツに、サラリとした辛口のウスター・ソースをたっぷりかけて食べるのが好きである。

塩胡椒《こしょう》をちゃんとすれば、ウスター・ソースなどかけるのは邪道に決っているのだが笑わば笑えだ。

あたたかいご飯に、これがあれば、言うことなしである。

氏素姓《うじすじょう》の卑《いや》しさを広告しているみたいで、こっそりとやっていたのだが、そっと聞いてみると、意外にも、オムレツにソースジャブジャブという方がかなり沢山《たくさん》おられることに気がついた。

さる名門の夫人は、

「うちは、オムレツのなかに牛の挽肉と玉葱《たまねぎ》をいためたのを入れて、それにソースをかけてよくいただくんですよ」

私も同じものをよく作る。

「お宅は、それ、何て呼んでいらっしゃる」

「さあ、何て呼んでたかしら。別に名前なんかなかったんじゃないかしら」

「うちでは『ポロ牛《うし》』といっていたのよ」

挽肉をポロポロにいためるからなのだそうだが、それにしてもポロ牛とは。なんだか牛がポロ（馬に乗って争う球技の一種）をしているようだ。牛が馬に乗るという連想のせいか、それ以来、このお惣菜《そうざい》をつくるたびにポロ牛を思い出しておかしくなってしまう。


たっぷり欲しいものにレモンがある。

スモーク・サーモンが出たとき、櫛型の薄いレモンがついていないと、ああせっかくのおいしいサーモンなのに、こうと知ったらうちからレモンを持ってきて、たっぷりしぼっていただけたのに、と口惜しい思いをする。

牡蠣《かき》フライのときも同じである。

薄い八つ割りのレモンを、一滴残らず牡蠣に絞りかけようと、慎重にやったあげく、方向を間違えて自分の目玉の方に飛ばしてしまい、目は沁《し》みるわ、フライのほうにはかからないわで、さびしい思いをする。

なんでもたっぷりでなくては気が済まないくせに、お風呂だけはあまりたっぷりしていると、落着きがない。

湯船いっぱいに湯があふれている温泉場などで体を沈めるとザアと湯がこぼれることがある。

「ああ、もったいない」

と思ってしまう。戦争中、燃料がなくて、風呂は二日おきなどという苦労をした世代は、三十五年たってもまだミミっちさがとれないのだ。

「スパゲティはたっぷりの湯に塩ひとつまみ入れて茹《ゆ》で」は実行出来るのだが、人間さまのほうは、程々の湯で、茹でこぼさないで入るほうが豊かな気分になれる。

もっとも人さまざまである。

そばのタレはごくあっさりとつける代り、お風呂のほうは湯船からあふれるほどでないと入った気がしないという方もおられるに違いない。こちらの方が粋《いき》なようである。

「う」

毎度古いはなしで恐縮だが、戦争が終って一番はじめに見た映画は「春の序曲」であった。

ディアナ・ダービンとフランチョット・トーン主演のアメリカ映画である。今から考えれば他愛《たわい》ない代物《しろもの》で、筋もなにも忘れてしまったが、ひとつだけはっきりと覚えているのは、この映画のなかではじめてアメリカの台所をのぞいた、ということである。

場所は、あれはニューヨークかサンフランシスコか、ともかく、超モダーンなアパートらしかった。日本にマンションという言葉など生れる遥《はる》か以前のことである。

フランチョット・トーン。この人はアメリカ男にしては渋くて粋《いき》な二枚目だった。かなり金廻りのいい男という役どころで、豪華なアパートで独身をたのしんでいる。

昼間、急に自分の部屋へ帰ると、肥った家政婦が、台所で料理をしている。

この台所が、ため息が出るほど凄《すご》かった。広い居間の中央に、丸くせり出した、いまでいうアイランド(島型)・キッチンというのだろうか。

ぐるりがカウンターのようになっており、立ち働くところは一段低くなって、そこにガス台や調理台、冷蔵庫がみな組み込みになっている。

映画はたしか白黒だったと思うが、台所すべてが、金属と透明な素材でキラキラと輝いているのである。

もっとおどろいたのは、家政婦の使っている鍋であった。何と透き通っている。金属のフライ返しのようなもので、魚のムニエルを作っているのだが、あんな強火でパチンと割れないのだろうか。

強化ガラスをまだ知らなかったから、それは手品を使っているとしか思えなかった。

しかも、いきなり入ってきたフランチョット・トーンは、家政婦に向って、手をひろげて肩をすくめ(このしぐさも台所ほどではないが、目新しいものにみえた)、

「ぼくは魚の匂いは弱いんだけどなあ」

という意味のことを、しゃれた感じで言う。

肥ったメイドは、決して卑屈ではなく、むしろ堂々とした態度で、

「今日は仕事はお休みの日だから、いいでしょ」

というようなことを言っている。

どうやら、その日は、メイドは働かなくてもいい日らしい。透き通った鍋でソテーし

ている魚は、メイドが自分のために作っているおかずであった。

三十何年前の記憶だから、多分正確ではないと思う。

だが、あのピカピカ輝く機械のような台所と、透明な鍋と、魚問答でみせた人間関係の新鮮さは、アメリカという国を理解するいとぐちになった。いや、これは飾った言い方である。私はアメリカ文化を、まず台所から覗いたのであった。


「春の序曲」ほど古くはないが、若乃花——といっても先代で、いまの二子山親方だが、この人の印象に残る写真と記事もやはり食べもののことであった。

大きなグラフ雑誌の、たしか巻末の一ページに、大関かなにかに昇進した、当時人気の若乃花関は、まわしひとつの姿で、足を投げ出した格好で坐っていた。

四角いいろりのそばだったような覚えがあるが、この部分はすこし、自信がない。

この写真と記事のねらいは、「私の好物」といった趣向らしく、若関は「団子」をあげていた。

そのなかで、夫人はミシンを踏んで洋裁の内職をしている、と率直に語り、

「好きな団子も自分で作って食べます」

という一行があったような気がする。

記憶違いだったら、手をついてお詫びをしなくてはいけないが、私はこの一枚の写真

とこの一行で、若乃花に惚れてしまった。

ほかの横綱、大関よりひとつ見おとりのする体。踵《かかと》に目のある若乃花といわれ、土俵ぎわに足がかかっても、まだねばり逆転する姿に溜息をつきながら、この一行がちらちらした。

私はひいきの関取も、食べものから入るのである。

女のくせにだらしのないたちで、抽斗《ひきだし》をあけて、探すものがすぐに出たためしがない。大事なものは、失くしたら大変と整理して仕舞い込むのがいけないらしく、さあ、というときになると、どこへ入れたのか判らなくなる。

そんなこんなで心ならずも国民年金もあやうく失格するところだったし、税金も期限までに納付書が見つからず、あちこち引っくりかえしているうちに納期を過ぎてしまい、ひと様にも迷惑をかけ、自分も不便をしてきた。

これではならじと一念発起して、七段になった整理棚を四つ買ってきた。税金、年金、名刺、などとインデックスをつくり、――威張っていうはなしではないのである。他人《ひと》様《さま》は当り前のこととして実行なさっているに違いないが、よろずおくての私には、これでも文化大革命なのである。とにかく、居間の一隅に据えつけたのだが、目的通り区分けして物を整理し、入れたのは、はじめの半月であった。

あっという間に、年金と税金と領収書は入りまじり、手紙と海外旅行関係は同居して、ごちゃごちゃになってしまった。

そのなかでただひとつ、厳然とそれひとつを誇っているのは「う」という箱であった。

「う」は、うまいものの略である。

この抽斗をあけると、さまざまの切り抜きや、栞《しおり》が入っている。

「食らわんか」

親ゆずりの〝のぼせ性〟で、それがおいしいとなると、もう毎日でも食べたい。新らっきょうが八百屋にならぶと、早速《さっそく》買い込んで醬油《しょうゆ》漬けをつくる。わが家はマンションで、ベランダもせまく、本式のらっきょう漬けができないので、ただ洗って水気を切ったのを、生醬油《きじょうゆ》に漬け込むだけである。二日もすると食べごろになるから、三つ四つとり出してごく薄く切って、お酒の肴《さかな》やご飯の箸《はし》休めにするのである。化学調味料を振りかけたほうがおいしいという人もいるが、私はそのままでいい。

外側が、あめ色に色づき、内側にゆくほど白くなっているこの新らっきょうの醬油漬けは、毎年盛る小皿も決っている。大事にしている「くらわんか」の手塩皿である。

「くらわんか」というのは、食らわんか、のことで、食らわんか舟からきた名前である。

江戸時代に、伏見・大坂間を通った淀川を上下する三十石舟の客船に、小さい、それこそ亭主が漕いで、女房が手づくりの飯《めし》や惣菜《そうざい》を売りに来た舟のことを言うらしい。

「食らわんか」と、声をかけ、よし、もらおうということになると、大きい船から投げおろしたザルなどに、厚手の皿小鉢をいれ商いをしていたらしい。言葉遣いも荒っぽく、どうやらもぐりだったらしいが、大坂城を攻めたときに徳川家康方の加勢をしてなにか手柄があったらしい。そんなことからお目こぼしにあずかっていた、と物の本にも書いてある。

この食らわんか舟は、飯や惣菜だけでなく、もっと白粉《おしろい》臭い別のものも「食らわんか」というようになったというが、そっちのほうは私には関係ない。この連中が使った、落としても割れないような、丈夫一式の、焼き物が、食らわんか茶碗などと呼ばれて、かなりの値段がつくようになってしまった。汚れたような白地に、藍《あい》のあっさりした絵付けが気に入って、五枚の手塩皿は、気に入った季節のものを盛るとき、なくてはならないいれものである。

「食らわんか」ではじまったから言うわけではないが、どうも私は気取った食べものは苦手である。ほかのところでは、つまり仕事のほうや着るもの、言葉遣いなどは、多少自分を飾って、気取ったり見栄をはったりして暮している。せめてうちで食べるものぐらいは、フォアグラに衿《えり》を正したり、キャビア様に恐れ入ったりしないで食べたい。

ついこの間、半月ばかり北アフリカの、マグレブ三国と呼ばれる国へ遊びにいった。チュニジア、アルジェリア、モロッコである。オレンジと卵とトマトがおいしかったが、羊の匂いと羊の肉にうんざりして帰ってきた。

日本に帰って、いちばん先に作ったものは、海苔弁である。

まずおいしいごはんを炊《た》く。

十分に蒸らしてから、塗りのお弁当箱にふわりと三分の一ほど平らにつめる。かつお節を醬油でしめらせたものを、うすく敷き、その上に火取《ひど》って八枚切りにした海苔をのせる。これを三回くりかえし、いちばん上に、蓋《ふた》にくっつかないよう、ごはん粒をひとならべするようにほんの少し、ごはんをのせてから、蓋をして、五分ほど蒸らしていただく。

もったいぶって手順を書くのがきまり悪いほど単純なものだが、私はそれに、肉のしょうが煮と塩焼き卵をつけるのが好きだ。

肉のしょうが煮といったところで、ロースだなんだという上等なところはいらない。コマ切れでいい。ただし、おいしい肉を扱っている、よく売れるいい肉屋のコマ切れを選ぶようにする。醬油と酒にしょうがのせん切りをびっくりするくらい入れて、カラリと煮上げる。

塩焼き卵は、うすい塩味だけで少し堅めのオムレツを、卵一個ずつ焼き上げることもあるし、同じものを、ごく少量のだし汁でのばして、だて巻風に仕上げることもある。

ずいぶん長い間、この二とおりのどちらかのものを食べていたのだが、去年だったろうか、陶芸家の浅野陽《あきら》氏の「酒呑みのまよい箸」という本を読んで、もうひとつレパートリーがふえた。

　浅野氏のつくり方は、塩味をつけた卵を、支那鍋で、胡麻油を使って、ごく大きめの中華風のいり卵にするのである。

　これがおいしい。これだけで、酒のつまみになる。塩と胡麻油、出逢いの味、香りが何ともいい。黄色くサラリと揚がるところもうれしくて、私はずいぶんこの塩焼き卵に凝った。

　ほかにおかずもあるのに、なんでまた海苔弁と、しょうが煮、卵焼きの取り合わせが気に入ったのかといえば、答はまことに簡単で、子供の時分、お弁当によくこの三つが登場したからである。

「すまないけど、今朝はお父さんの出張の支度《したく》に手間取ったから、これで勘弁してちょうだいね」

　謝りながら母が瀬戸の火鉢で、浅草海苔を火取っている。

「なんだ、海苔弁？」

　子供たちは不服そうな声を上げる。

　こういうとき、次の日は、挽き肉のそぼろといり卵ののっかった、色どりも美しい好物のおかずが出てくるのだが、いまにして考えれば、あの海苔弁はかなりおいしかった。

ごはんも海苔も醤油も、まじりっ気なしの極上だった。かつお節にしたって、横着なパックなんか、ありはしなかったから、そのたびごとにかつお節けずりでけずった。プンとかつおの匂いのするものだった。

あのころ、ごはんを仕掛けたお釜《かま》が吹き上がってくると、木の蓋の上に母や祖母は、折りたたんだ布巾《ふきん》をのせた。湯気でしめらせた布巾で、かつお節を包み、けずりやすいように、しめりを与えるのである。

かつお節は、陽にすかすと、うす赤い血のような色に透き通り、切れ味のいいカンナにけずられて、みるからに美しいひとひらひとひらになった。なんでも合成品のまじってしまった昨今では、昔の海苔弁を食べることはもう二度とできないだろう。

ひとりの食卓で、それも、いますぐに食べるというときは、お弁当にしないで、略式の海苔とかつお節のごはんにするのだが、これに葱《ねぎ》をまぜるとおいしい。

葱は、買いたての新鮮なものを、白いところだけ、一人前二センチもあれば十分である。よく切れる包丁で、ごくうすく切る。それを、さらさないで、醤油とかつお節をまぶし、たきたてのごはんにのせて、海苔でくるんでいただくのである。あっさりしていて、とてもおいしい。

風邪気味のときは、葱雑炊《ぞうすい》というのをこしらえる。

このときの葱は、一人前三センチから五センチはほしい。うすく切り、布巾に包んで水にさらす。このさらし葱を、昆布とかつお節で丁寧にとっただし（塩、酒、うす口醤油で味をととのえる）にごはんを入れ、ごはん粒がふっくらとしたところで、このさらし葱をほうり込み、ひと煮立ちしたところで火をとめる。とめ際に、大丈夫かな？　と心配になるくらいのしょうがのしぼり汁を入れるのがおいしくするコツである。

ピリッとして口当りがよく、食がすすむ。体があったまって、いかにも風邪に効く、という気がする。風邪をひくと、私は、おまじないのようにこの葱雑炊をつくり、あたたまって早寝をする。大抵の風邪はこれでおさまってしまう。

十年ほど前に、少し無理をしてマンションを買った。

気持のどこかに、うちを見せたい、見せびらかしたいというものが働いたのであろう、あのころの私はよく人寄せをして嬉しがっていた。

今ほど仕事も立て込んでいなかったから、まめに手料理もこしらえ、これも好きで集めている瀬戸物をあれこれ考えて取り出し、たのしみながら人をもてなした。

もてなした、といったところで、生れついての物臭《ものぐさ》と、手抜きの性分なので、書くのもはばかられるほどの、献立《こんだて》だが。そのころから今にいたるまで、あきたかと思うとまた復活し、結局わが家の手料理ということで生き残っているものは、次のものである。

若布《わかめ》の油いため

豚鍋
トマトの青じそサラダ
海苔吸い

書くとご大層に見えるが、材料もつくり方もいたって簡単である。

少し堅めにもどした若布（なるべくカラリと干し上げた鳴門《なると》若布がいい）を、三センチほどに切り、ザルに上げて水気を切っておく。

ここで、長袖のブラウスに着替える。ブラウスでなくてもTシャツでもセーターでもいい。とにかく、白地でないこと、長袖であることが肝心である。大きめの鍋の蓋を用意する。これは、なるべくなら木製が好ましいが、ない場合は、アルマイトでも何でもよろしい。

次に支那鍋を熱して、サラダ油を入れ、熱くなったところへ、水を切ってあった若布をほうり込むのである。

物凄《ものすご》い音がする。油がはねる。

このときに長袖が活躍をする。

左手で鍋蓋をかまえ、右手のなるべく長い菜箸《さいばし》で、手早く若布をかき廻す。若布はアッという間に、翡翠《ひすい》色に染まり、カラリとしてくる。そこへ若布の半量ほどのかつお節（パックのでもけっこう）をほうり込み、一息入れてから、醬油を入れる。二息三息して、パッと煮上がったところで火をとめる。

　これは、ごく少量ずつ、なるべく上手《じょうて》の器に盛って、突き出しとして出すといい。

「これはなんですか」

　おいしいなあ、と口を動かしながら、すぐには若布とはわからないらしく、大抵のかたはこう聞かれる。

　一回いしだあゆみ嬢にこれをご馳走したところ、いたく気に入ってしまい、作り方を伝授した。

　次にスタジオで逢ったとき、

「つくりましたよ」とニッコリする。

「やけどしなかった？」とたずねたら、あの謎めいた目で笑いながら、黙って、両手を差し出した。

　白いほっそりした手の甲に、ポツンポツンと赤い小さな火ぶくれができていた。

　長袖のセーターは着たが、鍋の蓋を忘れたらしい。

　鍋の蓋をかまえる姿勢をしながら、私は、この図はどこかで見たことがあると気がついた。

　子供の時分に、うちにころがっていた講談本にたしか塚原卜伝《ぼくでん》のはなしがのっていた。

　卜伝がいろりで薪《まき》をくべている。

そこへいきなり刺客《しかく》が襲うわけだが、卜伝は自在かぎにかかっている鍋の蓋を取り、それで防いでいる絵を見た覚えがある。それで木の蓋にこだわっていたのかもしれない。

豚鍋のほうは、これまた安くて簡単である。

材料は豚ロースをしゃぶしゃぶ用に切ってもらう。これは、薄ければ薄いほうがおいしい。

透かして新聞が読めるくらい薄く切ったのを一人二百グラムは用意する。食べ盛りの若い男の子だったら、三百グラムはいる。それにほうれん草を二人で一把《いちわ》。

まず大きい鍋に湯を沸かす。

沸いてきたら、湯の量の三割ほどの酒を入れる。これは日本酒の辛口がいい。できたら特級酒のほうがおいしい。

そこへ、皮をむいたにんにくを一《ひと》かけ。その倍量の皮をむいたしょうがを、丸のままほうり込む。

二、三分たつと、いい匂いがしてくる。

そこへ豚肉を各自が一枚ずつ入れ、箸で泳がすようにして(ただし牛肉のしゃぶしゃぶより多少火のとおりを丁寧に)、レモン醬油で食べる。それだけである。

レモン醬油なんぞと書くと、これまた大げさだが、ただの醬油にレモンをしぼりこんだだけのこと。はじめのうちは少し辛めなので、レンゲで鍋の中の汁をとり、すこし薄めてつけるとおいしい。

ひとわたり肉を食べ、アクをすくってから、ほうれん草を入れる。

このほうれん草も、包丁で細かに切ったりせず、ひげ根だけをとったら、あとは手で二つに千切《ちぎ》り、そのままほうりこむ。これも、さっと煮上がったところでやはりレモン醬油でいただく。

豆腐を入れてもおいしいことはおいしいが、私は、豚肉とほうれん草。これだけのほうが好きだ。

あとにのこった肉のだしの出たつゆに小鉢に残ったレモン醬油をたらし、スープにして飲むと、体があたたまっておいしい。

これは、不思議なほどたくさん食べられる。豚肉は苦手という人にご馳走したら、誰よりもたくさん食べ、以来そのうちのレパートリーに加わったと聞いて、私もうれしくなった。何よりも値段が安いのがいい。スキヤキの三分の一の値段でおなかいっぱいになる。

トマトの青じそサラダ、これもお手軽である。トマトを放射状に八つに切り、胡麻油と醬油、酢のドレッシングをかけ、上に青じそのせん切りを散らせばでき上がりである。

にんにくの匂いを、青じそで消そうという算段である。

このサラダは、白い皿でもいいが、私は黒陶の、益子《ましこ》のぼってりとした皿に盛りつけている。黒と赤とみどり色。自然はこの三つの原色が出逢っても、少しも毒々しくならずさわやかな美しさをみせて食卓をはなやかにしてくれる。

酒がすすみ、はなしがはずみ、ほどたったころ、私は中休みに吸い物を出す。これが、自慢の海苔吸いである。

だしは、昆布でごくあっさりととる。

だしをとっている間に、梅干しを、小さいものなら一人一個。大なら二人で一個。たねをとり、水でざっと洗って塩気をとり、手でこまかに千切っておく。

わさびをおろす。海苔を火取って（これは一人半枚）、もみほごしておく。気の張ったお客だったら、よく切れるハサミで、糸のように切ったら、見た目もよけいにおいしくなる。

なるべく小さいお椀に（私は、古い秀衡《ひでひら》小椀を使っている）、梅干し、わさび、海苔を入れ、熱くしただしに、酒とほんの少量のうす口で味をつけたものを張ってゆく。

このときの味は、梅干しの塩気を考えて、少しうす目にしたほうがおいしい。

この海苔と梅干しの吸い物は、酒でくたびれた舌をリフレッシュする効果があり、上《じょう》戸下戸《げこ》ともに受けがいい。

ただし、どんなに所望《しょもう》されても、お代りをご馳走しないこと。こういうものは、もういっぱいほしいな、というところで、とめて、心を残してもらうからよけいおいしいのである。

　ありますよ、どうぞどうぞと、二杯も三杯も振舞ってしまうと、なあんだ、やっぱり梅干しと海苔じゃないか、ということになってしまう。ほんの箸洗いのつもりで、少量をいっぱいだけ。少しもったいをつけて出すところがいいのだ。

　十代は、おなかいっぱい食べることが仕合せであった。二十代は、ステーキとうなぎをおなかいっぱい食べたいと思っていた。

　三十代は、フランス料理と中華料理にあこがれた。アルバイトにラジオやテレビの脚本を書くようになり、お小遣いのゆとりもでき、おいしいと言われる店へ足をはこぶこともできるようになった。

　四十代に入ると、日本料理がおいしくなった。量よりも質。一皿でドカンとおどかされるステーキより、少しずつ幾皿もならぶ懐石料理に血道を上げた。

　だが、おいしいものは高い。

　自分の働きとくらべても、ほんの一片食《ひとかたけ》のたのしみに消える値段のあまりの高さに、おいしいなあと思ってもらした感動の溜息よりも、もっと大きい溜息を、勘定書きを見たときつくようになってしまった。このあたりから、うちで自分ひとりで食べるものは、安くて簡単なものになってしまった。

　大根とぶりのかまの煮たもの

小松菜と油揚げの煮びたし
貝柱と蕗《ふき》の煮たもの
閑があると、こんなものを作って食べている。そして、はじめに書いたように、海苔とかつお節。梅干し。らっきょう。

友達とよく最後の晩餐というはなしをする。

これで命がおしまいということになったとき、何を食べるか、という話題である。フォアグラとかキャビアをおなかいっぱい食べたいという人もいるらしいが、私はご免である。フォアグラもおいしいし、キャビアも大好きだが、最後がそれでは、死んだあとも口中がなまぐさく、サッパリとしないのではないだろうか。

私だったら、まず、煎茶に小梅で口をサッパリさせる。

次に、パリッと炊き上がったごはんにおみおつけ。

実は、豆腐と葱でもいいし、若布、新ごぼう、大根と油揚げもいい、茄子《なす》のおみおつけもおいしいし、小さめのさや豆をさっとゆがいて入れたのも、歯ざわりがいい。たけのこの姫皮のおみおつけも好物のひとつである。

それに納豆。海苔。梅干し。少し浅いかな、というくらいの漬け物。茄子と白菜。たくあんもぜひほしい。

上がりに、濃くいれたほうじ茶。ご馳走さまでしたと箸をおく、と言いたいところだが、やはり心が残りそうである。

あついごはんに、卵をかけたのも食べたい。

ゆうべの塩鮭の残ったのもあった。

ライスカレーの残ったのをかけて食べるのも悪くない。

よけいめに揚げた精進揚げを甘辛く煮つけたのも、冷蔵庫に入っている。あれも食べたい。友人から送ってきた若狭《わかさ》がれいのひと塩があった。あれをさっとあぶって――とキリがなくなってしまう。

こういう節約《しまつ》な食事がつづくと、さすがの私も油っこいものが食べたくなってくる。豚肉と、最近スーパーに姿を見せはじめたグリンピースの苗を、さっといため合わせ、上がりにしょうがのしぼり汁を落として、食べたいなどと思ったりする。

こういう熱心さの半分でもいい。エネルギーを仕事のほうに使ったら、もう少し、マシなものも書けるかもしれないと思うのだが、まず気に入ったものをつくり、食べ、それから遊び、それからおもしろい本を読み、残った時間をやりくりして仕事をするという人間なので、目方の増えるわりには、仕事のほうは大したことなく、人生の折り返し地点をとうに過ぎてしまっている。

犬と猫とライオン

犬の銀行

向田鉄《てつ》。

こう書くと、まるで私の弟みたいだが、レッキとした犬の名前である。甲斐狛《かいこま》と呼ばれる中型の日本犬で、美しい栗色の毛並をしていた。二十代の中頃、ほんの十カ月ばかりの短いつきあいだったが、この犬は私にいろいろなことを教えてくれた。

貰われてきた時は、コッペパンぐらいの仔犬だった。

うち中が、まわりに集まって可愛い、可愛いと大騒ぎをしたのだが、仔犬の顔をのぞきこもうとすると、畳に腹這いにならなくては駄目である。よく顔が見えるようにと踏み台の上にのっけて、あっち向け、こっち向いて頂戴とやったら、びっくりして墜落し、前肢《まえあし》を脱臼してしまった。

セーターの下に抱いて、獣医さんのところへ飛んでいった。

「名前は」

と聞かれたので、

「向田鉄です」

と答えたら、初老の先生は、フフと笑って、

「苗字があるのか。凄《すご》いねえ」

といわれた。

鉄は割箸《わりばし》の副《そ》え木を当てられて、しばらくびっこを引いていたが、やがて元気に走り廻るようになった。当時は、犬を放し飼いにしてもさほどやかましいことを言われない時代だったし、住まいも郊外だったので、鉄は近所の鶏小屋をのぞいて鼻先を突っつかれたり、竹林でたけのこ掘りの邪魔をしたりしながら、みるみる大きく育っていった。

彼の趣味はいたずらとコレクションであった。

庭の藤棚の下に犬小屋があったが、その横でよく穴掘りをしている姿を見た。あちこちからくわえてきたものを、そこに埋めているらしかった。鉄が近所の犬と連れ立って遠出をしている間に、彼のコレクションを拝見することにした。

穴は思ったより深かった。そして、実に雑多なものが、出てきた。

子供の運動靴。スリッパ。男物靴下（いずれも片方）。古びた歯ブラシ。ビールの栓。たわし。魚の頭。牛骨。洗濯ばさみ。どういうつもりかガラスのないめがねの枠まで埋まっていた。手を泥だらけにして掘っている私のお尻を誰かが突つく。見ると鉄が帰っ

てきて、頭で押しているのである。

「お前は近眼かい」

私は、眼鏡の泥をはらって彼にかけてやった。鉄は嫌がって振り落すと、前肢を地面に投げ出すようにしてお尻をあげて吠えた。嬉しい時のしぐさである。

　裏の畑でポチがなく
　正直じいさん掘ったらば
　大判小判　ザックザクザックザク

子供の頃、祖母に習った「花咲《はなさか》じいさん」の歌を久しぶりに私は思い出した。大判小判ではないが、これは、犬の銀行なのである。野生の動物は、獲物を地中に埋めて貯える。人間に飼われ、毎日の餌に事欠かなくなっても、体の中に眠る血が先祖と同じ動作をさせるのであろう。掘り出したものを、もと通り埋めてやりながら貯えるのは生きるものの自然の姿かな、と考えてしまった。

当時、私は貯金がなかった。

そもそも通帳というものを持っていないのだから貯金のしようもなかったのだ。三代目の江戸っ子で、宵越しのゼニは持たない主義であった。サラリーが安いこともあって、半端に貯金するくらいなら、自分自身にもとでをかけたほうがあとになって得なのよ。と、利《き》いた風なことを言って、遊ぶほうに忙しかったのだ。

犬のコレクションを見たから、その気になったというわけでもないが、そのあとで、私は母から使わない三文判をもらい、初めて自分の名前の預金通帳を作った。日本橋の銀行だった。

真新しい通帳をハンドバッグに入れておもてへ出た時の気持のたかぶりは、今もはっきり覚えている。道ゆく人が皆、私を注目しているような晴れがましい気分だった。

「私は預金があるのよ」

と言いたいような、一人前になったような気分だった。

そのあと東京駅から中央線で新宿へ出たのだが、その車中で私は前に腰かけている人を順に眺めながら、失礼な想像をしていた。

あの人は、いくら預金を持っているかしら。

小汚ないなりをしているけれど、ああいう人は案外、小金を持っているもんなのよ。

隣りの学生——あ、これは、ないな。あるとすれば下宿のおばさんに借金だわ。

次の満艦飾《まんかんしょく》の若いおねえさん。これもなし。いや、あるかな、あるとすれば——想像というのは、どんな失礼なことを考えても人さまに判らないからおかしい。つい昨日までの自分を棚に上げて、私は降りるまでひそやかに楽しく、時間をつぶした。

「放浪記」の林芙美子女史は、電車に乗ると、まわりを見廻して、いまこの瞬間事故にあったら、どの男の手を取って逃げようかと空想したそうだが、甲斐性《かいしょう》も度胸もない私は、ひとさまの懐工合《ふところぐあい》を想像したのだった。

ところで、私に貯金のキッカケを作ってくれた鉄だが、彼はジステンパーにかかり、十カ月で死んでしまった。かたわになってもいいから生かして下さい、と獣医さんに頼み、強い薬も使って頂いたのだが、助からなかった。意識がほとんど無くなっているのに、名前を呼ぶと尻尾を振り、力無く私の手をなめたのが哀れだった。

私は、日本橋の銀行へいって貯金をおろし、深大寺に動物慰霊塔の権利を買った。鉄のお墓である。

彼のなきがらを係員が取りにくる日、私は百合の花を沢山《たくさん》買って棺の中に入れた。日本犬なので、口吻が黒くとがっている。その形が百合に似ていたからだ。ところが一緒に見送ってくれるとばかり思っていた母が、デパートへ買物にゆくという。案外薄情なものだ、と少し腹を立てながら、一人で鉄の見送りをした。主《あるじ》のいない犬小屋は、見るのも辛《つら》かった。

夕方、母が帰ってきた。目が赤く腫れている。

「辛くていられないから、デパート中歩きながら泣いていたのよ」

という。また涙がこぼれた。

鉄が死んでからかれこれ二十年経つというのに、栗色の日本犬を見かけると、ハッとして足をとめる癖は直らない。

そして預金通帳のほうは、減ったかと思うとまた少し殖え、殖えたかと思えばまた減って相変らずの低空飛行をつづけながらつづいている。このところご無沙汰しているが、また百合の花でも買って、深大寺へお墓詣りにいってみようかと思っている。

噛み癖

爪を噛《か》む癖がある。

子供の時分は、爪だけでなく袂《たもと》からセルロイドの下敷きまでかじっていた。三角定規や分度器も歯型通りにデコボコになり、いつも隣りの席の友達に借りていた。借りた三角定規を噛んでしまい、泣かれたこともあった。

一番噛み易いのは、鉛筆のお尻である。

消しゴムのついたのは、噛み甲斐《がい》がない上においしくないので敬遠した。塗料を塗ったのは、口の中に薬くさいザラザラが残るので嫌いだった。あれは何という会社のだったのか、白木に近いのがあって、噛むと材木置き場で日向《ひなた》ぼっこをしているような匂いと味のするのがあった。

年頃になって唇の形が悪くなる、と親にも叱られ、努力もしたのだが、不惑を遥かに越えてまだ駄目なのだから、恐らく死ぬまで直らないであろう。この文章も、爪を噛みながら書いている。

二十五年前になるが、犬を飼ったことがあった。

白黒ブチの雑種でボンという名前だった。大型だが甘ったれで飼い主には実に従順なのだが、嚙み癖があった。はしゃぐと際限がなくなり、手当たり次第に歯を立ててしまう。凶暴性からくるのではないから甘嚙みに近いのだが、図体が大きいので知らない人はびっくりする。叫び声を立てて逃げたりすると、遊んでもらっていると思うのか尻尾を振ってどこまでも追いかけ、スカートやズボンに歯を立てた。

太い杭を地中に埋め、それに繫いで置いたのだが、カランカランと引き抜いた杭を引きずりながら近所を走り回って、嚙み癖は直らなかった。その度《たび》にそれこそ裸足《はだし》で飛び出して体ごと犬を押え込み、こちらの頭も犬の頭も一緒に地面にすりつけて詫び、裂けた衣類を弁償していたが、度重なると詫びだけではすまず、保健所へ送ることになってしまった。

母犬は目黒の魚屋さんの犬で、あとで聞いたところ一胎《ひとはら》三匹の兄弟とも嚙み癖があったという。

明日はいよいよお別れ、という日、私は勤めの帰りに彼の一番の好物だったウインナ・ソーセージを買った。雨の日で、ハトロン紙の封筒が濡れて底が抜け、吉祥寺駅のプラットホームに中のものをぶちまけてしまった。黒く濡れたホームに毒々しいほど赤いソーセージが散乱した。私はそれを拾い、井の頭線に乗ったのだが、そばの人達がいやに私の顔を見る。

母親らしい人が、連れの女の子に、

「洗って食べるから、大丈夫よ」

と言って聞かせているのを聞いて事情が判った。人間が食べるのではないんです。うちの犬が食べるんです。いい奴なのですが、明日保健所にやらなくてはならないんです。そう叫びたいのをこらえていた。

泥のついたソーセージは、よく洗い掌《てのひら》にのせて一本ずつ食べさせてやった。ボンは私の掌を甘嚙みしながら太い尻尾を振っていた。雨に濡れた犬の体は、冷たいおみおつけの匂いがした。

私とボンは同じだ、同じ嚙み癖があったのだ、と気がついたのは迂闊《うかつ》なはなしだが、ついこの頃のことである。人間に生まれたおかげで私は保健所に送られることもなく、マニキュアも出来ない短い爪にひけ目を感じながら生きている。ボンも飼い犬になど生まれず、自由に自然の中を走り回っていた狼の昔に生まれていれば幸せだったのだ。

それにしても、私は爪を切るのにほとんど鋏《はさみ》を使ったことがない。お恥しいことだが、子供の時分は足の爪まで歯で嚙み千切っていた。

陽当たりのいい縁側で、歯で足の爪を嚙んでいたら庭木戸から急に植木屋さんが入ってきて、あわてて引っくり返り、敷居で頭のうしろにコブを作ったこともある。

四十年ぶりに試してみたが、固くなった体は言うことを聞かず、あと三センチというところで無念の涙をのんだ。

猫自慢

「コラット」と呼ばれるブルー・グレイの猫を飼い始めて三年になる。別に宣伝をしたわけでもないのだが、最近のペット・ブームとやらの影響か、ときどきお座敷がかかるようになった。「またですか。いい加減に切りあげてくださいよ」担当している連続ドラマのプロデューサー氏は渋い顔でおっしゃるが、飼主は朝から大浮かれである。

美容院にゆき（猫の美容院はないからこれは飼主が行く）、自慢の壺に花を活け（これも関係ないのだが）わが飼猫たちが一番美しく見えるよう、黒のセーターなど着用に及んで、カメラマン氏の到着をお待ちする。玄関には、猫トイレの臭気をごまかす香を焚《た》くことも忘れない。

そして一時間から二時間、私は「猫釣り」に汗をかく。カメラマン氏の御要望通り、猫の目線を斜め上に向けるため、毛糸の玉やスカーフを手に「ほーらほら、いい子だろ」「馬鹿！　目をあけなさい。どうしてこんな時に寝ちゃうの」「あとでご馳走やるからな」「お尻なんかなめないの！」――おへそ丸出しのたこ踊りを演じるのである。終ると、飼主飼猫共にぐったりと疲れて、ソファで折り重なって昼寝ということになるので、まず半日はつぶれてしまう。それでなくても遅い原稿はさらにおくれて、テレビ局に迷惑をかける。もちろん、お礼など一文も戴けない。さらにわが猫の掲載誌が発売になるとコラットの子供がもらわれて行った友人たちの家に電話してまたひと騒ぎ――我ながら、お恥しい。

「コラット」を初めて見たのは三年前である。アンコール・ワット見物の帰り、バンコックに寄り、シャム猫協会会長クン・イン・アブビバル・ラジャマートリ夫人宅を訪問したのが、思えば運の尽きであった。熱帯の芝生の上をころげ廻って遊ぶ銀色の猫を見て「感電」してしまったのである。あとはタイ式の合掌とエア・メールで押しの一手、あまたのアメリカ人のライバルを蹴落して、十カ月目に生後三カ月のコラットの雌雄をゆずり受けた。

雄《おす》はマハシャイ（タイ語で伯爵）の称号を持ち名前はマミオ。雌《めす》はやや小柄な美女でチッキイ夫人という。そもそもコラットは、タイの東北ラオスに近いコラット高原が原産地で、古くから銀猫と呼ばれ、王妃の結婚祝いの引出物に使われるそうだが、そんなことはどうでもいい。

私が気に入っているのは、コラットののんびりした性格と、あまり上品とは申しかねるしぐさである。特にわが伯爵殿は、堂々たる体格と美しい毛並、五代つづいた完全無欠の血統書を持ちながら、煮干を好み、気に入らぬ相手を見れば、太く長い前足で横っ面を張る（いつぞやは獣医さんをブン殴り、夜中の二時に送り返されたこともあった）。女房には頭が上らぬくせに粗野で好色で、そのくせ、強い動物特有のやさしさがある――まあ、つまり私としては惚れているのである。

結婚は一年に一度か二度。先日は「沖縄の本土復帰恩赦」と称して、夫妻に二カ月間の同居を許可した。生きるものの自由な生活を束縛するのは決して本意ではないのだが、何しろ我が伯爵殿は「増やす」ことよりほかにすることはないのだから、飼主としてはたまらない。

私とて、銀色のオハギのような仔猫を抱かせて戴きたいのはやまやまなのだが、出産育児につい専念してしまって、原稿生産量はとたんに低下する。生活苦におちいり税金も払えないでは、人畜共倒れであるから、仕事のあい間を見ての計画出産になるのはやむを得ない。それでも、すでに二十二匹のコラットが誕生、同業では松田暢子、北村篤子両嬢のところへ養女に行き、時折、深夜の電話で、互いに我家の猫ののろけを言い合っている。

「なぜ猫を飼うのですか」とよく聞かれる。これは「なぜ結婚しないのですか」という質問同様、正確に答えるのはむつかしい。実は、私自身、理由が判らないからである。

「ただ何となく」そして、猫には何故《なぜ》か縁があったが、人間の男には、何故か縁が薄か

った、ということなのだろう。

一つだけはっきりしているのは、これは人間とのつきあいにしても同じことだろうが、馴染《なじ》めば馴染むほど判らないということだ。恐ろしくカンが鋭くて視線ひとつで、こちらの心理の先廻りをするかと思うと、まぎれもなく野獣だな、と思い知らされたりもする。甘えあって暮しながら、油断は出来ない、その兼ねあいが面白い。

私の家には、目下、コラット夫妻のほかに十一歳のシャム猫が一匹いる。「伽哩伽《かりか》」とよぶ雌だが、これは想像妊娠を一回しただけで、数回の結婚生活にもかかわらず、ついにうまず女《め》で終ってしまった。そのせいか、性格的に偏屈で、私にしか馴《な》つかない。やり切れないが正直いって悪い気はしない。ところが、これは、大きな声ではいえないが、私はこの頃とみに雄のマミオ伯爵を愛しているのである。そのことを、ほかの二匹に覚られないように、餌をやる順序、好ききらいや量の多少など、気をくばっているが、おそらく彼女たちは、私の心中を見抜いているに違いない。だから、私は火事や地震があると、猫部屋へいって演説をする。「一匹しか助けられなかったら、先着順だよ。伽哩伽一匹だけ抱えて逃げるから恨んじゃいけないよ」。もちろん声に出してはいわない。心の中で演説するのである。しかし、机に向って、仕事をはじめても、どうも落ち着かない。そこで再び猫部屋へもどって、また、演説をやり直す。「お前たち、誰も助けな

いことにしたからね。ドアをあけてやるから、自力で逃げな。判ったね」。三匹の猫は、人を小馬鹿にしたようにうす目をあけ、ながながと手足をのばして、大きく伸びをするのである。

六十グラムの猫

とにかく小さかった。

頭はラディッシュの大きさしかない。手足は朝顔の蔓《つる》である。コラットという銀色の猫の仔なのだが、一胎《ひとはら》二匹のきょうだいが片手に乗る。普通の仔猫の半分の未熟児である。目方を計ったら六十グラムしかなかった。

卵一個が五十グラム。魚の切身だって百グラムはある。白っぽい方は雄《おす》、黒っぽい方は雌《めす》。五体は満足らしいが、なき声も弱々しい。

私はNHKの和田勉氏に電話をした。和田氏のところには、すでに雄が一匹行っている。摩訶《まは》と名づけられ、もう一匹雌を差し上げ、蜜多《みった》とつけて、摩訶般若波羅蜜多——つまり般若心経にしようということになっていたのである。

蜜多候補が生れたけれど、獣医さんにも見放され育つのはむつかしいらしい、と報告していたら、急に何とかして助けたいという気になった。

母猫のおっぱいが出ないので、エスビラックという哺乳動物専用のミルクを溶かし、人肌にあたためて飲ませるのだが、何しろラディッシュの頭である。リカちゃん人形の哺乳壜《びん》でも大きすぎて駄目。ボールペン用の極細スポイトを探してどうやら間に合った。次が保温である。

動物というのは実にきびしいもので、育つ見込みのない弱い仔を母親は育てようとしない。カチビったおっぱいにしがみつく仔猫を振り落すように立ち上り産室を出ていってしまう。

ペット用の保温器を用意したが、電気は水分を奪うらしく、みるみる干からびてゆく。そこでタッパー・ウエアの平たいのにお湯を入れ、ハンカチを置いてその上にのせてあたためた。

授乳が三時間おき。

タッパーは二時間も保《も》たない。

一週間、私はベッドで寝なかった。猫の未熟児を育てるから、締切りを伸ばして下さいとは言えないので、母が急病ということにした。

「お前達は世界で一番小さい猫だよ」

といいながら、祈るような気持で一日に何度も目方を計っていた。

一週間目に、白いほうは一グラムも目方が増えないままで冷たくなった。黒い蜜多候補の方は百二十グラムに増え目が開いた。飼主の方は三キロ目方が減り、目がくぼんでいた。

蜜多は二月目に和田家へお嫁入りした。

死線を越えたせいかおそろしく生命力が強く、妙に人間臭い猫である。風呂好きで、入浴をせがみ、湯上りには自分から専用の電気毛布にくるまって体を乾かす。けんかも強く、ちゃっかりしているそうだ。

八カ月目に蜜多が母親になったと聞いた時は、不覚にも電話口で涙がこぼれた。

蜜多は名前がよかったのだろう。

あれから四年たつが、今でもコロッケや雀の焼とりを食べていて、

「この位の重さしかなかったんだなあ」

と思うことがある。掌《てのひら》に残る六十グラムの目方と、あの時のムキになった自分を懐かしく思い出すのである。

マハシャイ・マミオ殿

偏食・好色・内弁慶・小心・テレ屋・甘ったれ・新しもの好き・体裁屋・嘘つき・凝り性・怠け者・女房自慢・癇癪《かんしやく》持ち・自信過剰・健忘性・医者嫌い・風呂嫌い・尊大・気まぐれ・オッチョコチョイ……。

きりがないからやめますが、貴男《あなた》はまことに男の中の男であります。

私はそこに惚れているのです。

中野のライオン

朝、まだ郵便局があくかあかないかというときに、大きく口を開けた横手の門から、何十台という郵便配達の自転車が一斉《いっせい》に街に出てゆくのを見たことがある。自転車はお馴染《なじ》みの赤い自転車である。ふくらんだ黒皮の大蝦蟇口《がまぐち》を前に提げている。乗っているユニフォームは濃紺である。

もと郵政局と呼ばれていた麻布郵便局の、くろずんだ石造りの建物から、五台十台二十台と吐き出され、正面の大通りを、赤と黒の噴水のように左右に分かれて流れてゆく光景は、そこだけ外国の風景画に見えた。

風の強いのが難だったが、春先にしては暖かな、みごとに晴れ上った朝であった。そのせいか赤い自転車の大群には、これから仕事に行くというより、自転車レースに出走するような弾んだものがあった。乗り手はみな競輪選手のように大袈裟《おおげさ》に肩を左右にゆすり半分ふざけているように見えたが、それは前に提げた大蝦蟇口が重たいためだと気がついた。蝦蟇口はいずれも呑めるだけ郵便物を呑みこんで、大きく口をあけているのもある。

突然、自動車の急ブレーキが聞えた。

郵便局の右正面に黒い乗用車が急停車し、少し離れたところに赤い自転車が一台、横倒しになっている。その横に濃紺のユニフォームのひとが、くの字に折れ曲った格好で倒れていた。その人は、のろのろと仰向けに体を伸ばし、片足を曲げて二度三度馬がひづめで地面を掻《か》くようなしぐさをしたが、そこまでで動かなくなった。黒い乗用車の運転席から、血の気が引いて真白い顔をした中年の男が飛び下りて、倒れたひとを助け起した。

二人のうしろから、紙吹雪が起った。

口を開けた大蝦蟇口から、郵便物が突風にあおられて舞い上ったのである。大判の紙吹雪は、嘘のように高く舞い上った。うしろにつながった車から二つ三つ警笛は聞えたが、すべてはほとんど音のない静かな出来ごとであった。

私は、ポカンとしながら郵便局の前に立っていた。この頃になると、反対側の車道に運ばれてゆく怪我人のまわりに人垣が出来た。舞い下りて車道に散らばる郵便物を拾いに飛び出す人もあり、郵便局からも数人の職員が駆け出してきた。

ところがただひとり、私の見る限りではただひとり、そんな光景には目もくれず歩いてゆく人がいた。

五十がらみの女性である。

ごく普通の洋服を着た、ごく普通の主婦といった感じのその人は、大声で叫びかわしている職員や、人垣や、街路樹に引っかかり落葉のように足許に舞い下りてくる郵便物が全く目に入らないかのように、まっすぐ前を見つめ、ゆっくりとした歩調で六本木方面へ歩み去った。

知っていながら黙殺する、といった頑《かたく》なな後姿ではなかった。目か耳が不自由なのかとも疑ったが、そうでもないらしかった。考えごとでもしていたのか、路傍の交通事故など目に入らぬほどのなにかを抱えているのか、すれ違った程度の人間には見当もつかなかったが、いずれにしても、そのひとのまわりだけは空気が別であった。

飯倉方向から救急車のサイレンが聞えてきたが、その人はやはり振りかえりもしなかった。

七、八年前の出来ごとだが、現代百人一首にでも詠みたいような光のどけき春の日に、陽気に繰り出した赤い自転車の流れと時ならぬ紙吹雪は、今思い出しても嘘のように思える。しかし、一番嘘みたいなのは、まっすぐ前だけを見て歩み去った人である。

あれは一体、どういうことなのであろう。

これは二年ほど前のことだが、歩いている私の横に人間が落ちてきたことがあった。季節は忘れてしまった。時刻は、私が夕方の買物に出掛ける時間だから、四時ごろであろうか。はっきりしない曇りの午後だったような気がする。

買物袋を提げて、街路樹のそばを歩いていた私の横に、ヒョイとと言うか、ストンというか、グレイの作業服を着た男が降ってきた。

腰のまわりの太いベルトに、さまざまな工具を差し込んだ三十位のその人は、つつじかなにかの灌木の上に尻餅をついた格好で、私の顔を見て、

「エへ、エへ」

どこかこわれたような、おかしな笑い方をして見せた。

電線工事をしていて、墜落したらしい。三メートルばかり上に同僚がブラ下っていて、

「おう、大丈夫か」

とどなっている。

すぐには立てないようだが、大したこともないらしく、しっかりした受け答えをしているので、ほっとしたが、この時私の横をすり抜けて行った二人連れの男たちがいた。

後姿の具合では、かなり若いようだったが、この二人が、何か仕事の話をしながら振り返りもせずに足早に通り過ぎてゆくのである。たった今、自分たちの目の前に男が降ってきたのが見えなかったのであろうか。

私は、人間が落ちてきたことよりも、むしろそのことにびっくりして、あたりを見廻した。子供の手を引いて歩いてくる主婦や、オート三輪が目に入ったが、誰ひとり上を見たりこちらを注目する人はいなかった。

誰も気のつかない一瞬というものがある。

見えて不思議がないのに、見えないことがあるのである。

それが、ほんのまたたきをする間の出来ごとであったりすると、まさか十人が十人、一緒にまたたきをするわけでもあるまいが、十人いても、見逃すことがあるらしい。

この時も、私は何やら白昼夢を見た思いで、少しポカンとしながら帰ってきた。

つい先頃、『父の詫び状』と題する初めてのエッセイ集を出した。

その中の一章で三十四年前の、東京大空襲にあった夜のことに触れている。

まわりから火が迫った時、我が家の生垣は、お正月の七草が終った頃の裏白《うらじろ》のように白く乾いて、裏を見せて巻き上り、そこに火のついた鼠《ねずみ》が駆け廻るように、火が走った。まつ毛も眉毛も焦がしながら水を浸した火叩きで叩き廻って消したと書いたのだが、弟は、そんなものは見なかったというのである。

あぶなくなってから、弟は末の妹と、元競馬場という空地に避難したが、それまでは一緒であった。

裏庭にむしろを掛けて埋めてあったごぼうが、あたたまって腐ってしまうというので、防火用水用のコンクリートの桶にほうり込み、

「水が汲めないじゃないか。馬鹿!」

父に姉弟揃って頭をゴツンとやられ、あわてて取り出して地面に置き、二人並んでその上に腰をおろして、火で熱くなったモンペのお尻を冷やしたのである。その目の前の生垣で、赤い火のついた鼠が走ったのに、と言いかけたが、どうやら弟は、別のものを見たらしい。

縁側の角にトタンの雨樋《あまどい》があった。

防腐剤として茶色の塗料を塗ってあるのだが、そこに火が走ったというのである。塗料の濃いところが、チョロチョロ青く燃えた、あ、綺麗だな、と思ったというのである。

二つ年下の弟は、当時中学一年である。

私は、この青い火を見ていない。

二人並んで坐っていたのに、別のものを見ていたのである。

家族というのはおかしなもので、一家があやうく命を拾ったこの夜の空襲について、まじめに思い出ばなしをしたことは一度もなかった。次の日の昼、どうせ死ぬなら、とやけ気味で食べたさつまいもの天ぷらのことを、冗談半分で笑いながら話し合ったことはあったが、生き死にのかかった或る時間のことは、どことなくテレ臭くて、口に出さ

ないままで三十幾年が過ぎたのである。

記憶や思い出というのは、一人称である。

単眼である。

この出来ごとだけは生涯忘れまいと、随分気張って、しっかり目配りをしたつもりでいても、衝撃が大きければ大きいほど、それひとつだけを強く見つめてしまうのであろう。


今の住まいは青山だが、二十代は杉並に住んでいた。日本橋にある出版社に勤め、通勤は中央線を利用していたのだが、夏の夕方の窓から不思議なものを見た。

場所は、中野駅から高円寺寄りの下り電車の右側である。今は堂々たるビルが立ち並んでいるが、二十何年か昔は、電車と目と鼻のところに木造二階建てのアパートや住宅が立ち並び、夕方などスリップやステテコひとつになってくつろぐ男女の姿や、へたすると夕餉《ゆうげ》のおかずまで覗けるという按配《あんばい》であった。

編集者稼業は夜が遅い。女だてらに酒の味を覚え、強いとおだてられていい気になっていた頃で、滅多にうちで夕食をすることはなかったのだが、その日は、どうした加減か人並みの時間に吉祥寺行きの電車に乗っていた。

当時のラッシュ・アワーは、クーラーなど無かったから車内は蒸し風呂であった。吊皮にブラ下り、大きく開け放った窓から夕暮の景色を眺めていた。

気の早い人間は電灯をつけて夕刊に目を走らせ、のんびりした人間は薄暗がりの中でぼんやりしている――あの時刻である。

私が見たのは、一頭のライオンであった。

お粗末な木造アパートの、これも大きく開け放した窓の手すりのところに、一人の男が坐っている。三十歳位のやせた貧相な男で、何度も乱暴に水をくぐらせたらしいダランと伸びてしまったアンダー・シャツ一枚で、ぼんやり外を見ていた。

その隣りにライオンがいる。たてがみの立派な、かなり大きい雄のライオンで、男とならんで、外を見ていた。


すべてはまたたく間の出来ごとに見えたが、この瞬間の自分とまわりを正確に描くことはすこぶるむつかしい。

私は、びっくりして息が詰まったようになった。当然のように、まわりの、少くとも私とならんで、吊皮にブラ下り、外を見ていた乗客が、

「あ、ライオンがいる！」

と騒ぎ出すに違いないと思ったが、誰も何ともいわないのである。

両隣りのサラリーマンは、半分茹《ゆ》で上ったような顔で、口を利《き》くのも大儀といった風

で揺られている。その顔を見ると、

「いま、ライオンがいましたね」

とは言えなかった。

私は、ねぼけていたのだろうか。

幻を見たのであろうか。

そんなことは、絶対にない。あれは、たしかにライオンであった。

縫いぐるみ、といわれそうだが、それは、現在の感覚である。二十何年前には、いまほど精巧な縫いぐるみはなかった。

この時も私は少しぼんやりしてしまい、駅前の古びた喫茶店でコーヒーを二はい飲んでから、うちに帰った。

この時ほど寡黙《かもく》な人を羨《うらやま》しいと思ったことはなかった。口下手で、すこしどもったり、誠実そうな地方なまりの持主なら、

「中野にライオンがいるわよ」

「中央線の窓からライオンを見たのよ」

と言っても信じてもらえるに違いない。

ところが私ときたら、早口の東京弁で、おしゃべりで、おまけに気が弱いものだから、

少しでも他人さまによく思われたい一心で、時々はなしを面白くしてしゃべる癖がある。寺山修司氏や無着成恭《むちゃくせいきょう》先生がおっしゃれば信じていただけるであろうが、私ではいつもの嘘ばなしか、暑気当りと片づけられるのがオチである。

「ルネ・マグリットの絵でも見過ぎたんじゃないの」

とからかわれて、証明出来ない一瞬の出来ごとを大汗かいて説明するのもさびしくて、私は今日まで誰にも話したことはない。

そのあとも、私は、中央線に乗り、例の場所が近づくと、身を乗り出すようにして外をのぞいたが、同じような窓が並んでいるだけで、アンダー・シャツの男もライオンの姿も見えず、その後中野方面でライオンが逃げたというニュースも聞いていない。

――しかし――

いまだに、あれはほんもののライオンとしか思えないのである。

人にしゃべると、まるで嘘みたい、と言われそうな光景が、現に起っている。それを五十人だか百人だかの人間が見ているのに、その中にいて、見なかった人間が、一人はいたのである。

屁理屈を言うようだが、百人見て一人見ないこともあるのなら、一人が見て百人が見なかったことだって、絶対にあり得ないとは言えないじゃないか。

歳月というフィルターを通して考えると、私のすぐ横にストンと落ちて来た工事人も、赤い自転車の噴水も、春の光の中のハガキの紙吹雪も、そして中野のライオンも、同じ景色の中にいる。

東京大空襲の夜の、チロチロと赤く走った火のついた鼠も、同じ顔をしてならんでいるのである。

ここまで来たら、もうどっちでもいいや、という気持もある。記憶の証人は所詮《しょせん》自分ひとりである。他人さまにはどう増幅したり脚色したりして売りつけようと、自分ひとりの胸の中で、ほんものと偽物の区別さえつけて仕舞って置けば構いはしない、というところもある。

そう思って居直りながら、気持のどこかで待っているものがある。

実は、二十年ほど前に、中野のアパートでライオンを飼っていました、という人があらわれないかな、という夢である。絶対に帰ってこない、くる筈のない息子を待つ「岸壁の母」みたいだな、と思いながら、つい最近も中央線の同じ場所を通り、同じように窓の外に身を乗り出して眺めて来たばかりである。

新宿のライオン

うちの電話はベルを鳴らす前に肩で息をする。

音ともいえぬ一瞬の気配を察すると、私は何をしていても手をとめ電話機の方を窺う。

「凶か吉か」

心の中で、刀の柄《つか》に手を掛け、心疚《やま》しい時は言訳など考えながらベル二つで受話器を取るのがいつものやり方である。テレビ台本の催促でないと判ると、今度は私の方がほっと肩で息をする。

その電話が掛ったのは夕方であった。

アパートの玄関ポストに差し込まれた夕刊を引き抜こうとしたが引っかかって取れない。居間で電話が鳴っているので強く引っぱったら破れてしまった。裂けた夕刊を手に中ッ腹で電話を取り、尖《とが》った声で名を名乗った。

中年と思われる男の声が、もう一度私の名前をたしかめ、ひと呼吸あってからこう言った。

「実は、中野でライオンを飼ってた者なんですが」

咄嗟《とっさ》に私が何と答えたのか覚えがない。いたずら電話でないか確かめかけ、相手の声の調子で、これは本物に間違いないとすぐ判り、それでもまだ半分は信じられなくて、

「本当ですか。本当にライオンは居たんですか」

と繰り返した。

相手は、物静かなたちの人らしく、はにかみを含んだ訥弁《とつべん》で、「あなたの書かれたものを読み、当時を思い出して懐しくなり失礼かと思ったが電話をした。ライオンは確かに自分が飼っていた」と言い、岡部という者ですとつけ加えられた。

この電話のあった五日ほど前に店頭に出た別冊小説新潮（一九七九年春季号）に私は「中野のライオン」と題する小文を書いている。

二十年ほど前の夏の夕方、中央線の窓から不思議なものを見た——。

「私が見たのは、一頭のライオンであった。

お粗末な木造アパートの、これも大きく開け放した窓の手すりのところに、一人の男が坐っている。三十歳位のやせた貧相な男で、何度も乱暴に水をくぐらせたらしいダランと伸びてしまったアンダー・シャツ一枚で、ぼんやり外を見ていた。

その隣りにライオンがいる。たてがみの立派な、かなり大きい雄のライオンで、男と

ならんで、外を見ていた。」

私はびっくりして息が詰まったようになり、まわりを見まわしたが、ならんで吊皮にブラ下り、外を見ていた乗客は誰ひとりとして騒がない。半分茹《ゆ》で上った顔で口を利《き》くのも大儀といった風に揺られている両隣りのサラリーマンを見ると、「いまライオンがいましたね」とは言い出せず、ねぼけていたのか、幻を見たのか、いや、あれはまさしくライオンだったと自問自答を繰り返しながら、狐につままれたような気持になり、駅前の古びた喫茶店でコーヒーを二はい飲んでうちへ帰ったのである。

ことがあれば面白おかしくしゃべり廻るところがあるのだが、これだけは親兄弟にもしゃべらなかった。中央線に乗って中野駅あたりを通過すると、記憶の底から鎌首をもたげることもあったが、それすら二十年の歳月のかなたに霞《かす》みかけていた。

たまたま文章にしたものの、九十九パーセントは自信がないものだから、五十人だか百人が見た交通事故現場からそんなものは見もしなかった、という風に全く気づかず立ち去った一人の婦人のことを書き、百人見て一人見ないこともあるなら、一人が見て百人が見なかったことだってありえないことではないと屁理屈をこねた。もうどっちでもいいやと居直りながら気持のどこかで待っているものがある。実は二十年ほど前に、中野のアパートでライオンを飼っていましたという人があらわれないかな、という夢である。絶対に帰ってこない、くる筈のない息子を待つ「岸壁の母」みたいだなと思いながら云々と未練がましく書いている。

だが、言ってみればこれは言葉のアヤで、私は何も期待はしていなかった。「待っている」と書いたことすら忘れていた。だが、電話があったのである。「岸壁の母」の息子は、二十年ぶりに帰ってきた。中野にライオンはいたのである。

私は受話器を握ったまま、こみ上げてくる笑いを押え切れず、裂けた夕刊に顔を押しつけ声を立てて笑ってしまった。悲しくもないのに涙がにじんでくる。洟《はな》も出てくる。

岡部氏は、私の笑いの鎮まるのを待って、ポツリポツリと話して下すった。

ライオンは、もともとは新宿御苑のそばで「八州鶴《やしまづる》」という酒の店をやっていた岡部氏の姉上が飼っておられた。姉上が亡くなったあと、岡部氏が引き継ぎ、のちにライオンごと中野へ引越したのだが、私が見た当時は百キロ近い体重があった。詩人の草野心平氏がはじめられたバア「学校」が近かったこともあり、草野氏もライオンのことをご存知で、エッセイもあるから調べてみようとおっしゃる。近日中にぜひお目にかかってくわしい話を聞かせていただくお願いをして電話を切ったのだが、一番おどろいたのは、ライオンが牝《めす》だったことである。どこでどう取り違えたのか、私は記憶の中で、ライオンにたてがみを生やしてしまった。MGM映画の見過ぎかも知れない。

電話を切ったあとも、私はしばらくぼんやりしていた。裂けた夕刊をつなぎ合せて目を走らせたが、活字は目に入らなかった。今日のトップ・ニュースより、二十年前に電車の窓から一瞬見た、いや、見たと思いながら、あれは幻だったのだと自分で打ち消していたライオンが本当にいた、私は間違っていなかったという方が、私には大きなニュースであった。

大吉を知らせる電話は、私に刀の柄に手を掛けるゆとりも与えず、いきなり真向《まっこう》唐竹割りにしたのである。

この電話が皮切りで、何人かの方から、中野のライオンに関するお知らせをいただいた。

芥川比呂志氏から、女優の加藤治子さん経由で、串田孫一氏がライオンのことを随筆に書いていらっしゃいましたよというメッセージをいただいた。追いかけるように、草野心平氏からも手紙を頂戴した。「新潮」の昭和三十五年九月号にのった「バア『学校』」と題する随筆が同封してあった。一節を抜萃させていただく。

「麻布時代からいろいろ変った連中が、よくやって来たものだが、この一カ月間の常連の中では学校名『ライオン青年』が出色の方だ。本名は聞いたこともないし向うでも名乗ったことはないがライオンを飼っているというのでそう呼んでいる。彼の話によると酔払って帰ってライオンの檻に頭を突っこんだまま朝までぐっすりだったこともあるそうだ。目が醒めて気がつくと髪の毛がライオンの唾液でべたついていたという。今はそのライオンも一歳半だから子供だった時のように一緒に抱っこして寝るわけにも行くまい。この間は指の繃帯から赤チンキが滲み出していたがそれはその雌ライオンの牙にひっかけられたということだった。どうも彼の得意の話しっぷりではLove biteらしい。」

秋山加代さんからも電話があった。

故小泉信三氏のご長女で、『辛夷《こぶし》の花』の著者でもある名エッセイストだが、中野に住んでいた親友がやはりライオンをご存知だったという。

「あら、中野にライオンいたのよ」

その方は、あわてず騒がず驚かず、ごく当り前のようにゆっくりとこう言われ、酒屋さんのウインドーに寝ていた、白昼夢を見るようであった、中央線の窓から、ガラス越しにライオンの影がうつるのを見たこともある、とつけ加えて下さったそうである。

その頃、私は笑ってばかりいた。片っぱしから友人に電話をかけ、中野にライオンがいたと報告し、二十年前の、一・五の視力を自慢した。

五月に入って、新宿で一夕《いっせき》ライオン青年とお目にかかる段取りが整った。バア「学校」の経営者で、ライオンをご存知の山田久代さんも同席して下さるという。こういう日は、朝から仕事にならない。それでなくても猫科のけだものが好きで、いい年をして動物園へゆき、ライオンや虎、チータ専門にのぞいてくるという人間だから、まるでライオンと逢い引きでもするような気持で、美容院にいったりして日暮れを待った。

待ち合せ場所は、新宿の「すゞや」である。少し早目に行ったので、ゆっくりと歩きながら時間をつぶしていたら、三十ぐらいのサラリーマン風の男に声をかけられた。

「メシでも食いませんか」

お茶に誘われたことはあるが、食事というのは恥かしながら初めてである。日頃は目付きも悪く、女として愛嬌のない方だが、心たのしいことがあると、どこかにあらわれるものと見える。一瞬の隙を突いた相手は、ハンターとしてはなかなかの腕であろう。

「せっかくだけど、これからライオンと逢うの」

言いはしないが心の中で呟いて、丁寧に会釈をかえしてご辞退をした。

ライオン青年は、二十年前の「三十歳位の、やせた貧相な男」は、礼儀正しい長身色白の中年紳士であった。ロシア語の通訳をされ、最近もモスクワへいってこられたばかりだそうだが、ライオンというよりツンドラをゆく静かな牡鹿という方が似合っていた。

二十年前は二十三歳である。「ダランとしたアンダー・シャツでぼんやり外を見ていた」――と書いた失礼を詫びると、「当時はみんなそんなものですよ」――笑って勘弁して下さった。

牝ライオンは、名前をロン子といった。はじめは猫ほどの大きさだったが、見る見る大きくなった。今ほど猛獣を飼う規制はやかましくなかったが、それでも人目があるので、滅多にガラス戸を開けたことはなかった。夏場でもあり、水浴びをさせたあと、ごく短い時間、窓をあけたのだが、その時、偶然、見られたのでしょう、と、私の視力をほめておられた。

ご一緒して下さった山田久代さんとこのライオンのなれ初《そ》めがまた面白い。バア「学校」のオープンにそなえて、買出しに行った。荷物の重さに耐えかね、どっこいしょとおろして一休みしたところが、ライオンのいるショーウインドーの前で、腰がぬけるほどびっくりした。それが縁で、飼主の岡部青年が、「学校」の常連となり、草野心平氏に可愛がられ、おつきあいが続いて今日に到っているというのである。岡部ライオン青年のお嫁さんの世話もされたという山田久代さんは、私より少しばかりお年かさだが、この方も長身美貌でいらっしゃる。長い間、草野心平氏の秘書役をつとめられただけあって、闊達俊敏、血の熱い情の濃い、そういえば、この方こそ牝ライオンというにふさわしくお見受けした。

この方の亡くなった姉上と、私の縁つづきの者との間に、半世紀近い昔に大ロマンの一幕があったことを知り、ライオン印の運命の糸の不思議さにもう一度びっくりした。

お二方とも酒が強い。初鰹を肴《さかな》に、盃を重ね、二十年昔のライオンを語り、ライオンと共に棲んだ新宿御苑界隈《かいわい》を語り、またライオンにもどった。

ロン子の檻の中に、酔ったトビ職が入りこみ、けがをしてしまったこと。檻の外で同じ高さに四ツン這いになりぐるぐる廻ってやると一番喜んだこと。大きくなっても安心してキスをさせたこと。せまい中で飼っていたので佝僂《くる》病になり、多摩動物公園で預ってもらったが六歳で病死したこと。

新宿御苑前の二十年前にライオンのいたあとは、今は銀行である。

「このへんにいたんですよ」

説明をして下さる岡部氏も感慨無量といった面持《おももち》である。こんなことでもなければ、逢うこともなかった三人は、すぐそばにあるバア「学校」へ席を移した。一頭のライオンが、初対面のこわばりや遠慮を無くしてくれた。

岡部氏は、ロン子に引っかかれて肉を持ってゆかれた指の傷あとを見せて下さった。

幸いのうすかった姉上について語られ、また同じように生涯配偶者をもつことなく仔を生むことなく終ったロン子を、可哀《かわい》そうな奴でしたと言われた。

「あいつは、ただの一度も吠えなかった」

だから街なかで飼えたのでしょうと、かなしく笑われた。可愛くもあったが、腹立たしかった、辛《つら》かったですよ、ともいわれた。ライオンを自分に押しつけた格好で死んでしまった姉を恨んだこともありましたと率直にいわれた。目がうるんでいるように見えた。

私が飼っているのは、三匹の猫だが、それでもこの言葉には全く同感である。思い切り走りたかろう、木に登り、争い、獲物を追い、時には命からがらの危険な思いもしてみたかろうと思う。体重四キロの猫にして正直そう思うのだから、百キロの百獣の王であれば尚更のことであったろう。心やさしいいい飼主でいらしたのだな、と、思った。

その夜、私達はライオンを語りながら、自分たちの二十年昔を、青春を懐しみ語り合ったのかも知れなかった。おたがいにまだまだ若く力もあり、無茶苦茶で相手かまわず嚙みついていた。新宿も中野もまだ夜は暗く、これからという活気があった。

私は私で、一瞬の視線の正と誤を考えないわけにはいかなかった。

牡だと思ったライオンは、牝であった。

見えなかったが、ライオンのまわりには鉄の格子があった。電車の窓から見当をつけた場所も少し違っていた。二階だと思ったのは一階であった。

長い間、開かない抽斗《ひきだし》に閉じこめておいた古い変色した写真を取り出して、加筆修整をしなくてはならないのだが、不思議なことに、記憶というのはシャッターと同じで、一度、パシャッと焼きついてしまうと、水で洗おうとリタッチしようと変えることが出来ないのである。

私のライオンは、やはりたてがみの立派な牡である。佝僂病なんかではない、動物園にいるよりMGM映画のタイトルより立派な牡ライオンである。大きく開け放した窓の手すりのところに、檻になど入らずに坐っている。

そのそばに、若い男がいる。

逢ってしまったのが因果で、この男の顔は、見てきたばかりの岡部氏に似ている。申しわけないが、やはり記憶の通りやせた体にダランとのびたアンダー・シャツを着ている。温厚な岡部氏は、あからさまにはいわれなかったが、「そんなの、着た覚えないなあ」といわれたところを見ると、このへんも記憶違いらしい。本人はご不満のようだが、二十年もたつと、今更脱がすことは出来ないのである。この写真は、間違ったまま、もう一度焼直され陽の目を見る形になってしまった。

それにしても、たのしくも不思議な一夜であった。あと二十年か三十年したら、耄碌《もうろく》した私はこんなことを言うかも知れない。

「昔、新宿でライオンとお酒のんだことがあったのよ」

こだわりの品

眠る机

素晴しい机を見つけて夢中になったことがある。

それは、銀座の輸入家具を扱う老舗《しにせ》の奥まった一隅に、ゆったりと置かれてあった。イタリー製で、黒い漆のような仕上げである。ごくありきたりの形なのだが、こういうのをすぐれたデザインというのであろう。モダンななかに気品とやわらか味があった。大きさも中位で、机の横の部分と、セットになった椅子のクッションと背もたれは臙《えん》脂《じ》色《いろ》のモロッコ革である。明らかに婦人用の机である。

私は、女の机としては日本の二月堂が最高だと思っているが、この机は、イタリーの二月堂というところがあった。なによりも、偉そうにみえないところがいい。

こんな机で書いたら、私の書くものもすこしは色っぽく女らしくなるかも知れない。私という人間にも、私の部屋にも似合わないことは百も承知で、欲しいなあ、と思った。

問題は値段である。

机としては最高、と考えている値段のひと桁上であった。

身分不相応。冥利《みょうり》が悪い。高いものを諦めるときの決り文句を自分に言いきかせていたのだが、何度目かにのぞいたとき、売約済みの札がついていた。

どんなかたがこの机を使われるのだろう。

はしたないと思ったが、売約済みの札の裏をのぞいてみた。田中絹代様となっていた。

小学生のときの机は、実に豪華なものだった。

豪華というより、滑稽《こっけい》というほうがあたっていた。私の入学を祝って、父がデザインをして近所の家具職人に作らせたものだが、これが弟と向い合せで坐る「きょうだい机」なのである。

材質はサクラだが、その分厚いこと、頑丈なこと、大きいことといったら、なかった。苦労してやっと人並みの肩書きと収入を得るようになった若い父親が、初めての自分の子に、すべての夢を托したというところがあった。

デザインも凝りに凝っていて、片袖の抽斗《ひきだし》はもちろん、片側には、ランドセルや草履《ぞうり》袋を入れる棚までつくりつけになっていた。

椅子の高さも、私と弟は違っていた。二つ年下の弟は少し高目になっていた。

父はこの机が得意だったらしく、来客があると、挨拶に出た私に、

「机をお目にかけなさい」

という。こういうとき、散らかっていると叱られるので、いつも机の上を整頓しておかなくてはならなかった。大人になるにしたがってだらしがなくなり、机の上にガラクタを山と積む癖がついたのは、このときの反動ではないかと思う。

客は、父の手前、さも感心したように、

「いや、大したもんですなあ」

とほめそやすが、父の姿が見えなくなると、柱にしがみついて笑っていた、とあとになって母は話していた。

父の涙ぐましい親心は、あまり実を結ばなかった。私と弟は、やれノートがおたがいの境界を越したのなんのとすぐに言い争いになり、この机に坐ると、勉強するより喧嘩することが多かった。結局、負けた方は泣きベソをかきながら食卓で書き取りをすることになる。それより、素人のかなしさで、子供の成長を計算に入れなかったものだから、すぐに足がつかえて使いものにならなくなってしまった。

今から考えれば、この机だけがこれまでに使った、ただひとつの机らしい机であった。

女学校時代の机は、かなしい代物《しろもの》であった。ぼつぼつ戦争もはげしくなっていたし、親も暮しに追われてそうそう子供の机にまで気が廻らなくなっていたのだろう。

一閑張《いっかんば》りの坐り机で、重みをかけると、べカッといきそうな安物だった。

その上の学校へ通っていた時は机がなかった。戦後の住宅事情の悪いときで、親戚に居候という形だったが、せまいといっても、机のひとつくらい持ち込めば持ち込めないことはなかった。だが、その分、私の領分は確実にせまくなる。私は机なしですごすことにした。

国文学の勉強より、遊ぶことやアルバイトに忙しかったから、机はいらなかった。日曜ごとに通う上野の図書館が私の机だった。

どうしても必要なときは、物干台が机になった。物干は畳から五十センチほど高くなっている。級友のノートをうつす私の鼻先に洗濯物のしずくが落ちた。ひるがえっているつぎのあたった祖父の股引《ももひき》や祖母のお腰の向うに、隣りの屋根屋の物干がある。丹精している植木鉢のならんだ奥に屋根屋の大将が昼寝をしていた。私の二番目になつかしい机は、この物干机である。

机龍之助といえば、中里介山《かいざん》の「大菩薩峠《だいぼさつとうげ》」の主人公だが、はじめてこの小説を読んだとき、私はこの人物に夢中になった。自分の持ち合せていない執念の酷薄さに魅せられたこともあるが、どうやら名前が気に入ってしまったらしい。碌《ろく》な机を持っていないのでそう感じるのかも知れないが、机、とは何と面白い姓であろう。机龍之助と眠狂四郎は、つくった名前としては双璧《そうへき》だと思う。

ただし、机龍之助は、机を持っていなかったに違いない。目が見えないのだから、剣は使えても読み書きはまずむつかしいであろう。眠狂四郎も、机は持っていなかったような気がする。そこへゆくと宮本武蔵などは、ちょっといい机を持っていたのではないだろうか。

眠狂四郎の名が出たから、図にのって書くわけではないが、私は机に向うと眠くなる癖がある。

机の上に原稿用紙をひろげる。もうそれだけで、あくびが出てくる。締切はとうに過ぎているのだ、と自分に言いきかせてペンをとる。もともと無い知恵を絞って書いているのだから、そうそういい考えがひらめくわけはない。瞼《まぶた》が重くなってくる。

ちょっと眠ろう。ここで眠れば頭がすっきりして、面白いことを考えつくかも知れない。原稿用紙の上にうつ伏して、五分のつもりが十分、十分のつもりが三十分、眠ってしまう。

首が痛くなって目がさめる。いい知恵どころか、寝起きの頭はますますぼんやりして、前よりもっと悪くなっている。不思議なもので、これが食卓だと、机ほど眠くならない。鍋敷や醤油注《しょうゆつ》ぎのそばにひろげる原稿用紙は、傑作は生れない代り、肩ひじ張らず気楽に物が言えそうで、すこし気が楽になるのであろう。

そんなわけで、私はこの三年ほど、机は使ったことがない。人並みに机は持っているのだが、本や台本を積み上げてあるので、使いものにならない。

小学生のとき、私は机という字と枕という字をよく間違えたが、私にとって机は本当に枕なのである。

眼があう

ごはんを食べたり、お茶を飲んだりの、普段使いのものを気に入ったものにしたい、と思いはじめたのは、親のうちを出て、ひとりでアパート暮しをはじめた十五年ばかり前のことである。

父と言い争いをして、猫一匹を抱えて家を飛び出したので、当座の鍋釜や茶碗は、手っとり早くデパートのグッド・デザイン・コーナーというようなところで取り揃《そろ》えた。白一色に、せいぜいグレイや濃い茶のモダンなクラフト類は、大正・昭和初期の、ときには悪趣味とも思えるボッテリした瀬戸物で育った眼には、新鮮にうつったものだった。

ところが、だんだん味気なくなってきた。

ツルンとしたしゃれた茶碗でのむと、煎茶《せんちゃ》が水っぽいような気がしてくる。新しょうがに味噌をそえた酒のつまみも、持ち重りのする、時代の匂いのついた皿にのせたらどんなにおいしかろうと思うようになった。散歩のついで、買物のゆき帰り、よその土地へ出かけたときに、古い皿小鉢を商う店を覗《のぞ》くようになったのは、その時分からである。好きというだけで格別の知識はないから、頼りになるのは自分の目玉だけである。店に入る。あまり眼に力を入れないで、肩の力を抜いて、なるべくぼんやりとあたりを見廻す。そのとき、眼に飛び込んできたもの、眼があってしまったものの前に立ってみる。いい。何が何だか判らないが、いい。しかし、大きすぎる。立派すぎる。高そうである。眺める分にはたのしくていいが、さて使う段になったら、薄手すぎたり形が微妙だったりして、洗うにしても仕舞うにしても気が重いだろう。あまりに色が美しすぎ、絵の力がすばらしすぎて、この上に大根や魚をのせるのは申しわけない——というようなものは、心を鬼にして、手にとらずに通り過ぎることにした。

再生産のない放送台本を書く人間の、軽い財布に見合って、万一、粗相《そそう》をしても、

「ああ、勿体《もったい》ないことをした」

と、その日一日、気持の中で供養をすれば済むものがいい。惜しみなく毎日使って、酔った客が傷をつけても、その人を恨んだりすることなく、

「形あるものは必ず滅す」

と、多少頬《ほ》っぺたのあたりが引きつるにしても、笑っていられるものがいい。

口がいやしいせいであろう。私は、ひとり暮しのくせに、膳の上に品数が並ばないとさびしいと思うたちである。父が酒呑みだったので、幼いときからものは粗末でも、二

皿三皿の酒の肴《さかな》が父の膳に並ぶのを見て育ったこともある。私自身、晩の食事には小びん一本でもアルコールがないと、物忘れをしたようでつまらないので、集る瀬戸物も自然に大きいものより、手塩皿のようなものが多くなった。小さいものは、大きいものより原則として値段も安い。

眼があったとき、「あ、いいな」と思い、この皿にのせてうつりのいい料理が眼に浮かぶものだと、少し無理をしても財布をはたいた。料理といったところで、茄子《なす》のしぎ焼とか、風呂ふき大根とか、貝割れ菜のお浸《ひた》しとかのお惣菜《そうざい》だが。

うちにあるものは、こんなふうにして一枚、二枚、三枚とごく自然にたまってゆき、気がついたら、アパートに入ったときに買い求めたクラフト類の一式は、ごく自然に姿を消していた。

気に入って買い求め、何日か使ってみる。客にも出す。すると、これは何ですかとたずねられるようになった。自分でも、多少、知りたいという気持にもなった。

陶磁の本を買い、展覧会にも足を運び、染付がどうの、古伊万里《こいまり》がどうのと、聞いたふうな口を利《き》くようになったのは、あとのことである。

何が何だか判らないけれど、見た瞬間にいいなと思い、どうしても欲しいなと思い、靴を買ったつもり、スーツを新調したつもりで買ったものは、やはり、それなりの、そう出性《でしょう》の悪くないものだと判ったのは、買ったあと、使ったあとだった。勿論《もちろん》、しくじったのもあって、これはそう悪くないぞ、と思っていたものが、さほどでないと知ったものもある。

人間というのは浅ましいもので、判ったあと、そういうものを扱うとき、気持では差別するまいと思うのだが、手は正直で、洗い方がぞんざいになっている。その逆もあって、大したことないと思い、〝ひとかたけ〟の食事代ほどで手に入れたものが値上りしていることを知ると、扱うときの手が、それ相応に気を遣っている。

そういう自分を見ると、ものは値段など知らないほうがいいと思えてくる。他人様《ひとさま》に誇れる名品を持たない人間の言い草かも知れないが、詠《よ》み人知らず、値段知らず、ただ自分が好きかどうか、それが身のまわりにあることで、毎日がたのしいかどうか、本当はそれでいいのだなあと思えてくる。

あまり知りすぎず、高のぞみせず、三度の食事と仕事のあい間にたのしむ煎茶《せんちゃ》、番茶、そして、台所で立ったまま点《た》てるお薄《うす》。このときをいい気分にさせてくれれば、それでいい。

知らないうちに数がたまっていたものに灰皿がある。

私はいま、ほとんどたばこはのまないのだが、放送関係のひとは、たばこのみが多い。うちのテーブルは黒い地なので、気がつくと、黒にうつりのいい灰皿がたまっていた。

双魚《そうぎょ》の青磁《せいじ》。安南《アンナン》染付。伊万里の持ち重りのするもの。呉須赤絵《ごすあかえ》写し。

客があっても、着替えるひまもなく、白粉気《おしろいけ》もなしお愛想もない女主人に代って、せめて灰皿ぐらいはにぎやかに、と気持のどこかで思っているのか、私にしては、色のあるものが多い。たばこは白と灰色と茶色の三色しか色を持っていないから、安心して色を重ねることができるのかも知れない。

他人様から見たら、お恥ずかしいガラクタだが、おすすめにしたがってお目にかけ、写真をうつしていただいた。

整理整頓が悪いものだから、戸棚の隅、本箱の手前と、あちこち、その日の気分で散らばっていたのを集めてみて、気のついたことがある。

脈絡なく集めたものが、幼い日、自分が使っていたものに似ているということである。ゆっくりと思い出すと、割れてしまったが、こういう手塩皿があった。これとよく似た形や色のものを見かけたことがあった。お客用で、子供は使わせてもらえなかったが、こんなのがお正月には私たち子供の前にも並んでいた――ということを思い出した。いってみれば、私の皿小鉢集めは、思い出と、昔、使わせてもらえなかった仇討《かたきう》ちなのかも知れない。

負けいくさ　東京美術倶楽部の歳末売立て

東京美術倶楽部の歳末売立ては毎年覗いているのだが、出掛ける前に必ずすることが三つある。

まずしっかりご飯を食べてゆく。

何しろ夥《おびただ》しい点数なのだ。玉も石も一緒くたになって東京美術倶楽部いっぱいに詰まって、建物全体が唸り声を立てている。見て廻るだけで体力と気力がいる。

第二に現金を置いてゆく。持っているとつい気が大きくなり、差し当って不用のものまで買い込んでしまう。

第三は、わがマンションの本箱や寝室にまで溢れているガラクタを打ち眺め、「もうこれ以上は皿一枚も収納出来ないのだぞ」と、我と我が身に言い聞かせるのである。どこからか聞えてくる、

「買ってくるぞと勇ましく」

という軍歌に耳をふさぎながら、「絶対に買わないぞ」と誓って家を出るのである。
ところが、第一室で早くも砂張《さはり》菓子器が目に飛び込んできた。こう数が多いと、集団見合いのようなもので、いちいち丁寧に身許を確かめてはいられない。艦橋に立つ連合艦隊司令長官のごとき心境でゆったりとあたりを見廻し、目の合ったものだけを手に取る。

この砂張は時代は大したことはないらしいが、打ち出しの具合が素朴でいい。私はこれを灰皿にしたいと思った。うちの客で、パイプを灰皿に打ちつけるのがいる。気に入りの双魚の青磁の皿をガンガンやられて胆を冷やしたことがあったので、あの客がきたらこれで仇討をすることにしよう。仇討に二万円は勿体《もったい》ないが、飽きたら菓子器にすればいいのである。

みごとな根来《ねごろ》の台鉢がある。うちが広く暮しにゆとりがあったら、これも持って帰りたい。古九谷《こくたに》角皿（五客）。これは「あ」と声が出た。

私のように知識も鑑定眼も持ち合わさない人間は、体で判断するほかはない。背筋がスーとして総毛立ったら、誰が何と言おうと、私にとっては「いいもの」なのである。思わず「あ」と声が出たら、「かなりいいもの」なのである。
「あ」と声の出たもの全部を買えたら、しあわせであろうが、不幸なことにそういう品は値段の方も「あ」と声が出るのである。いいものは値段の方もいいのは当り前のはなしで、「ああ……」と、こちらの方の「あ」は少し尾を引く悲しい声になって、寂しく見送るより仕方がない。

唐木机にも心をひかれた。端正ななかに、ピンと張りつめたものがある。三匹の猫に占領されている六畳を、あの連中がくたばったら和室に改装して、この机を置き、抱一《ほういつ》の結び柳の軸を懸け、昼寝をしたらどんなにいい気分かと一瞬夢に描いたが、三匹共食慾旺盛である。当分見込みがないので、これも諦めることにした。

拾いものはカシミール裂《ぎれ》である。十九世紀あたりと思われるディズリー文様の織二点、刺繍三点をはめ込んだ小額が三点で一万八千円なり。実は、私が黒幕兼ポン引きで赤坂にお惣菜《そうざい》と酒の店をやっている。そこの壁面がひとつ空きになっていた。ほかに飾りはペルーとエジプトの古代裂（エジプトのものは少々うさん臭い）だけだから、これにカシミールを加えると楽しいことになりそうだ。

古染付菊図皿（五客）は、古という字をつけるのはいかがかと思われたが、これに柿を盛ったらおいしいだろうな、と思ったのが運の尽きで、気がついたら売約済みの札を貼ってもらっていた。

こんな筈ではなかった。だから貯金が出来ないのだぞと自分を叱りながら、あまり見ないようにして歩いていたら、またひとつ目に飛び込んで来た。

安南仕込茶碗。

見た途端、耳のうしろを、薄荷水《はっかすい》でスーとなでられた気がした。緑釉《りょくゆう》の具合が何とも言えない。小振りで、私の掌《てのひら》におだやかに納まるのも嬉しくなる。嬉しくないのは値段だけである。すでにして予算は大オーバーなのである。目をつぶって行くことにした。ところが、またまた軍歌で恐縮なのだが、こういう時必ず聞えてくるのである。

「あとに心は残れども
残しちゃならぬこの体
それじゃ行くよと別れたが
ながの別れとなったのか」

身分不相応といったんは虫を押えるが、耳のうしろがスーとしたものは、必ずあとに心が残るのである。あとになって、もう一度欲しい、何とかして頂戴とジタバタしても、それこそ一期一会。二度と私の手には入らないのである。

劉生《りゅうせい》の軸ものの小品。ルノアールのサムホール……。あの時、もう一息の度胸がないばかりにと臍《ほぞ》を噬《か》んだことを思い出して——「これも包んで下さい」と言ってしまった。またしても克己心は誘惑に負けてしまったのである。

きず

縁にきずのあるグラスを、捨てよう捨てようと思いながら五年たってしまった。

じかに口に当てるものだけに、正直いって使うのは気骨《きぼね》が折れる。

きずのあるのが客のほうにゆかないように注意しなくてはならない。さりげなく自分の前に置き、きずの部分に唇を当てないようにずらしてビールを飲んだりするのは、ひと手間余計なことである。洗うときも、このきずものだけは特別扱いであった。

はじめのうちは、ただ勿体《もったい》ないから、というだけの気持だった。グラスは六個でセットになっている。一個欠けるより、きずものでもとりあえず数だけあったほうがいいと思ったからだ。

バカラと呼ばれる外国製で、駄物揃《だものぞろ》いのうちのグラスのなかでは、一番上等だということも理由のひとつであろう。

だが、それだけではないことに気がついた。

面倒な病気を背負い、自分のからだにきずができてから、私はきずのあるものが捨てにくくなっている。

テレビドラマのなかで人が殺せなくなったように、気持のどこかで小さく縁起をかついでいるのかも知れない。

こんなことを気にせず、のんきに暮らしたいと思う。思いながらも、グラスひとつにかけるこういう馬鹿馬鹿しい手間ひまを、そう悪いことでもないな、と気に入ってもいるのである。

旅枕

海外旅行にだけは行かない、と頑張《がんば》っている人がいる。かなり大きな会社の社長である。

理由は枕だという。

子供のときから蕎麦《そば》殻《がら》の枕に馴染《なじ》んで来た。円筒型に固くつめ込んだ昔ながらのくくり枕でないと眠れないというのである。

ホテルで使うパンヤだか羽毛のフワフワのは、こたえがなくて頭が沈み寝た気がしないとおっしゃる。

飛行機や新幹線のおかげで、国内は大抵日帰りですよ。赤んぼうじゃあるまいし、あんなやわな枕でよく眠れるもんだ、と言っておられたかと思ったら、声がしなくなった。バーのボックスのソファに寄りかかって、いい気持そうにうつらうつらしておいでになる。銀座の一流だけあって、長椅子も上等、背もたれの首のあたるところもフカフカである。話が違うような気もしたが、ここで一泊するわけではなし、暫時《ざんじ》の休憩の場合はフカフカでもいいのであろうと納得した。

男女合せて二十人ほどがひとつ部屋で雑魚寝《ざこね》をしたことがある。

二十代の頃、勤め先でスキーバスを仕立て湯沢あたりに出掛けた時のことだったと思うが、料金を値切ったせいか、そこしか空ていなかったのか、通されたのは大広間であった。

「女の子が着替えをしますから、男の人はまとめてお風呂に行って下さい」

と追ん出したりする。

追ん出されたほうが、

「俺は寝しなに入りたいんだがなあ」

と言いながら、替えのパンツを抱えてゾロゾロ出てゆく有様は、勤め先では見られない愛嬌《あいきよう》があった。

壮観なのは夜であった。

衝立《ついた》てもないので、男と女がそれぞれ頭のほうを突き合せた格好に二列に布団を敷いたのだが、暗くしないと眠れない、という声に対して、年輩の引率責任者が、

「それはまずい。電気は絶対に消さないこと」

とムキになってどなったりしている。

　私は、旅館の固い枕では首が痛くなるたちなので、うすい座布団を二つ折りにして、持参の湯上りタオルを巻いて枕を作っていた。

　このとき気がついたのだが、日頃食べものや着るものに神経質な人が、ポマード臭い旅館の枕に平気であったり、豪傑《ごうけつ》肌の人が、部屋の隅から茶筒を持ってきて、セーターを巻いたりして枕を作っていることであった。

　なかには一旦横になってから跳ね起きて、横にどけてある私の枕を見つけ、使わないのなら貸して欲しいと言い、自分のと二つ重ねて、これでよし、という人もいた。

　その人は、鎌首をもたげるような姿勢で、一番先にいびきをかいて眠ってしまった。

頭に合わない枕をするくらいなら、無いほうがいいと、枕カバーだけをはがして頭の下に敷き、目をつぶる人もいた。

　まさに十人十枕であった。


　のぼせ性のせいか、夏は寝ている最中に頭が熱くなってくる。〝脳煮え〟と書かれたのは山口瞳氏だったと思うが、あったまって傷《いた》んだ脳でははっきりしない。

　そんな話を友人にしたら、突然重たい小包みが来た。あけてみると瀬戸物の枕である。陶枕《とうちん》といって、美術館で万暦赤絵《ばんれきあかえ》の凄《すご》いのを見たことがある。頂いたのは、そんな寒気のするようなものではないが、頭をのせてみると、ひんやりして気分がいい。

難を言えば、重たいので、ベッドのその部分がだんだんと沈んでくることと固いことだが、物珍しさも手伝って使っていた。

一週間目の朝、送り主から電話があった。

送った陶枕は使わないで欲しいというのである。

昨夜、夜中に電話があった。いい知らせだったので電話を切ってから、心弾むままに年甲斐《としがい》もなくベッドにどすんと引っくり返った。

とたんに目から星が出た。

後頭部をしたたかに打ち、しばらくは痛みで声も出なかった。いまも小さなコブがあると言う。

「あなたは私よりそそっかしいのだから万一のことがあると命にかかわる。すぐ捨てて頂戴《ちょうだい》」

豆腐の角《かど》というのは聞いたことがあるが、枕に頭をぶつけて、となると、死にかたとしては少しばかり心残りである。勿体《もったい》ないから、玄関の足のせにとも思ったが、昨日勤皇、明日は佐幕《さばく》みたいでこれも気がひける。迷った末に言う通りにした。

旅先で自分に合ったいい枕にめぐり合うことは滅多《めった》にない。

外国のホテルでは、フカフカして見場は豪華だが、頭をのせると沈み込んでしまって、十分もすると耳たぼがほてってくる、というのが多かった。

たった一軒、これぞ私のために作ってくれたのではないか、と思ったのは、パリのル・グランというホテルのものであった。

オペラ座のすぐ横の四つ星である。

ホテル自体も古い格式のあるホテルだが、ここは湯上りタオルやベッド、シーツなどが非常にすぐれていた。何の飾りもないが、上質で、使う人を快適にする心くばりを感じた。

枕は、あれはカポック、というのだろうか、固めの詰め物である。丸と四角のちょうど中間の、程のよい太さ丸さで、セミダブルのベッドの幅と同じに出来ている。

頭をのせてみると固からずやわらかからず、実に具合がいい。部屋はかなりあたたかいのに、どういうわけか耳たぼが熱くならないのである。

私だけかと思ったら、次の朝食事で一緒になった三、四人の連れがみな、この枕を賞賛していた。支配人にごまをすり応分の値段でわけてもらいたい、と思ったが、フランス語ときたら、請求書を下さいがやっとなので、諦めて帰ってきた。

寝苦しい夜など、今でもこのホテルの枕を思い出すことがある。

最近羨《うらやま》しいと思った枕は、「斧枕《おのまくら》」である。

「くりま」という雑誌に、黒田晶子《あきこ》というかたが北海道のことを書いておられる。

「北海道で、二年まえの六月に、初めて独りでテントを張ったとき、安部さんが、『アイヌの人がたは、山で寝るとき』と言いながら、古い斧を渡してくれた。それを布で巻いて、枕にした。頭の下に敷いた重い刃は、わたしの眠りに冷い静けさと、土の安堵《あんど》感を与えてくれた」

私も首のうしろが、すこし冷たくなった。

旅

鹿児島感傷旅行

三年ばかり前に病気をした。

乳癌という辛気《しんき》くさい病名だったこともあり、日頃は極楽とんぼの私が柄にもなく、入院中のベッドで来し方行く末に思いをめぐらすこともあった。万一再発して、長く生きられないと判ったら鹿児島へ帰りたい。

昔住んでいた、城山のならびにある上之平《うえのひら》の、高い石垣の上に建っていたあの家の庭から桜島を眺めたい。知らない人が住んでいるに違いないが、何とかしてお庭先に入れて頂いて、朝夕眺めていた煙を吐くあの山が見たかった。うなぎをとって遊んだり、父の釣のお供をした甲突《こうつき》川や、天保山海水浴場を見たかった。山下小学校の校門をくぐり天文館通りを歩きたかった。友達にも逢いたかった。

帰るといっても、鹿児島は故郷ではない。保険会社の支店長をしていた父について転校し、小学校四年五年の二年を過した土地に過ぎないのである。しかし、少女期の入口にさしかかった時期をすごしたせいか、どの土地より印象が強く、故郷の山や河を持たない東京生れの私にとって、鹿児島はなつかしい「故郷もどき」なのであろう。

退院してから、誰にあてるともつかない、のんきな遺言状を置いておくのも悪くないな、といった気持で父の思い出を中心に子供の頃のことをエッセイに書きはじめ、去年の暮に『父の詫び状』と名づけて一冊の本となった。どうにか元気で仕事をしていて遺言状もないもので全くお恥しい限りだが、この本の随所に鹿児島が登場する。自分の気持に締めくくりをつける意味からも、「故郷もどき」の鹿児島へ二泊三日の旅をすることにした。


四十年前の鹿児島は、遠い国であった。

東京から東海道線、山陽本線、鹿児島本線と乗りついで、二十八時間かかっている。日支事変が始まったすぐで、八幡製鉄所のそばを通過する時は、車内に憲兵が廻ってきて窓を閉めさせられたことを覚えている。

それが、現在では、羽田から全日空で一時間四十五分の空の旅である。私は、四十年の歳月を、一時間四十五分で逆もどりしたような不思議な気分で鹿児島空港におり立った。

空港から市内までは車で五十分ほどである。桜島は勿論《もちろん》、目の前だが、私はあまり見ないようにしていた。この山は、私の住んでいたあのうちの、あの庭から眺めたかったのだ。

ところが、私のうちは、失くなっていた。

石垣は昔のままであったが、家はあとかたもなく、代りに敷地いっぱいに木造モルタル二階建てのアパートが建っていた。戦災で焼けたのか老朽化したので取りこわしたのか。

門も、石段も新しくなっていた。昔通り裏山には夏みかんの木が茂り、黄色に色づいた夏みかんが枝の間から見えていたが、昔より粒が小さくなったように思えた。いや、夏みかんが小さくなったのではない。私が大きくなったのだ。その証拠に、子供の頃、見上げるほど高いと思ったわが家の石垣は、さほど高くはないのである。

思ったより高くなかった石段の上に立って、しばらくじっとしていた。春先なのに初夏に近い陽気の、みごとに晴れた日である。目の下に広がる鹿児島の街は、見たこともない新しい街であった。

四十年前の鹿児島市は、茶色い平べったい町であった。目に立つ高い建物は、県庁と市役所と山形屋と、野上《のがん》どんと呼ばれていた三階建ての西洋館の邸宅ぐらいの、地味な家並みであった。今は、高層ビルであり、色彩にあふれている。

変らないのは、ただひとつ、桜島だけであった。

形も、色も、大きさも、右肩から吐く煙まで昔のままである。

なつかしいような、かなしいような、おかしいような、奇妙なものがこみあげてきた。

私は、桜島を母に見せたいと思った。

母が、父と四人の子供と姑《しゅうとめ》と一緒に、鹿児島に来たのは三十一歳の春である。初めての地方支店長という栄転。大きな社宅に住み月給も上り気候が温暖で暮し易いここでの暮しは、母にとって、一番なつかしい第二の青春だったと思う。

血気盛んであった父は、癇癪《かんしゃく》を起して母に手を上げることもあったが、母はこの時期が一番笑い上戸《じょうご》であった。土地の言葉や習慣にすぐ馴れ、さつま揚やきびなご（細い縞のあるおいしい小魚）や壺漬や苦瓜《にがうり》の油炒めなどが食膳をにぎわすようになった。鹿児島特有の、干海老でダシをとったお雑煮でお正月を祝った。猪《いのしし》の肉と、子孫繁栄を願うしるしの八《や》つ頭《がしら》が、父と弟の膳だけにならんでいた。うち中に活気がみなぎり、それは子供の私にもよく判った。

母は、朝夕、この桜島を見ながら、どんなことを思っていたのであろう。父が出張で沖縄へゆき、帰りの船が台風で難破しかかった時、母が縁側に立ってぼんやりと桜島を見ていたのを覚えているが、あとは楽しいことが多かったのではないか。

貯金をして東京へもどり、自分たちの家を買おう。四人の子供たちにもそれぞれの夢を描いていたと思う。マイホームの夢は、このあと激化した戦争で大きく破れ、子供もまた揃って上出来とはいえず、母の夢はこの桜島に向いあった時、一番大きくふくらんでいたに違いない。そんなことも、いま、その頃の母の年をはるかに過ぎて、やっと判ったことなのである。

母にくっついて歩いてよく行った近所の魚屋も、体格のいい母子でやっていた小さな饅頭屋（私たちはデブサン饅頭と言っていた）も、みんな無くなっていた。

昔のままで残っているのは、二軒おいて隣りの、どういう偶然なのか、うちと苗字が反対の田向さんというお宅と、坂の下にあって、これも鹿児島名物のボンタン飴と兵六餅を買いにいったお菓子屋だけであった。

まるで外国語みたいだと、母や祖母を泣かせた鹿児島弁も、通りすがりに、つい陽気に浮かれたのだろう半ズボンの少年が、

「寒かア」

と呟いたのを小耳にはさんだだけで、テレビの影響なのであろう街ではほとんど東京と変りない言葉が流れているようであった。

「ふるさとのなまりなつかし」という具合にはいかなかった。

照国神社は第十一代藩主島津斉彬《なりあきら》を祭る城山の麓のお社である。

昭和十五年。小学校四年の私は、この境内で行われた紀元二千六百年の祝典で、お遊

戯をしている。

「金鵄《きんし》輝く日本の　栄《は》えある光身に受けて」

という記念の歌は、今も歌うことが出来る。

ところが、大運動会が出来るほど広かった境内が、いやに狭くなっている。三分の二ほどが駐車場になっているのである。照国神社も、戦災で焼け、コンクリート造りの新しいたたずまいであった。

神社の前の通りに並んでいた蛇屋も鉄砲屋も靴屋も手品のように消えていた。

ところが、照国神社を出た私の足は、まるで変ってしまった知らない道路を、なにかの糸であやつられているかのよう、ひとりでに手繰《たぐ》り寄せられて、気がつくと山下小学校の前に立っていた。

この時の私は、赤いランドセルを背負った、蚊トンボのようなすねをした四十年前の小学生であった。

わが母校の変りようにも、目を見張るものがあった。昔の表門は、今は「あと」だけが残り、使われていない。校庭の真中に二本そびえていた大きな楠は、あとかたもないのである。私はこの楠の根方の洞《ほら》に、うちへ持って帰ると叱られるおはじきをかくしていた。戦争が烈しくなってからは、八のつく興亜奉仕日のおひる、この楠のまわりに坐り、日の丸弁当や、バターやジャムもついていないコッペパンを食べた思い出がある。

一階建てだった校舎は、新しい三階建てになっている。

校庭に立っていると、冬の寒い朝、かじかんだはだしで、（当時、鹿児島の小学生は冬でもはだしであった）朝礼にならんだ冷たさを思い出す。

「城山まで駈け足！」

と号令をかけた大男の田島先生。

その城山までの駈け足の途中、電信柱につながれた馬の口をこじあけて、

「動物の年齢は歯を見れば判る」

嫌がって暴れる馬を、田島先生は必死の形相で押え込みながら、実地教育をして下さったこともあった。やはりつながれたアメ色の牛の腹の下を、ランドセルに三十センチの物指《ものさし》をはさみ、すばやくくぐり抜ける遊びに夢中になったこともある。途中で牛が坐り込んだら、一体どうするつもりだったのか。昔、町で人と共に働く馬や牛は、おとなしかったのかも知れない。当然のことだが、もうどこをさがしても馬も牛も見当らず、これも朽ち果てたか焼けた楠と同じく、思い出にだけ残っている景色である。

テンモンカン

テンポザン

知らない人が聞いたら、競馬の馬の名前ですかと言われそうだが、鹿児島に住んだこ

とのある人間だったら、聞いただけで懐しさに胸の中が白湯《さゆ》でも飲んだようにあたたかくなってくる響きがある。

天文館は、もと島津の殿様が天文学研究のためにつくらせた建物のあったところで、東京でいえば銀座、つまり鹿児島一の繁華街である。ここの山形屋デパートで買ってもらった嬉しい思い出は、絞りの着物と一緒にまだはっきり残っている。見違えるように立派になったデパートをのぞき、素朴な盛り場からこれまた近代的なアーケードに変貌した天文館通りを散歩したが、この時もまた不思議にひとりでに足が動いて、父がよく本を取り寄せていた金港堂と金海堂二軒の本屋にゆくことが出来た。人間の記憶の中で、足は余計なことを考えず、忠実になにかを覚えているのかも知れない。

天保山は、鹿児島市随一といってもいい海水浴場であった。前に立ちはだかる桜島。ひろがる錦江湾。松林がゆたかに――立ちならんでいる筈であったが――松林は、ほんのわずかしか残っていないのである。

私が泊ったのは、この天保山に出来た新しいサン・ロイヤルホテルである。ここの東常務が私の旧友のご主人であったという奇遇もあり、消えてしまった松林と、いやに大きく見える桜島について解説をしていただいた。

桜島が大きく迫ってみえるのも道理で、海は千メートル余も埋立てられているという。昔、私がポチャポチャとシュミーズで泳いだり、脱衣籠に入れておいた母の手作りのキャラコのズロースを盗られて半ベソをかいた天保山海水浴場が、今、ホテルの前の駐車場のあたりでしょうといわれる。

昔、父に連れていってもらった鴨池動物園が、今はスーパーになっているのである。鹿児島市の人口も、私がいた頃の三倍になっているのである。

変るな、という方が無理難題というものであろう。

変ったものは、城山頂上までの自動車道路。そして頂上の展望台の観光名所ぶり。桜島へ通う立派なカー・フェリーである。四十年前、うち中揃って桜島へ遊びにいったのはいいが、渡し船がひっくりかえりそうになって、母など、死ぬかと思った、と青い顔をしていたのが、嘘のようである。ほとんど揺れもせず、十五分置きに出る白い美しいフェリーで、アッという間に桜島へ着いてしまう。

変らないものは、磯浜の「じゃんぼ」。

大きいという意味ではない。名物の餅の名前である。リャン棒のなまったもので、つきたてのやわらかい餅に、うす甘い醬油《しょうゆ》あんをからませたもの。昔、これを母が好んだこともあり、よく出かけたものである。ここは今は公園になっているが島津公の別邸であったところで、ここから眺める桜島の美しさは、また格別である。

桜島といえば、サン・ロイヤルホテルの窓から眺めた夕暮の桜島の凄《すご》みは、何といったらよいか。午後の太陽の光りで、灰色に輝いていた山肌が、陽が落ちるにつれて、黄金色から茶になり、茜《あかね》色に変り、紫に移り、墨絵から黒のシルエットとなって夜の闇に溶けこんでゆく有様は、まさに七つの色に変わるという定説通りであった。考えれば、これも四十年前と少しも変らぬ筈なのに、十二歳の女の子の目は、一体何を見ていたのであろう。

「あんた！　うちのことモデルにして、メシのたねにして！」

物凄い力で背中をどやされた。目がうるんで笑っている。

三、四人も集ってくれたら感激だなあ、と思っていたのが、宮崎から駈けつけたのも入れて十三人。山下小学校四年、五年の時の級友の顔が揃った。担任の上門三郎先生を囲んで四十年ぶりの同窓会ということになった。

種子島出身で、師範を出たての紅顔の美青年で、もらい立てのホヤホヤのお嫁さんにすぐ赤ちゃんが生れて私たちが交代で見物にいった上門先生も、もう六十八になられた。教え子も、髪に白いものがまじり、孫のいる人もある。名乗り合わなくても、入って来ただけで、その人の旧姓と名前が、四十年、どこに眠っていたのか、口をついて出てくるのである。

私が転校していった時、級長で、一番字がうまくて体格がよくて美人だった小田逸子さんは、病院長夫人で着付学院の院長さんである。大きなカフェーのお嬢さんで、子供の癖に色っぽかった内田順子チャンは、料亭のママさんであり、相変らず色っぽいお祖母ちゃまになっていた。

　名物の豚骨《とんこつ》も春寒《しゅんかん》もおいしかったが、一番のご馳走はみんなの顔であった。もう二度と逢えないかも知れないね、といいながら、こういう時は、どうして、他愛《たわい》ない話しか出来ないのであろう。何をしゃべってもおかしく、なつかしく、黙っていると鼻の先がツーンとしてくるので、私達はやたらに肩を叩きあい、笑ってばかりいた。

　私はこの席で、先生に叱られた。

「向田のテレビはみんな見とるが、子供が出てこんのはいかんなあ」

　甲斐性《かいしょう》なしのひとり者で子供がないものですからと言いわけを言い、以後、気をつけますと頭を下げたが、五十近くにもなって、小学校の先生に叱られるのは何と幸せなことであろう。四十年の歳月は一瞬にしてケシ飛んで、壮年の先生が、長い竹の棒で、前列の生徒の頭を小突きながら、

「やっせん！」（駄目じゃないか）

　熱心に叱り教えて下さった図がよみがえってくる。物を習うこと、知ることの素敵さを教えて下さったのはこの先生なのである。意地悪をしあったり、一緒に立たされたり遊んだり――女の子に生れた面白さを分かちあったのも、この時代の、その夜集った友達なのである。

今、幸せなのかどうか。それは知らない。間に戦争をはさんだそれぞれの歳月は、一晩の語らいで語り尽せるものではないし、ひとつ莢《さや》の豆が散らばるように、それぞれの場所で、花を咲かせ実を結べばいいということなのであろう。

あれも無くなっている、これも無かった——無いものねだりのわが鹿児島感傷旅行の中で、結局変らないものは、人。そして生きて火を吐く桜島であった。

帰りたい気持と、期待を裏切られるのがこわくてためらう気持を、何十年もあたためつづけ、高い崖から飛び下りるような気持でたずねた鹿児島は、やはりなつかしいところであった。

心に残る思い出の地は、訪ねるもよし、遠くにありて思うもよしである。ただ、不思議なことに、帰ってくるとすぐ、この目で見て来たばかりの現在の景色はまたたく間に色あせて、いつの間にか昔の、記憶の中の羊羹《ようかん》色の写真が再びとってかわることである。思い出とは何と強情っぱりなものであろうか。

紐育《ニューヨーク》・雨

知らない土地で急に雨に降られるのは気の滅入るものだ。

眺めのいい旅館の部屋で、雨に煙る山などを眺めながらぼんやり出来るのなら雨も悪くないが、街を歩き廻らなければならないときは、傘の用意はなし足許も濡れてくるのは有難くない。

これが外国だと尚更《なおさら》である。知った土地なら季節や空の具合からおよその見当もつくのだが、外国の場合は、もっと激しくなるのやら、すぐにあがるのやら皆目《かいもく》見当もつかない。

その日ニューヨークは三月の終りだというのに驚くほどの馬鹿陽気で、朝から二十度近くあったのではないだろうか。雲の重い湿り気を含んだなま温い空気は日本の梅雨前と同じだった。マンハッタンの通りを歩く人は、毛皮のコートあり半袖のシャツありで、もしカメラで一枚の写真にとったら、自由と混乱とでも題をつけたくなるようなマチマチさであった。

昼から雨になった。

私は四、五人の男性方と、イースト・ヴィレッジのセント・マークスというあたりで雨宿りをしていた。自分が脚本を書いたテレビのロケに同行したのである。

このあたりは、ひと頃話題になったグリニチ・ヴィレッジやソーホーにかわって最近若い人に人気の出てきた一劃《いっかく》で、軒なみパンク・ファッションの店である。

黒や赤や紫の繻子《しゅす》地の上衣に、ビーズやスパンコールをくっつける。背中丸出し、片方の胸丸出しのドレス、お尻にハートの型抜きのあるパンツなどがウインドーにならんでいる。誰がどんなときにこんなのを着るんだろうと思いながら、店に入ると、出迎えてくださるお兄さんの頭は、リーゼントなどという生易《なまやさ》しいものではない。髪の毛全部が天に向って逆立つようなヘア・スタイルである。怒髪《どはつ》天をつくである。おネエさんのほうも物凄《ものすご》い。目は三倍ほどに黒く釣り上げた形に塗りたくり、眉の下は、まぶた一面に紫色のアイシャドウ、口紅は黒に近い色である。ニコリともしないで、妖しげな音楽に合せて体をゆすっている。

この店ではジョン・レノンとヨーコの濡れ場をプリントしたTシャツを作り過ぎたとみえ、半額セールで売っていた。奥の方には、日本の着物の古着がブラ下っている。昔、おばあさんやお母さんの着ていた振袖や着物、長襦袢《ながじゅばん》である。それも散々着古した色あせた安物である。テレビ映画「将軍」大当りの影響で、こういうものが流行しているらしいが、誰が着てどこから出たものが、誰の手に渡るのか、面白いものだと思って店を出た。

雨宿りをしている私たちの目と鼻の先で三人ばかりの若い街の天使たちも、上を見上げながら、雨を避けて立っている。

体格はいいが、みな十四か十五の少女である。一人は白のひだスカートに白のジャンパー、ソックスという幼いロリータ姿。あとの二人は、お尻まで割れ目の入った年増スタイルである。見ている前で一人のオニイさんがつかまり、腕を組んでパンク衣裳屋の二階にあるかなり傷《いた》んだ安ホテルの階段を上っていった。

「あの連中の相場は二十ドルですよ」

二十ドルといえば四千円である。少し安いような気がしたので、その旨《むね》感想をいうと、

「もっと下があって、五ドルというのもあります。ただし、六十過ぎの女性ですがね」

という。年齢で相場を割り出すと、私めなどはいくらになるのかと計算をはじめたが、数に弱いのでうまく出来ない。

一人の中年紳士が近づいて、これを買いませんかという。新品のねじ廻しなどの工具のセットである。十ドルでようざんすという。紳士は大きすぎる鼻のギリシャかイタリア系らしい。盗品か倒産の品か知らないが、間に合ってますと辞退した。

この日は、よく物を売りつけられる日で、公衆電話をかけていたら黒人の老人がうしろから声をかける。傘を買わないかというのである。俄《にわ》か雨が降ると必ず出る人種だという。ニューヨークでは当り前の光景だそうだ。

このあと、ハーレム、サウス・ブロンクスを車で通った。黒人の多い、治安の極めて悪いところなので、車からおりないようにと注意されているところである。

半分腐ったようなアパートの軒下で、男たちが固まって別に何をするでもなくぼんやり立っていた。大人も子供も、みな、ムッとした顔をしていた。面白くないのだろうな、と思った。私でも、差別されて、こういうところに住めば、こういう顔になるだろうなと思った。

これが二時半頃である。そのあと、コロンバス通りで買物をした。品のいいしゃれた店がならんでいる。私はスカートを一枚買ったが、美人の女の店員は、私と応対する間も男の店員とふざけていた。二人は恋人同士らしい。客が入ってきて、買った商品に何かクレームをつけている。隣りの「デリ」とよばれる食料品店には五、六人の客がいて、ハムを切ってもらったり、品定めをしている。

どこにでもある眺めだなと思っておもてに出ると、雨は上っていた。そこで、つい二時間前に大統領が撃たれたというニュースを知った。

何かことがあると、街中が衝撃を受けているとか悲しみに包まれております、という形容を聞くが、私の見た限りでは全くそんなことはなかった。

生命に別状がなさそうだというせいもあったろうが、少なくとも街も人も普通にみえた。

私たちは、カーラジオをつけず、場所移動をしていたので知らなかったが、私の見たなかで、かなりの人はニュースを知っていた筈である。

にもかかわらず、黒人たちは格別興奮した様子もなくムッとした顔で立っていたし、若い男女は手をにぎりふざけ合い、主婦たちは真剣な目でハムの厚さをにらんでいた。

ホテルへ帰ったら、テレビの画面のキャスターたちはさすがにたかぶった声で現場の様子を伝えていたが、夜更けにいったイタリア料理店では、満員の客が旺盛《おうせい》な食欲をみせていた。レーガンとかヒンクリー・ジュニアという単語は聞えてこなかった。

次の朝、六時半にホテルの十七階の窓から下をのぞいた。パーク通り三十八丁目を、二頭の大型犬を引っぱった老人が歩いてゆく。昨日の朝と同じである。イースト・リヴァの河岸の方から、黒い小型犬を連れた女がくる。昨日の朝と別な色のセーターを着ている。それにしても同じ眺めである。

私は父が死んだ次の朝、いつもと同じように朝刊がきたとき、びっくりした覚えがある。何様でもあるまいし、市井《しせい》の名も無い人間が死んだところで、世の中、何も変りはしないのだ。

一国の大統領が撃たれても、人は同じように食べ、同じように眠り、同じように犬を散歩に連れてゆく。

七時半に、近くのグランド・セントラル駅へタイムスを買いにいった。読めはしないのだが、何となく買いたくなった。いつもより沢山《たくさん》部数を刷ったのだろう、新聞が山のように積み上げられていた。しかし、「飛ぶよう」に売れてはいなかった。

ないものねだり

この間、モロッコへ行って来ました。

昔々みた、ゲーリー・クーパーとディートリッヒの「モロッコ」という映画の題名にひかれて、一度行ってみたいと思っていたところでした。

モロッコの首都はカサブランカです。(註)これまた映画の題名になりますが、イングリット・バーグマンとハンフリー・ボガートの名作の舞台です。

長い間の行きたい、行ってみたいという夢が叶ったわけですが、カサブランカの町に着いてみて、拍子抜けしてしまいました。

映画の画面で見たモロッコや、カサブランカはどこにもないのです。街には高層ビルが立ちならんでいます。道ゆく人々の中には、昔ながらの民族衣裳を着て、顔をかくした婦人たちも見かけることは見かけましたが、よく見ると西欧風なお化粧をしていたりで、ほとんどがパリや日本と同じ洋服姿です。

食事にしても同じで、ホテルの食堂では、せいぜい羊料理が目につく程度で、パンにしろバターにしろ、ほとんど文明国と変らないのです。ラジオやテレビのチャンネルをまわすと、二局に一つはアラブ風の音楽を流していますが、あとはロックありシャンソンあり。

スークと呼ばれる市場にしても、アルジェリアでみかけた曲りくねった暗い迷路のカスバではなく、昔の日本の闇市《やみいち》のようなマーケットに過ぎません。

がっかりしていましたら、案内係のモロッコ人の青年が、慰《なぐさ》め顔に言いました。

「大丈夫ですよ、たった一カ所ですが、昔と同じものが残っていますからご案内しましょう」

それはカサブランカの街の中央にありました。マーケットの入口近くにそこだけまるで映画のセットのように、古めかしいカスバのような市場が残っているのです。

売っているものは、どこにでもあるモロッコ革の細工物でしたが、いまにも崩《くず》れ落ちそうな丸型の天井や、沁《し》み込んだ羊と革の匂いは、旅行者を充分満足させるものでした。

「やっとモロッコに来たという実感があるわ」

こういった私に、モロッコ人のガイドは満足そうにうなずきました。

「皆さんそうおっしゃいます。そのために残してあるのです」

私が、これぞモロッコ、と喜んだ古びた一劃《いっかく》は、映画「カサブランカ」で使ったセットだというのです。それをそのまま残して、観光客誘致のために使っているらしいのです。

がっくりした私は、十年前にたずねたアマゾンの出来ごとを思い出しました。

ペルーの首都リマから二時間ほど小さい飛行機で北へ飛ぶと、アマゾン河上流のイキトスという町に着きます。昔は栄えたところだそうで人口は一万人ちょっとですが、今はさびれて、見るかげもありません。

そこの腐ったような船つき場から小さなモーターボートにのり、アマゾン河を少しさかのぼって、支流のイタヤ河という少し川幅のせまいところに入ります。因《ちな》みに申し上げますと、アマゾン河の川幅はひろいところでは一キロあり、向う岸はほとんど見えないのです。

そのイタヤ河をさかのぼること一時間ほどで、また小さな船つき場があります。人は一人もいません。家のかげもありません。あるのは茶色く濁《にご》った川とジャングルだけです。

ジャングルには、細い道が一本ありました。

人間ひとりがやっと通れる道で、あぶなっかしい丸木橋や、体をかがめなくては通れない文字通りジャングルのなかの「けもの道」です。

やっとアマゾンに来た。

私は胸がおどるのを覚えました。

張り切ってサファリ・ルックを作ったというのに、大きな日除《ひよ》け帽子を買ってきたというのに、今までのアマゾンは、蟻《あり》が日本の倍の大きさで、少しむし暑いということをのぞけば別にどうということはありません。

ワニもいなければ、サルもいないのです。

バン刀でジャングルを切りひらき、アブや蛇と戦いつつ進んでゆく――「冒険ダン吉」というマンガの読みすぎなんでしょう。そう思って鼻の穴をふくらましてやってきたので、少し落胆していたのですが、ここにきて、俄然《がぜん》生色をとりもどしてきました。

目の前に、葉っぱで屋根をつくった掘立て小屋が二つありました。

なんとか族。名前は忘れましたが、アマゾン原住民の住まいでした。かなり大家族の二家族が住んでいました。

その中をのぞかせてもらいますと、暗い土間の真中にあるのは、素朴なカマドひとつです。あとはなにもありません。

男も女も絵に描いたような腰ミノひとつです。家長らしい老人は、頭に鳥の羽根でつくったかぶりものをかぶっています。男たちは吹矢の道具を手に持ち、遠くはなれた木の幹に向って矢を吹き、私たちにもやってごらんと手真似ですすめたりするのです。

これこそアマゾンです。

高い飛行機代を払ったけれど、本当に来てよかった。そう思いました。

私たちにまつわりついていた七、八人の子供たちの耳は、熱帯性の潰瘍《かいよう》で耳たぶの形がないほどただれています。目もトラホームかなんかでしょう。真赤です。勿論《もちろん》ハダシ。これがアマゾンの現実なのです。

大きくうなずいたとたん、子供たちが手を出しました。

「たばこをくれ」

というのです。

気がつくと男たちは、馴《な》れた手つきで「ラッキー・ストライク」を吸っていました。

そのへんから、おかしいなと思ったのですが、この人たちは、観光客のために一日いくらでかり集められた、つまり観光用原住民だったのです。

「そういえば、近くまできたとき、マリアッチの音楽が聞えていたわ」

同行の澤地久枝さんが言いました。

実は私も、吹矢をする木の枝に、携帯ラジオがブラ下っているのを見たのですが、何でも自分に都合よく解釈するくせのある私は、この人たちがどこからか拾ってきたこわれたラジオだと思っていたのです。

モロッコといい、アマゾンといい、いまの世界には秘境といわれるところ、珍しいところはどんどん失《な》くなっています。

おまけに観光客は、二十年前、三十年前、いや五十年前のイメージを求めてその土地へやってきて、

「想像していた通りの面影はどこにもない」

といってガッカリするのです。

なにも外国までゆかずとも、私は北海道でも同じ思いを味わいました。

札幌から小樽まで一人でタクシーにのり、面白いところを見せて頂戴《ちょうだい》、とたのみました。運転手さんがとても気分のいい人で、地理にも明るく、少し廻り道をしながらいろいろなところをみせてくれたのですが、そのどれも、私を失望させるものばかりでした。古い昔ながらの家並みを想像していたのに、北の海の海岸に立ちならぶのは、赤や青の新建材の屋根でした。妙にモダンな同じパターンの建て売り住宅でした。同じ気持は、札幌の町でも味わいました。

正直いってつまらなかったので、そのことを北海道出身のある作家に申し上げたところ、その方はこういわれました。

「でもそのために、住む人は寒い思いをしなくなった。少なくとも、暮しには便利になった。よその土地から見物にくる人のために不便な暮しは出来ませんよ。そういうものじゃありませんか」

おっしゃる通りだと思いました。

私たちは、いつも旅に対してないものねだりをしています。

昔のままの姿。

それは、土地の人に三十年前、五十年前のままの不便を強制することになるのです。

私たちは文明の恩恵に浴して、暖冷房自在のうちに住み、便利な電気器具にかこまれて暮していて、他人には不便を求め、求められないと、ひどくガッカリしているのです。

考えると、誠に不遜《ふそん》なことです。申しわけないことだと思えてきます。

日本にくる外国人は、いまだにフジヤマ、ゲイシャです。いまどき、何を言うのか。何たる認識不足と腹立たしく思っていましたが、そういう私たちが外国へゆくと、それと同じことをしているのです。

そう反省しながらも、つい最近ニューヨークへ行ったとき、私はまた同じことをしてきました。マンハッタンの超高層ビルは、たしかに日本の東京などとは比較にならないスケールの大きさです。

凄《すご》いものだなあ、さすがに地震のない国は違うわねえ、と感じましたが、それだけのことで心に残って何度もたずねたのは、ヴィレッジやソーホーと呼ばれる地域でした。

五十年も前の倉庫が、いまはいい色に古びて、荒れて、それがひとつの風情《ふぜい》になっているのです。こわくてさみしくて、荒れていて——それが妙にいいのです。それをモダンに住みこなしている人たちをすばらしいと思って帰ってきました。

旅のないものねだりは、頭では、理性では御《ぎょ》せない、本当に困ったものだと思います。反省しながらも、私はやはりこれからも同じ気持で旅に出るに違いありません。

（註・モロッコの首都はラバト。著者の思い違いです）

沖縄胃袋旅行

子供の時分に「きっぱん」というお菓子を食べた記憶がある。父の沖縄土産《みやげ》だった。

小学校四年から二年、鹿児島で過した。保険会社の支店長をしていた父が三月に一度ずつ出張で沖縄へゆく。日中戦争が本格的になり出した頃だからまだ民間飛行機はない。船旅である。口小言《くちこごと》の多い父が一週間居ないから伸び伸びと振舞える嬉《うれ》しさに、お土産の楽しさがあって、子供たちはみな父の沖縄ゆきを心待ちにしていた。

パパイヤや生のパイナップルの味も、このとき覚えた。私はひそかに庭にパパイヤの種子を埋め、毎日眺めていたが、到頭《とうとう》芽を出さなかった。

朱赤の沖縄塗りのみごとな乱れ箱や茶櫃《ちゃびつ》もこのときうちにやってきた。豚の血をまぜて塗ったのだと父に聞かされて（本当かどうか知らないが）鼻をくっつけ、匂いをかいだ覚えがある。輪島塗りや春慶《しゅんけい》塗りとは全く違った、一度見たら忘れられない、ドキッとするような妖しい美しさがあった。

お菓子は、黒砂糖のものや冬瓜《とうがん》の砂糖漬など珍しいものが沢山《たくさん》あったが、私は何といっても「きっぱん」が好きだった。形は平べったい大き目の饅頭《まんじゅう》で、まわりは白い砂糖がけ、アンは細く切った果物の砂糖漬である。猛烈に甘くほろ苦かった。子供が沢山食べると鼻血が出るといって、一センチぐらいに薄く切ったのを一度に一切れしか食べさせてもらえなかった。チョコレートにしろ「きっぱん」にしろ高価なお菓子は沢山食べると鼻血が出るといった。無闇《むやみ》に食べさせない用心だったのかも知れない。「きっぱん」は鹿児島を離れ、戦争がはさまり、遠いかすかな思い出となって四十年近い歳月が流れた。沖縄と聞いて胸がさわいだのは、「きっぱん」が食べられるかも知れないと思ったからだ。

今までにも沖縄へゆく友人に頼んだのだが、「見つからなかった」という理由で駄目だったからである。

沖縄の人たちは私たちを「本土の人間」という。本土の、しかも東京の人間にとって、沖縄の空と海は恐いほど青く、まぶしい。まるで白刃でも突きつけられているようだ。三十六年前、それこそ本土の身代りになって血を流したところへ、のこのこと、ただ食べるだけのために出かけていったことが我ながらうしろめたかったのだろう。

強い陽ざし。真紅なデイゴの花。那覇《なは》の街は近代的なビルの街にかわっているが、ところどころに昔ながらの赤瓦を白い漆喰《しっくい》で押えた屋根に、魔除《まよ》けの獅子《シーサー》をのせた家がみられる。獅子はブスッとしておっかない貌《かお》をしているがよくみると愛嬌《あいきょう》がある。

沖縄料理の名門「美栄《みえ》」も、古い琉球のたたずまいを残す料亭である。

上品。洗練。余分な飾りを一切排した落着いた座敷に花一輪を活けた壺。強く透明な泡盛。掌《てのひら》に納まるほどの蓋《ふた》つきの小鉢に入った突き出しからコースが始まった。

・豆腐よう

沖縄のチーズ。豆腐を泡盛、こうじ液に漬け込んだ焦茶《こげちゃ》色の小片。コクあり極めて美味。

・中身《なかみ》の吸物

透明な吸物のなかに薄黄色のひもかわのごときものが沈んでいる。淡泊ななかに歯ごたえ。これが豚の腸と聞いて二度びっくりする。

・東道盆

「とうんだあぶん」と発音する。

朱赤に沈金《ちんきん》をほどこした豪華な六角の盆に盛られた前菜である。蓋をとると中は七つに仕切られて、色鮮かなオードブルが盛られている。その美しさは食べるのが勿《もっ》体《たい》ない。

中央に花イカ。モンゴイカを茹《ゆ》で、馬やカニを思わせる形に包丁で切り込みを入れ、端を赤く染めたもの。

カジキマグロを昆布で巻いたもの。

高菜を入れた緑色のカマボコ。

ニンジン入りの揚げカマボコ。

小麦粉を薄く焼いたもので、豚味噌を巻いたぽーぽー。

あっさり口と脂《あぶら》っこいもの、コクのあるもの、甘いもの、歯ごたえのあるものが一口ずつならんで、しかも、この東道盆はグルグル廻る。これが沖縄料理の前奏曲である。

・ミヌダル
豚ロースに胡麻をまぶして蒸したもの。

・芋くずあんだぎい
「んむくじあんだぎい」というのが本式の発音。あんだぎいは揚げもののこと。蒸したサツマイモに、同じくサツマイモから取った粉をまぜて作ったもの。薄紫色の熱々を頬《ほお》ばると素朴な甘さが口いっぱいに広がる。

・大根の地漬
大根を地酒で漬けたもの。酒の肴《さかな》にぴったり。お代りが欲しいが我慢する。

・田芋のから揚げ

外側はパリッとして中がやわらか。

・地豆豆腐

じーまみどうふ。地豆は落花生《らっかせい》。胡麻豆腐より色白キメ細かでコク、舌ざわり抜群。

・昆布いりち

いりちは炒めもののこと。昆布と豚肉の炒めものだが、昆布が豚の脂を吸って、思いがけない合性《あいしょう》のよさ。昆布はよく使われる。

・どるわかし

田芋を豚のだしとラードで、形が崩《くず》れるまで煮こんだもの。見かけはよくないが味は上等。

・耳皮さしみ

「みみがあ」は豚の耳。くらげにそっくり。箸《はし》休めにぴったりの歯ざわりのよさ。

・らふてえ

沖縄風豚の角煮。脂肪の多い豚の三枚肉（はらがあ）を砂糖、しょう油、泡盛で気永に煮込んだもの。とろけるようにやわらかく意外に脂っこくない。

・豚飯

とんふあん。茹でて細切りにした豚肉、椎茸などをまぜたサラサラごはん。お茶漬け風に豚肉とかつお節でとっただしをかけて食べる。おなかいっぱいなりに不思議に入る。
・パパイヤのぬか漬
・タピオカのデザート
蜂蜜のなかに沈んだプリプリした冷たいタピオカ。
・ジャスミン茶
これでお仕舞い。ご馳走《ちそう》さま。


沖縄料理は二つに大別される。

宮廷料理と毎日の食卓にのぼる庶民料理である。「美栄」で戴いたご馳走を毎日食べたのでは破産してしまうから、これは当り前のはなしであろう。

宮廷料理にしても、日本料理ではなし、かといって中国料理でもない。いわば二つの国の混血児といったところが正直な感想だが、これは歴史のほうも証明してくれている。

沖縄の前身である琉球は十七世紀初め薩摩に侵略された。それ以来那覇に薩摩藩の奉行所が出来た。その役人を接待するため、口にあった料理を供しようとして、琉球の料理人が薩摩に修業にゆき、日本料理を覚えて帰ってきたこと。

もうひとつは、冊封使《さくほうし》の影響だという。冊封使とは耳馴れないことばだが、これは琉球王が替るたびに中国皇帝から送られてきたお祝いの使者のこと。このご一行さまは何と一回に四、五百名というから迎え入れるほうも大変だったに違いない。この連中をもてなすために琉球の包丁人はまた中国へ勉強にゆく。

これは明治維新まで続いたというから、遠来の客をもてなす日華混血の色彩美しい琉球料理が発達したということなのだろう。

沖縄料理の主役は豚と芋である。

那覇市内の平和通りの奥にある公設市場をのぞくと、それがよく判る。肉売場のほとんどを占領するのが豚である。

豚の血百円、耳二百円。そして足一本が千六百円。ずらりとならんだ桃色の肉の塊のなかで、豚足《とんそく》も太目のラインダンスよろしくならんでいる。

客は慎重な手つきで選《え》りわけ、「これがいいわ」となると、店の人（これがほとんど女性である）は、ひと抱えもある大木を一メートルほどの長さに切った、長いドラムのような中国式のまな板に足をのせ、包丁というより大鉈《なた》で、ドスッ！　ドスッと骨ごと叩っ切る。

はじめは、びっくりしたが、陽気な笑い声まじりにあっちでもドスッ！　こっちでもドスッと聞えてくると、そのうちに馴れてきて、こっちまで豪気《ごうぎ》な気分になってくる。私も豚の足を一本買い、泡盛を一樽背負って帰り、「足てびち」を作ってみようかという気になる。はじめは正直いってびっくりしたがつつましく両足揃えて売られている豚のひづめの部分まで、おいしそうに見えてくるから不思議である。

ここでは山羊の肉も売られている。草だけ食べさせておけばひとりで大きくなる山羊は「ひいじゃあ」と呼ばれ、庶民のご馳走である。今でも屋外で山羊一頭をほふるパーティが開かれ、その場で、血、刺身、蓬《よもぎ》の入った汁という具合に料理され、精力剤として珍重《ちんちょう》されるそうだ。

魚は、県魚のグルクン（赤っぽい美しい魚）をはじめブダイ、スズメダイ、キングアジ、ロールイカ。熱帯魚かと見まがう鮮かな色彩である。値段は、メカジキ六百グラム九百円。もう少し近ければ買って帰りたいほど安い。

野菜もみごとである。ピーマンの大きさ、肉厚さに溜息をつき、茄子《なす》の大きさ、ショウガ、ニンニクの立派さに圧倒された。苦瓜（ゴーヤー）とヘチマと蓬は、東京では見かけないものだが、沖縄料理には欠かせない材料らしく、どこの八百屋にも必ずならんでいる。

豆腐が固いのにもびっくりした。

豆腐は白くてやわらかいものと思っていたが、沖縄のは、黒っぽくて固いのだ。

「豆腐の角《かど》に頭ぶつけて死んじまえ」

というのは江戸っ子の啖呵《たんか》だが、ここでは通じない。

乾物コーナーをのぞくと、目につくのは、かつお節と昆布である。生節《なまぶし》のいい匂い。

値段も安い。ああ、買って帰りたい。昆布が沖縄料理で多いのは、昔、松前藩あたりと、交易があり、かなり一方的に昆布を押しつけられたのではないですかなあ、と土地のかたがおっしゃっていらした。

昆布の横に、見なれないものがあった。

黒くて長くて乾いていて、昆布みたいだが昆布にしては地紋がある。厚味もある――と思ったら、これが「イラブー」のくん製であった。「えらぶ鰻《うなぎ》」つまり海蛇である。丸くとぐろを巻いたのもある。

昆布や豚足と一緒に三日ほど気永に煮込んでスープにすると、「いらぶーしんじ」となり、滋養のある高価な料理として、なかなか庶民の口に入らなかった代物《しろもの》だそうだ。元気がなくて勇気のある人は、ぜひ味わってみて下さい。私は両方ないが機会がなくて戴くことが出来なかった。

市場といえば、胃袋に関係はないが、牧志《まきし》東公設市場も書き落すわけにはゆかない。大きな市場全体が、全部繊維関係の店である。仕切りのない何十いや何百という小店で、洋服屋あり、呉服屋あり、下着、制服、何でもござれ、おまけに坐っているのは、揃って女あるじである。

若いのもいるが、ほとんどが四十代から七十代まで。戦後、ヤミ市だったのがそのまま残り、バラックを建て替えて、同じ形でつづいているのだという。女あるじたちの身の上も戦争未亡人あり、ゆかず後家《ごけ》あり、本もの後家ありだが、同じ職種なのに仲がよく、頭株《あたまかぶ》の威令よくゆきわたり、冠婚葬祭の御付合いは勿論《もちろん》、ご不浄へ立ったときの店番は隣りが引きうける。この仲間意識は、どうやら沖縄島民共通のものであるらしい。一軒が畳三畳ほどに女あるじ一人の小店揃いだが、彼女たちの政治力経済力は大変なもので、那覇市の市長選挙も、このオバサンがたの支持が得られないと当選はむずかしいというから凄《すご》い。

そう聞いてから歩いたせいか、皆さん、ひとかどの面魂《つらだましい》だった。体格も堂々、松の根っ子のような腕で反物を巻いている女丈夫《じょじょうふ》とお見うけした。

ケニヤの首都ナイロビで、やはり市場を牛耳《ぎゅうじ》っているのがマーケット・マミーと呼ばれる女性たちで、高見山関と取り組みをさせてみたいと思うほどの偉丈夫（？）揃いだったのを思い出した。彼女たちも大統領選挙に大きな発言力を持っていると聞いた覚えがある。

チョコレート色のマーケット・マミーたちも陽気だったが、沖縄のマミーたちも明るかった。よくしゃべりよく笑う。ラジカセの演歌に合せてからだをゆすり、大きな弁当箱をひろげて、時ならぬ時間に旺盛《おうせい》な食欲をみせている。

このバイタリティを支えるのは何だろう。沖縄の人たちの普段の食事を知りたくなってきた。

街を車で走ると「沖縄そば」の看板が目につく。その中の一軒「さくら屋」へゆく。首里《しゅり》の住宅街にあるしもた屋風の小ぢんまりした店だが、珍しく手打ちである。

戦前、食堂といえば、そば屋のことだった。庶民に一番なじみの深い外食だったが、ほとんど機械に切りかえられ、手打ちは珍しいという。生のカンピョウというか、ひもかわ風。薄い黄色のしこしこした歯ざわりがいい。かつお節と豚肉でとった透明なスープに、カマボコと豚肉が入っている。大三百円、小は二百円。食卓にのっている唐辛子と泡盛を入れた汁（ひはつ）を少量、そばに落してすすり込むと、あっさりした風味がおいしい。ペルーへ移民した家族が、里帰りして一番にこの店へかけつけ、懐しそうにそばをすすり込んでいた。

辻町といえば、昔は格式高い遊廓《ゆうかく》で有名だったところである。バーや飲食店がならんでいるが、そのなかでおいしいと評判の「夕顔」で、「足てびち」と「そうめんちゃんぷるう」に感動した。

骨ごとぶつ切りにした豚足を水で茹で、かつお節、味醂《みりん》、しょう油で四十時間煮たものだが、とろりと飴色《あめいろ》に煮上ったのが大鉢に山盛りで湯気を立てているのを見ただけで、元気が出てくる。

このやわらかいこと。プリンプリンしたにかわ質。噛《か》む必要全くなし。舌の上で溶けて骨だけが残るやわらかさ。脂っぽいのに脂っぽくない、コクがあるのにあっさりした玄妙としか言いようのないうまさ。

ここの女あるじは、沖縄風の髪型、衣裳である。美人で愛嬌もよく、極めておいしそうなひとだが、私はこの人を横目で鑑賞しながら、たちどころに「足てびち」を三切れ胃袋に納めた。

「そうめんちゃんぷるう」はそうめんの炒めものである。私はこれが好物で自分でもよく作るが、そうめんがくっついて団子になってしまう。ところがこの店のは、一本一本が離れ、味もあっさりしていておいしい。女あるじにコツを伺《うかが》った。

そうめんは固めに茹でてから、炒める前にサラダオイルを少量かける。これがくっつかない秘訣《ひけつ》であった。聞けば何でもないことだが、コロンブスの卵である。

鍋を熱くして、油を入れずいきなり野菜を入れる。これもコツのひとつであろう。野菜の水分で焦げつくことはない。ここにいり卵とネギを入れ、そうめんを加えて塩で味をつけ、かつお節をかけて出す。おひるや軽い夜食にぴったりである。

左党《さとう》なら「うりずん」をのぞくのもいいかも知れない。

泡盛を四十八種置いてある民芸風の酒場である。「うりずん」とは、響きの美しいことばだが「木の芽どき」という意味らしい。

沖縄の古い民家をそのまま使った小ぢんまりした店である。大きな甕《かめ》から柄杓《ひしゃく》で汲んで「カラカラ」に入れて持ってくる。のどがカッと灼《や》けるようなのを流し込む。暑気払いには一番であろう。

甘党へおすすめは、「さーたーあんだぎい」。砂糖揚げ菓子というイミ。ドーナツの沖縄版と思えばいいのだが、チューリップの格好に揚げるのはコツがいる。これをおいしくつくるのが花嫁の資格のひとつだったという。このほか、ぽーぽーによく似た形のちんびん。黒砂糖入りのお焼き。赤く染めた落花生を散らした中国風蒸しカステラ「ちーるんこう」もいい。

胃袋が目あての旅とはいえ、舌だけ口だけが歩くわけではない。目もあれば耳も働くわけだから、いろいろなものが目に飛び込んでくる。

家にくらべて、墓が大きく立派なのに一番驚いた。兎小舎《うさぎごや》どころか人間が住めそうなのもある。

金が出来ると、家より先にまず墓をつくる。それで男一人前とみなされ、世間の信用もつく。墓は担保物件になるそうだ。

墓の例でも判るが、この土地は先祖崇拝の気風の強いところである。祖先を祀《まつ》る祭りが、年中あり、そのひとつ清明祭に使う菓子を露天で売っている。

この気風は、縦社会にもあらわれている。会社も序列は関係なし。年長者に対しては、たとえ部下であっても敬語を使う。

沖縄の人たちは、どちらかというとはにかみ屋で内気。人見知りをする。打ちとけてしまうと、とても人なつっこく、その眉と同じように情《じょう》が濃い。屋根に上っている獅子《シーサー》は沖縄の男たちがモデルではないかと思ったほどである。

意外だったのは、アメリカ人兵士の姿がほとんど見られなかったこと。夕方、目抜き通りを二十分歩いて、ぶつかったのはアロハ姿の若いの一人である。

「週末になると、出るんですが。もう少し暗くなると少しは出るんですが」

案内してくれた男性が、まるでホタルみたいに言うのがおかしかった。

基地のある沖縄市（前のコザ市）にも足を伸ばしてみたが、ドルが弱くなったせいか、金髪碧眼《へきがん》のオアニイさん方はみな威勢が悪く、日本人のお古のあとの中古車に乗り、ハンバーガーの立ち喰いの行列にならんでいた。

ひと頃は大賑《おおにぎ》わいだったBC通り（バーとキャバレー通り）もさびれていた。こうなるまでに三十六年かかったのだ。

沖縄料理には、日本料理の繊細と陰影も見当らない。フランス料理の贅《ぜい》も粋《すい》もないし中国料理の絢爛《けんらん》もない。あるのは一頭の豚を、頭から足の先まで、それこそ血の一滴まで無駄にすることなく胃袋に納め、生きる糧《かて》にしてしまうしたたかさである。見かけより滋養を重んじる合理性である。明るい空、澄んだ海の色に合せて。まるで紅型《びんがた》の模様のような色に食べものを染め、食卓を彩《いろど》る暮しの知恵である。

ひめゆりの塔。摩文仁《まぶに》の丘は、いまも訪れる人が絶えない。数千の日本軍と民間人が最後の砦《とりで》として死闘をくりかえした海軍の司令部壕《ごう》は、まだ発掘の余地を残している。畑をたがやすと、まだ白骨が出ることがある。本土復帰を果したといっても、まだ戦争の尻尾は残っている。

想像していたよりずっとおいしいと沖縄の食べものに舌つづみを打っていると、どこからか「海行かば」が聞えてくる。私たちの世代はそうなのだ。胃袋はふくれても、うしろめたさ、申しわけなさが、のどに刺さった小骨のようにチクチクする。

「やはりようけ食う奴はよう働きますなあ。人間、食わにゃあ」

唇を脂で光らせながら豪快に骨をしゃぶってみせ、「足てびち」を私たちにすすめてくれた沖縄の人のことばに少し気が楽になり、私も負けずにかぶりついた。

山も平らになるほど破壊され、人が死んでも、生き残った人間は、尚《なお》のことしたたかに食らい、楽しみをみつけて生き永らえてゆく。人が生きることはこういうことなのだなと思った。

ところで、私の捜していた「きっぱん」は、どこの名店街にもなかった。店員さんに聞いても「さあ」というだけである。記憶違いか、とさびしく思っていたが、市場からの帰り、タクシーの窓から、「きっぱん」の文字をみつけた。車をとめ、小ぢんまりした菓子屋の店先にとび込んだ。白い砂糖の衣がけである。同じだ。体格のいい五十がらみのオバサンが昼寝から起きてきた。「きっぱんはもう、うち一軒ぐらいしか作ってないかも知れないねえ」と言いながら、素朴な折箱に詰めてくれた。

ホテルまで待ち切れず、タクシーのなかで開き、端を折って食べてみた。物凄く甘くほろ苦い。昔と同じ味である。四十年の歳月はいっぺんに消し飛んで、弟や妹と若かった父のまわりに目白押しにならび、茶色の皮のカバンから手品のように出てくる沖縄土産を待つ十二歳の女の子にもどっていた。「きっぱん」は、わが沖縄胃袋旅行の最高のデザートとなった。

反芻《はんすう》旅行

うちの母が香港《ホンコン》に遊びに行ったのは、五年ほど前のことである。

父の七回忌も終ったことだし、足腰の丈夫なうちによその国を見せてやりたいという気持があった。

私が一緒にゆければ一番いいと思ったのだが、あいにく仕事がたてこんでどうにも動きがとれないので、妹をお供につけ、食事につき合って下《くだ》さる女の通訳のかたも、旅行社にたのんで手配してもらった。パック旅行でも悪くはないのだが、旅馴《な》れない年寄には、すこし可哀《かわい》そうな気もしたので、旅費その他で、かなり割り高についたことも事実である。

母は、はじめ物凄《ものすご》い勢いで反対した。

行きたくない、というのである。

何様じゃあるまいし、冥利《みょうり》が悪い。こんなぜいたくをすると、死んだお父さんに怒られる、と言い張って聞かない。

主人のため子供のため第一で、自分の楽しみなど二の次、三の次、はっきりいえば、ろくなものは無いも同然で半生を生きたような人である。一生にいっぺんそのくらいのことをしてもバチは当らないわよ、と半ばおどかすようにして、飛行機にのっけた覚えがある。

母の香港旅行は大成功だったらしい。四泊五日ほどの小さな旅だったが、いまでもそのときのはなしになると目が輝いてくる。声が十も若がえったかと思うほど弾んでくる。新聞のテレビ欄をみていて、「香港」に関するものが出ていると必ずその時間にチャンネルを廻す。

仕事場にいる私のところに電話をかけてきて、「〇チャンネルを廻してごらん。香港が出ているよ」という。

この通りは、たしかあたしも歩いたよ。

あれ、このお店はあたしも行って食べたような気がするけど違ったかねぇ。

こんな調子で、香港と名のつくものは、一枚の写真、ひとことの説明も聞き逃さないようにしているのが判った。

その頃、私は母に言った覚えがある。

「香港はもういいじゃないの、自分で行ったんだから。ほかの、行ったことのない国を見たほうがいいと思うけど」

母は、本当にそうだねぇ、とうなずいたが、やはりフランスやアメリカよりも、テレビの画面のなかに香港を探していることに変りはないようであった。

母に対しては偉そうなことを言ったものの、考えてみれば私も同じようなことをしている。

一度でも自分の行った国、ペルー、カンボジア、ジャマイカ、ケニヤ、チュニジア、アルジェリア、モロッコ、そういう国が出てくると、どんなかけらでも食い入るように画面を眺める。

自分が見たのと同じ光景が出てくれば嬉しいし懐かしい。見なかった眺めだと、口惜《くや》しいようなねたましいような気持になって、説明に耳をかたむける。これは、行ったことのない国を見るよりも、もっと視線は強く、思い入れも濃いような気がする。

これも随分前のはなしだが、前の晩にテレビで見た野球の試合を、朝必ずスポーツ新聞を買ってたしかめる人を、勿体《もったい》ないじゃないの、お金と時間の無駄使いだといったことがあった。

その人は、私の顔をじっと見て、

「君はまだ若いね」

といった。

「野球に限らず、反芻《はんすう》が一番たのしいと思うがね」

旅も恋も、そのときもたのしいが、反芻はもっとたのしいのである。ところで、草を反芻している牛は、やはり、その草を食べたときのことを思い出しながら口を動かしているものであろうか。

仕事

一杯のコーヒーから

「一杯のコーヒーから
夢の花咲くこともある」

子供の頃、洗濯をしながら母がよくこの歌を歌っているのを聞いた記憶があります。当時、うちでは紅茶はいいけれどもコーヒーは飲ませると夜中に騒ぐという理由で子供は飲ませてもらえませんでした。早く大人になって思いきりコーヒーというものを飲んでみたいと思っていました。

会社の伝票でコーヒーが飲めるから出版社へつとめたわけでもありませんが、二十八歳の私は、雄鶏《おんどり》社という出版社で「映画ストーリー」を毎月つくっていました。主として外国映画のストーリーを紹介する雑誌です。入社して五、六年目だったと思います。

お恥ずかしいはなしですが、私は極めて厭《あ》きっぽい人間で、何でもはじめの三年ほどは面白いと思い熱中するのですが、すぐに退屈してしまうのです。この仕事もそうでした。世間様より一足お先に試写室でタダで映画が見られる。グラビアのネーム（記事）を書いたりサブ・タイトルをつけたりする。こまかい囲み記事を書き、乏しい英語の学力で辞書を引き引き海の向うのスターのゴシップ記事をでっちあげてページを埋める楽しみをひと通り味わってしまうと、あとは、広告取りから割りつけ、校正までを三、四人でやらねばならない中小出版の疲労が残りました。アメリカ映画やフランス映画の黄金時代が終り、本場のアメリカでも擡頭《たいとう》してきたテレビに押されてスタジオが売りに出されたりというニュースが飛び込んできたりしていました。つとめ先の景気もあまりよいとはいえず、部数はどんどん落ちてゆきます。結婚もせず、お金もなく会社の先行きもあまり明るくない――すべてに中途半端な気持で、その頃の私はスポーツに熱中することで憂さを晴らしていました。

冬のことです。

松竹本社の試写室で、毎日新聞の今戸《いまど》公徳《きみのり》氏と一緒になりました。今戸氏は広告の担当でうちの編集部にもよく顔を出しておられました。

「クロちゃん、スキーにいかないの」

クロちゃんというのは私のあだ名です。夏は水泳、冬はスキー。白くなる暇がありませんでした。いつも黒いセーターや手縫いの黒い服一枚で通していたことも理由かも知れません。

「ゆきたいけど、お小遣いがつづかない」「アルバイトをすればいいじゃないの」「でも社外原稿を書くとクビになるんですよ」

というようなやりとりのあと、このあと氏はお茶に誘って下さいました。松竹本社のそばにある新しく出来た喫茶店でした。

「テレビを書いてみない！」

雑誌の原稿は証拠が残るけど、テレビなら名前が出ても一瞬だから大丈夫だよ。よかったら、紹介してあげるといわれるのです。

時間が半端《はんぱ》だったせいか、明るい店内は、ほとんど客がいません。新製品なんでしょう、いやに分厚くて重たいプラスチックのコーヒーカップは、半透明の白地にオレンジ色の花が描いてありました。置くとき、ガチンと音がしました。コーヒーは、薄い、いまでいうアメリカンだったと思います。

テレビはちゃんと見たことがありませんでした。盛り場や電気屋の前でプロレスを人の頭越しにチラリと見た程度です。

「映画を沢山《たくさん》見ているから書けるよ」という今戸氏の言葉にはげまされて、新人作家でつくっている「Zプロ」の仲間に入れていただきました。週に一度、集って、日本テレビの「ダイヤル一一〇番」用のシノプシスを発表する。出来がいいと脚本にする——という段取りでした。

私は駅前のそば屋でこの番組を見せてもらい、スジをひとつつくりました。殺された男はたばこをすいかけであったが、マッチもライターも持っていない。火を貸した男が犯人じゃないか――というような――いま考えるとかなり他愛《たわい》ないしろものですが、きっとほかになかったんでしょう。これを脚本にしてオン・エアすることになりました。と、いっても私は犯罪音痴兼位階勲等音痴で、部長刑事と刑事部長とどっちが偉いのか何度レクチャーを受けても忘れる始末なので、同じ仲間の先輩格服部氏が共作者として加わって下さいました。題名はたしか、「火を貸した男」。ディレクターは北川信氏であったと思います。原稿料は――八千円だったか一万二千円か、そのへんでした。オン・エアの次の日、出社して、バレはしなかったかと、かなりビクビクしていましたが大丈夫でした。人気番組と聞いていたけど、たいしたことはないなと思って、ちょっとガッカリした覚えがあります。

以来、お小遣いが欲しくなると、スジを考え、もってゆきました。スキーにゆきたい一心で、冬場になると沢山書くようになりました。いってみれば季節労働者です。この頃の台本は、最初の一本も含め、全く残っておりません。

よもやこの職業であと二十年も食べることになろうとは夢にも思っておりませんでしたから、オン・エアが終ると台本は捨てていました。日記もつけず、数字年号日付が全くダメときていますから、どんなものを何本書いたかも記憶にありません。

覚えているのは、あの日、プラスチックのカップで飲んだ薄いコーヒーの味ぐらいです。

あの時、今戸氏にご馳走《ちそう》にならなかったら、格別書くことが好きでもなかった私は、今頃、子供の大学入試に頭を抱える教育ママになっていたように思います。

歌の文句にある夢の花は、私の場合、まだまだ開いておりませんが、コーヒーの飲みすぎで夜型となり、夜中いつまでも起きていて騒ぐのが癖になりました。どうもあの歌がいけなかったようです。

年代は覚えていませんが、フラフープがはやっていました。「黄色いさくらんぼ」が街に流れていたような気がします。このすぐあと、皇太子が正田美智子さんと結婚されて我が家もテレビを買いました。安保は次の年でした。この頃の私の財産は健康と好奇心だけでありました。

放送作家

職業というのは、いったい何種類ぐらいあるものなのだろう。

五千種類だと聞いたこともあるし、細かくわけると三十万種類だと聞いた覚えもある。

これだけ数が多いと、他人様《ひとさま》の職業は、とくに新しい分野の職業にたいしては、どうしても誤解や錯覚が生れやすい。

職業をたずねられて、仕方なく放送作家だと答えたところ、

「よっぽど字が上手なんだねえ」

と感心された。

「とんでもない。私は、自分の字が自分で読めないほどの悪筆ですよ」

といっても信じて下さらない。

「同じように見えるけど、上手と下手とあンだってねえ」

作劇術の上手でない私が肩を落したところ、

「うまいやつは、一枚の原紙で二百枚は刷るっていうからねえ」

台本のガリ版屋サンとまちがえておいでになることがわかった。今後のこともあるので、大汗かいてわが職業をご説明申し上げたところ、

「そうかい。テレビのハナシを書く人かい」

やっとわかっていただけた。やれうれしやと思ったのもつかの間で、こんどは、

「そうすると――文句はあんたが書いて『かっこ』はだれが書くの」

「かっこ」は演出家がつけることもあるけれど、大事なしぐさや人の出入りは、作者がト書きで書いておくものなんですよ、とまたまたくわしく説明した。

「なるほど。頭使う商売だねえ」

もとトビのかしらの、七十近いご老体は、私の顔をみながら、こういった。

「アンタも大変だねえ。あたしはあんたの書いてた『だいこんの花』なんかもよく見てたけど、森繁はいいこと言うもんねえ。ものもよく知ってるしさ。ああいう人間のハナシ書くのは骨だろうなあ」

そしてまたまた「字がうめえんだなあ。こんど表札書いてもらおうかな」

いったい、放送作家はなにをする商売と思っているのだろう。

テレビドラマの茶の間

「テレビドラマのお茶の間って、ほんものよりずっとせまくて汚ないのね」

「寺内貫太郎一家」のスタジオを見学した私の友人の娘さんは、びっくりしたような顔をしてこういった。

おっしゃる通りである。「寺内貫太郎一家」の茶の間は、せいぜい四畳半そこそこ。すすぼけたタタミに、塗りのよくない食卓が一つ。小だんすに食器棚。それも、安ものである。あとは小さな電話台に一輪差し。今どきこんな殺風景《さっぷうけい》な茶の間はまずないだろう。

ところが、ここに、小林亜星サン扮する貫太郎が坐り、加藤治子サンの里子サンがならんで、周平こと、西城秀樹クンがぶっとばされる。お馴染《なじ》みきん婆さんこと、悠木千帆サンが入り乱れると、皆さまお馴染みの「貫太郎一家」の茶の間になってしまうのである。

考えてみると、私は十年前の「七人の孫」に始まって、「きんきらきん」「時間ですよ」「だいこんの花」「じゃがいも」など、随分沢山《たくさん》のホームドラマを書いてきた。そして、いま気がついたことは、皆さんに多少なりともおほめにあずかったドラマの茶の間は、申し合せたように、せまくて小汚ない日本式のタタミの部屋だったということである。

ひと頃はやった、小坂明子さんという若い方の作詞作曲の歌で、「あなた」というのがあった。その中で、将来「あなた」と住みたいと夢みている理想のうちがでてくる。記憶に間違いがあったらお詫びするけれども、たしか赤い屋根、青い芝生の白い家で、居間には暖炉があり、「私」はロッキング・チェアかなにかでレースを編んでいるのではなかったろうか。

いかにも若い、無垢《むく》なお嬢さんの考えるスイートホームらしくて、あのひたむきな歌いかたと相まって、私も好きな歌だったけれど、これをそのままセットにしてテレビドラマを書いたら、多分、失敗するに違いない。

よっぽどうまい設定で、人間臭い役者がやらない限り、何となくコマーシャルフィルムじみて、切実な感じが少ない。泣いても笑っても絵空事になってしまいそうな気がするのだ。

だから、私は新しいドラマの企画をつくるとき、まず、茶の間はなるべくせまく、汚ないタタミの部屋にする。　間違っても皆さんが憧れるような、ステキな家具は絶対に入れない。カーテンも、インテリアの雑誌から抜いたようなモダンなデザインはやめて、あるのかないのかわからないようなねぼけた色にしていただく。ピアノやフランス人形、タレントさんの応接間にあるような大きな縫いぐるみもカンベンしていただく。そして、洋服ダンスの上には古い洋服箱を天井まで積み上げて、箱の横側には、「父、夏、背広」とかなんとか書く。ザブトンも、いま、フトン屋さんから届きました、というのはしまっていただいて、センベイブトンそのままの、小さくて、お尻の下にオナラの匂いのしみこんだようなのをそろえていただく。

セットがそんなあんばいだから、その中で演技をする役者さんも、モード雑誌から抜け出したようなガウンや小紋の着物では、なりとセリフがトンチンカンになるのであって、せいぜいカスリの着物かGパン。お父さんはステテコやどてらがよろしい。要するに、決して、理想の家、夢の茶の間にしないことが、愛されるテレビドラマの茶の間になるコツなのである。

考えればフシギなことである。

こんなにマイホームが叫ばれているのに、ごく手近かに夢の叶えられるテレビのホームドラマの茶の間に、その実現をのぞまないのはなぜなのだろう。

もし、あなたに一億円差し上げて、理想のマイホームをつくっていただくとする。

まっ白のリビング・ルーム。モダーンなダイニング・キッチン。きっとそういうのをおつくりになるだろう。しかし、一年たち、二年たつ。あなたは、本当にそこに安らぎをお感じになるだろうか。

汚れやすい白い壁。何かこぼすとすぐシミになるフカフカの淡色のジュウタン。いつも正式晩餐会《ばんさんかい》のように、背スジをまっすぐにしないと納まりの悪いダイニング・セット。あなたは、少々くたびれてこないだろうか。

足の裏が汚れていても、気にならない、少しいたんだタタミにあぐらをかいて、足の爪を切る楽しみ。鼻クソをほじって、チャブ台の裏にこすりつけるひそかなよろこび。手をのばせば、耳カキでも栓ヌキでもすぐに出せるせまい茶の間。そして、ひざのぬけたGパンと着馴れた去年のセーター。ついでにいえば、欠点だらけでお互いあきているのだけれど、気のおけないだけいいや、といったわが家族。どうみても美男でも美女でもない、同じような形の悪い鼻と小さな目……。

小汚ないせまい茶の間は、そういう気楽な人生の休息時として、一番ふさわしいのではないだろうか。

花束

七年ほど前のことだと思います。

NHKの銀河ドラマの収録が終り、ささやかな打ち上げパーティが開かれました。主演の森繁久彌さん、演出の和田勉さんの間にはさまって、脚本を書いた私もビールのグラスを上げていました。

大きな拍手が起って、娘役の和田アキ子さんが、父親役の森繁さんに花束を贈呈しました。大柄な和田アキ子さんにふさわしい、びっくりするほど大きい花束でした。カメラのフラッシュが光り、私はいつものように、さりげなくうしろへ引っこみました。テレビドラマの作者というのは影の存在です。折角《せっかく》のスナップにわけの判らない顔が並んでいるのは目ざわりに違いないと、私はいつも、本能的にこうしていました。

森繁さんは、ピリッとした短いジョークの中に花束の礼と和田アキ子さんの自然な演技を賞め、また大きな拍手を浴びました。それから、何となく、といった感じで、二、三歩うしろに下り、手を叩いている私の隣りに立たれました。

手にした花束を、ちょっと持ち上げるようにすると、小さな声でこう言われたのです。

「向田さん、あなたの時代が来ましたね」

何とも面映《おもは》ゆいセリフです。このことをお話しするのは、勇気がいります。大した才能もなく、見よう見まねで脚本を書いているのです。何十年待ったところで、私の時代なんか来る筈もありません。しかし、森繁さんは、十年前に、自分の作品でこの世界に足を踏入れた後輩に、ディスク・ジョッキーの書き手という陽の当らないところで、モタモタしながら、どうやら名前を出して仕事をしはじめた私に、大きな花束を下さったのです。私は、今迄《いままで》にこんな凄《すご》い殺し文句を言われたことはありません。


古い写真を整理していましたら、面白い一枚を見つけました。

映画雑誌の編集部につとめながら、森繁さんのディスク・ジョッキーを書きはじめた頃のものです。文化放送の「幕間《まくあい》三十分」という連続番組でした。はじめの三十分が、当時の人気スター、例えば「放浪記」の舞台主演が決った森光子さんとか、「メケメケ」で売り出しの丸山明宏さんをゲストに迎えた森繁さんとの対談。真中の三十分が私の書くコントつなぎのディスク。あとの三十分が名作ドラマのダイジェスト。文字通り森繁さんのワンマン・ショーです。

このスタジオに、番組全体の監修をされていた市川三郎さんが、一人の青年を連れてきて、森繁さんに引き合わせておられました。

「今は無名の役者の卵だが、面白いものを持っているので、——」

というようなことをおっしゃっていました。

色白のその青年は、森繁さんを極めて尊敬しているらしく、当時写真に凝っておられた市川三郎さんが、記念写真を撮って上げましょうと、森繁さんを中心に、三人ならばせてカメラを向けられた時も、明らかに固くなっていました。

森繁さんに、

「もちょっとお寄ンなさいよ」

といわれても、

「ハ、ハイ」

というだけで、「三尺下ッテ師ノ影ヲ踏マズ」というところがみえました。

肺を患《わずら》って寝ていた苦しい時代を、面白おかしくさらりと語った語り口に、話術の巧みさと、聞く人の気持を機敏に感じとる、抜群の生活運動神経を感じました。

それから十年ほどの歳月が流れたでしょうか。NHKの「横堀川」で、「がま口」という役をやって人気の出た役者を正面で見て、私は、アッとなりました。

あの日、一緒に写真をうつした色白の青年に口ひげをくっつけると「がま口」になるのです。

彼、藤岡琢也さんに逢って、この時のことを話したのは、更に七年ほどあとのことになります。

あるパーティでお目にかかった折りに、思い切ってたずねてみました。

「藤岡さん、あの時の、写真、おぼえていらっしゃる?」

藤岡さんは、大きくうなずきました。

「覚えていますとも」

少し間があって、もう一度言われました。

「覚えていますとも」

二つ目のセリフは、感慨無量といったくぐもった声でした。

あの日、藤岡さんは、この畏敬《いけい》する大先輩にどんな言葉をかけてもらったのか、それは知りません。しかし、苦労人の森繁さんのことです。きっと、何か、――しっかりやれよというお守りか、こういう風に、サイコロを振って、こういう風にアがれよ、という双六《すごろく》か、森繁さん一流の韜晦《とうかい》に満ちた人生ヒント集か――そんなプレゼントがあったのではないかと思います。

藤岡琢也さんの「覚えていますとも」という声音には、そんな響きがこもっているように聞えました。

大きい山は、よじ登っている時にはその全貌《ぜんぼう》は見えないものです。裾野は広く、懐《ふとこ》ろは深く、変化自在。

私はこの頃になって、何という巨《おお》きな役者と、おつきあいをしていたのだろうと、そら恐ろしくさえなります。

この人からは、さまざまなことを教えていただきましたが、一番大きなことは、

「ことばは音である」

ということでしょう。

「馬鹿」

私が書くこのひとことのセリフを、森繁さんは、その時々のシチュエーションにふさわしく、百通りにも二百通りにも、いろんな人間がいるんだなあ、と書いた人間をびっくりさせるほど、鮮かに、空気の中に立ち上らせてくれました。

「森繁久彌の千の馬鹿」――こんなLPを出して後世に残してもらいたいと思うくらいです。

新劇の役者さんが、赤毛のカツラをかぶってハムレットをやる、オペラでも歌うようなあの気取ったセリフ廻しではない、ステテコをはき、たくあんをボリボリやる日本の男のナマの声を、十年にわたるラジオのおつきあいで、聞いたことは、私にとって何よ

りの勉強でした。

「仰げば尊し　わが師の恩」

私は、父の転勤で、何度も転校をしました。

そのせいか、卒業式のこの歌を歌った時も、たったの一年間しかその小学校にいなかったものですから、ほかのクラスメートのように、声を上げて泣くということもなく、少しばかりシラけた気持でこの歌を歌った記憶があります。そして、今、思いかえしてみますと、私の師は、学校の外にいたように思います。

その筆頭が、森繁さんです。

ことばを選びながら、時には、過分におだて、時にはやんわりと台本の疲れを指摘して、私という駄馬ににんじんとムチをくれつづけて下さったのです。

一張羅《いっちょうら》の白いシャークスキンのスーツを着て、森繁さんのうしろにはにかんで立っていた女の子は、二十年たって、老眼鏡のいる年になりました。髪をわけると、白いものも見えます。

あの頃、持っていた疲れを知らない体力や、向う見ずは失《な》くした代りに、あの頃は判らなかった人の気持が、少しは判るようになりました。森繁さんの本を書く資格は、本当はこの年にならなくてはなかったのではないか。今迄は何と物知らずだったことかと、一枚の写真がきっかけで、古いことなど思い出し、ひそかに冷たい汗を拭いております。

わたしと職業

ついこの間、四国の高松から女性の声で長距離電話があった。

「あなたは、三十五年前に高松の四番丁小学校にいた向田さんですか」

六年生の時に一年間しかいなかったが、まさしくお世話になったことがある。「ハイ」と答えたら、

「やっぱりそうなの。実は、テレビを見て、ひょっとしたら、あの時の向田さんじゃないかって同窓会で噂《うわさ》になったんだけど、受持の田中先生が、そんな筈はない。わたしの知っている向田邦子は、駈けっこの早い女の子だった、とおっしゃってきかないのよ」

というのである。

父の転勤の関係で、七回だか八回、転校している。クラスメートの数もいちいち覚え切れないが、相手も電話口でおかしそうに笑っていた。

子供の頃から、体を動かすことが好きだったし、得手《えて》でもあった。

明るいうちは、運動場でバレーボールをしたり陸上の練習。暗くなると、父の蔵書を読みふける女の子だった。将来、物を書いて暮しをたてようなど、考えたこともなかった。専攻は国文学だったが、友人達が、同人雑誌のと騒いでいる時も、私はバレーとアルバイトで、顔を真黒にしていた。

教室よりも運動場の好きな女の子が、物を書くようになった動機は、恥ずかしながらお金のためである。

学校を出てから、私は、ある出版社に勤め、映画雑誌の編集の仕事をしていたが、なんとも月給が安いのである。当時、私はスキーに凝っていた。冬になると、お小遣いが足りなくなる。そんなときに、

「テレビの脚本を一本書くと一日スキーにゆけるよ」

と、番組を紹介されたのである。

スキーにゆきたさに見よう見真似で書いた一本が、多分、脚本がなかったのだろう。採用されたのだ。生れて始めて頂いた原稿料で、私は蔵王《ざおう》に出かけた。帰ってきてもう一本書いて白馬へ――。

私は、至って現実的な人間で、高邁《こうまい》な理想より何より、毎日が面白くなくては嫌なタチである。勤めはじめて七年目。ぼつぼつ仕事に馴《な》れてあきて、スキーでうさばらしをしていたのだが、その資金かせぎで始めたアルバイトが段々と面白くなってしまったの

だ。

結局、ミイラ取りがミイラになる形で、三年間の兼業ののち会社をやめて、ペン一本で食べることにしたわけである。

これとて、なにも、後世に残る名作を書こうとか、テレビ界に新風を吹き込んでやるぞ、といった御大層な気持は全くない。ただただ、私にとっては、未知の世界であり、好奇心をそそるなにかがありそうな気がしたからである。

途中、週刊誌のルポライターやラジオなど、寄り道もしたが、八年前からテレビだけに切りかえて、かれこれ五百本に近いドラマを書いてきた。

こう書くと、水すましのように、スイスイきたようだが、世間様はそんなに甘くない。極楽とんぼの私でも、ああ、困ったな、と思うことも何度かあった。

そういう時、私は、少し無理をしてでも、自分の仕事を面白いと思うようにしてきたような気がする。

女が職業を持つ場合、義務だけで働くと、楽しんでいないと、顔つきがけわしくなる。態度にケンが出る。

どんな小さなことでもいい。毎日何かしら発見をし、「へえ、なるほどなあ」と感心をして面白がって働くと、努力も楽しみのほうに組み込むことが出来るように思うからだ。私のような怠《なま》けものには、これしか「て」がない。

私は身近かな友人たちに、

「顔つきや目つきがキックなったら正直に言ってね」

と頼んでいる。とは言うものの、この年で転業はなかなかむつかしい。だから、私は、一日一善ではないが、一日に一つ、自分で面白いことをみつけて、それを気持のよりどころにして、真剣半分、面白半分でテレビの脚本を書いているのである。

板前志願

何かの間違いで、テレビやラジオの脚本《ほん》を書く仕事をしているが、本当は、板前さんになりたかった。

女は、化粧をするし、手が温かい。料理人には不向きだということも知っている。私自身、母以外の女の作ったお刺身や、おにぎりは、どうもナマグサくていやだから、板場に立つなんて大それたことはあきらめて、せめて、小料理屋のおかみになりたい。

――これは今でも、かなり本気で考えている。

まず、こぢんまりとした店を手に入れる。この店なら居抜きでゆずってもらっていいな、という店が、実は六本木かいわいに一軒ある。

皿小鉢は、三年ほど前から、ポツリポツリと集めている古い瀬戸物を使うことにしよう。うちの皿小鉢は、京都の骨董《こっとう》屋の女あるじが、特に割引でわけてくれるものだが、惜しいかな、せいぜい十客《きゃく》程度。五客というものも多いから、カウンター席は、十人どまりにしなくてはいけないな。

仕込み。これは、私がやる。

一に材料、二に包丁。三、四がなくて、五に器。というのが、私の信条である。材料はケチらないで極上をそろえよう。

献立《こんだて》。これがまたたのしみである。

ハシリの野菜。シュンの魚――あれこれ取り合せて、その日のお品書きをつくる。

今だったら――と大きく出たいが、そこは素人《しろうと》の悲しさ。三、四十しかない、私のレパートリーの中で、人にごちそうして好評だったものの中から選ぶよりしかたがない。

突き出しは、きゅうりとウドのもろみ添え。向う附けに、染めつけの向う附けに、とろろいもを千切《せんぎ》りに刻んで、なめ茸《たけ》をちょんとのせて出そうか。いや、アッサリと、ワサビと海苔《のり》で、三杯酢でいこうかな。

こんな調子で原稿用紙に献立をつくって、いつも、一時間はあそんでしまう。

そうそう、京都から送ってきた、会津小椀で、はし洗いとしゃれようか。梅干のたねを除いてサッと水洗いしたものにあぶった海苔をもんで、わさびを落し、淡味の清汁《すましじる》をはる。六本木の鮨長から盗んだ得意の一品である。

さて、献立はいいのだが、問題は客である。

毎年頂く年賀状の数ぐらいは、見えてくれるだろう。ただしザツな魚の食べかたをしたり、見当違いなことをいったりされると、このおかみさんは、短気だから、すぐカッとなって、口返答《くちごたえ》をするにちがいない。

「この味が判らないなんて、あなた味覚音痴じゃないの」ぐらい、言いかねない。

その代り、おだてには弱いから、ほめられるとだらしなく喜んで、お代りどうぞ、これは私のおごりにしとくわね、となることうけあいである。これも、心しなくてはならない。

ところで、小料理屋は下準備と後片づけが大変なのよ、と友人が教えてくれたっけ。皿小鉢を洗うのは好きだが、どういうわけか拭くのは嫌いだから、これは他人にやってもらわなくてはならない。掃除、これもダメ。帳面つけ、数字は十以上になるとアヤしくなるから、これも他人。税金、これも人だのみ。勘定の取り立て、これも、向う気は弱いくせに、見栄っパリで、嫌なことのいえないタチだから――ダメ。

となると、わが幻の小料理屋は、だんだんと経営がアヤしくなってくるのである。

「ま、せいぜいワン・クールだな」

友人たちはせせら笑っている。ワン・クールというのは、テレビドラマで十三回。三カ月のことをいうのである。

「ままや」繁昌記

おいしくて安くて小綺麗《こぎれい》で、女ひとりでも気兼ねなく入れる和食の店はないだろうか。切実にそう思ったのは、三年前からである。仕事が忙しい上に体をこわしたこともあるが、親のうちを出て十五年、ひとりの食事を作るのに飽きてくたびれたのも本音である。

生れ育ったのが食卓だけは賑《にぎ》やかなうちだったこともあり、店屋《てんや》ものや一汁一菜《いちじゅういっさい》では気持までさびしくなってしまう。かといって、仕事の合間に三品四品おかずを整えるのは、毎日となるとかなりのエネルギーが要る。

吟味されたご飯。煮魚と焼魚。季節のお惣菜《そうざい》。出来たら、精進揚《しょうじんあげ》の煮つけや、ほんのひと口、ライスカレーなんぞが食べられたら、もっといい。

たまたま植田いつ子、加藤治子、澤地久枝のお三方とこのはなしになったところ皆さん同じ悩みを持っておいでということが判った。

「手頃な店はないものかしらねえ」

一緒にため息をつきながら、私は、気が付いた。

「自分で作ればいいじゃないか」

私は飽きっぽいたちである。

「何かいいことないか子猫チャン」という映画の題名があったが、あの仔猫をドラ猫に変えれば私のことになる。人間の出来が軽薄なのだろう、「この道ひと筋」という執念がなく、七年もたつと、新しいことをはじめたくなる。映画雑誌編集者から週刊誌のライター、ラジオの構成物の書き屋と替ったが、この十年はテレビドラマ一本槍でおとなしくしていた。

おかずを作るのに飽きたのなら、おかずの店を作ればいいのである。

幸か不幸か、我が家は食いしん坊と同時に、嫁《ゆ》き遅れの血統もあるらしく、末の妹の和子が適齢期を過ぎたのに、苗字も変らずに居る。この妹を抱き込んで、店を出そうと決心した。

妹は、火災保険の会社に勤めるOLであったが退職し、一年ほど前から五反田で「水屋」という小さな喫茶店をやっていた。どうにか常連の客もつき、女ひとり食べてゆくのに不安はなさそうだったが、場所が大通りから離れていることもあって、活気という点では、いまひとつ、面白味がないように思っていた。

「素人の泥棒は安全度を目安にするけれど、プロの泥棒は危険度で計るっていうわよ」

我ながら詭弁《きべん》で妹をたらし込みながら、私は昔祖母が口ずさんでいたドンドン節を思い出していた。

〽どうせなさるなら、でっかいことなされ

　青空たたんで洟《はな》をかめ

　もし成らなきゃダイナマイトドンドン

料理好きで、ひと頃日本料理を習いに行ったこともある妹は、ゆくゆくはそういう店をやりたいと思っていた、と乗ってきた。

ところで、わが一族は、大体が勤め人の野暮《やぼ》天揃《てんぞろ》いで、水商売は一軒もない。母方に雑貨屋と石屋があるきりである。遅まきながら実地に修業して「いらっしゃいませ」の感覚を身につけてもらわなくては、と考えた。

妹を仕込んで下さったのは青山の「越」である。六本木と赤坂、青山に支店を持つ「越」の社長月森氏は、面倒見のいい方で、

「女の子扱いしないいけど、やれるかな」

と言いながら、レジスターからお運び、終りの一時期は板場にも入れて頂いた。

妹はここで十カ月ほどお世話になった。

末っ子のせいか甘ったれで、どちらかといえば不愛想だった妹の電話の声が、この間に別人のように愛想がよくなった。

赤坂に十五坪の出物があると知らせが入ったのは、この一月末であった。

その前に六本木表通り角の靴屋の地下に、十二坪の居抜きのはなしがあったのだが、これは見送っている。

理由は、この道五十年というベテラン不動産屋の、

「履物屋《はきものや》の下の食べ物商売というのはねえ」

というひと言と、その頃、私の知人の間で起った二件の酒の上の転落事故である。万一の時、寝覚めの悪い思いはしたくない。

その点、赤坂は一階である。場所も広さも申し分なかったが、その代り権利金もいいお値段であった。これだけで、予算をオーバーしている。

しかし――「店は場所である」。

ローンを払い終った私のマンションを抵当に銀行融資の話もまとまったことだし、思い切ってここで勝負してみようということになった。三月一日大安吉日を選び正式契約。設計は高島屋設計部。工事は北野建設が引受けて下さった。

私は担当の方に三つのお願いをした。

火、水、煙（空気）の基礎工事に関しては、予算を惜しまないで下さい。その代り、内装はケチって、その分センスでカバーして下さい。

カウンターや椅子の高さを低目にして下さい。

十代二十代のお若い方は別として、我ら中年には、リビングの家具もオフィスの机や椅子も少し背が高過ぎる。くつろぐためには、思い切って低目にしたかった。

デザインの平松健三氏は、これらの注文をみごとにこなして下さった。倉敷風の白壁にべんがら色の「のれん」だけがポイントのシンプルな日本調である。細長いウナギの寝床なので、従業員の更衣室は犠牲になったが、カウンター八席。四人のテーブルが三つ。奥に人数の融通の利《き》くテーブルが二つ。定員二十八だが詰めれば三十二人は入る。従業員は妹と板前さんとあと三人。

店の名は「ままや」。

社長は妹で私は重役である。資金と口は出すが、手は出さない。黒幕兼ポン引き兼気の向いた時ゆくパートのホステスということにした。

「ままや」のレタリングとマッチのデザインを決め、瀬戸へ食器の買いつけにゆく。大料亭ではあるまいし、吹けば飛ぶような小店で、わざわざ出かけるのは気恥ずかしかったが、もともと陶器は好きで、一度、窯場《かまば》を見たいと思っていたのと、気分を出したかったた、というのが本当の気持であろう。瀬戸の方々のあたたかいもてなしは、これから始める新しい仕事への期待とダブって、思えば、一番楽しい時期であった。開店の引出物用に、箸置《はしお》き一万個をびっくりするようなお安い値段で分けていただけたのも、順風《じゆんぷう》満帆《まんぱん》のしるしと思われた。

ところが、帰ってみればこれいかに。工事が全然進捗《しんちょく》していない。床をハツって（引きはがして）みたら、もとの配水管に難があるという。喫茶店やバーなどのドライ・キッチンなら問題はないのだが、水使いの多い小料理屋のウェット・キッチンには問題があるというのである。あれほど念を押したのに今更そんなと絶句したが、契約をしてからでなくては、床はハツれないのである。専門家にタッチしてもらっていても、こういうハプニングが起る。徹底的にやり直すための費用、開店日の遅れをめぐって、かなり緊張したやりとりがあったが、関係者の誠意で、どうにか落着した。開店は予定より一月遅れて五月十一日となった。

　おひろめ

　蓮根のきんぴらや肉じゃがをおかずにいっぱい飲んで　おしまいにひと口ライスカレーで仕上げをする――ついでにお惣菜のお土産を持って帰れる――そんな店をつくりました　赤坂日枝神社大鳥居の向い側通りひとつ入った角から二軒目です　店は小造りですが味は手造り　雰囲気とお値段は極くお手軽になっております　ぜひ一度おはこびくださいまし

案内状の文面である。

開店当日は、みごとな大雨であった。

しかも、開店時刻の午後五時には、暴風雨である。それにしても、客が入らない。本日開店粗品差し上げますの看板は、雨に打たれているとはいえ、入口には、スターさんたちの生花が飾ってあるのに、みな、店内をのぞくだけで通り過ぎてしまう。

入りにくいのかしら。デザインがモダン過ぎたのか。従業員の手前、ニコニコしていたが、気持はこわばってきた。素直な気持で表から見てみよう。傘《かさ》を持って外へ出てアッと叫んだ。「準備中」の白い札がかかっていたのである。

外したとたん、どっと客が入ってきた。あとはもう、何が何だか判らない修羅場《しゅらば》であった。

半分は縁故関係のお祝儀の客としても、大入り満員は嬉《うれ》しかった。ところが、思いがけないことも次々と起ったのである。

まず、人間の熱気と、店内の乾燥のせいであろう、大皿盛りのお惣菜が、乾いてしまう。カウンターの上に、肉じゃが、きんぴら、レバーのしょうが煮などの、すぐ出せるものを大皿盛りにして並べたのだが、これが見ている間にしわが寄り固くなってゆくのが判るのである。閑をみては、浸《つ》け汁をかけるのだが、立てこんできては、そんなゆとりはなくなる。

乾いたものは、もうひとつある。どうしたわけか伝票サイン用のボールペンが一斉《いっせい》に出なくなった。もっと困ったのは、手違いでレジスターが間に合わず、ソロバンで計算をしたのだが、これが、レジの湯沸し場のそばのせいか、しめり気で、ビニールのソロバン玉がくっついてしまい、一つ上げるつもりが、二つ三つ、一緒になってラチがあかない。文房具店が仕舞ったあとなので、近所の酒屋さんにかけ出して、電卓を拝借して急場をしのいだ。

初日にごはんが足りなくなったことも、あわてたことのひとつであった。「お代りご自由」「ふりかけつき」は当店の売りもののひとつである。「ままや」にままがありませんでは落語にもならないが、あれはといですぐ炊いても五分十分で間に合うものではない。妹は、ボールを抱え、目を釣り上げて、お隣りの焼鳥屋の「わか」さんに馳け出した。若旦那は、こころよく新米ママに、ままを貸して下すった。

九時すぎ、やっと雨もやみ、一見《いちげん》のお客も入って下さる。ほっとして表をみたら、開店祝いの花を抜いている人たちがおいでになる。

おもてへ飛び出して、丁重におとがめしたところ、逆ネジをくってしまった。「開店の花を持ってゆかれるのは、商売繁昌《はんじょう》のしるしである。有難いと思ってもらわなくちゃ」

仏さんのお花にしようと、赤いバラを抱えてゆくお年寄りや、少しお酒の入った女性方に、この方たちも、いずれはお客になる方かも知れないと思いながら、そんなしきたり、は初耳の私は、ただびっくりするばかりであった。花は、閉店前に、スターたちの名札を残して、みごとに丸坊主になってしまった。

こんな調子で書いてゆくとキリがないのだが、ＯＬや主婦の間に、しゃれた和食のお店をやってみたい、という方がかなりおいでになると聞くので、私たちのささやかな体験と失敗をもとにした、これだけは、知っておいた方《ほう》がお得ですよ、ということを書いてみる。

・冷蔵庫は大きく器は小さく

うちも冷凍冷蔵庫は特註だが、もっと大きくてよかった。その代り、食器は少し小さめの方がよい。私は、なまじ陶器には目があるとうぬぼれて、自分好みの食器を選んだが、失敗もあった。肉じゃが用の平鉢は、家庭用にはよいが、急いで運ぶ商売用となると、中でじゃがいもが運動会をしてしまう。小料理屋の器が底すぼまりの小鉢が多いのは、だらっと広がらず、はっきりいえば、少しの量で、盛《も》り映《ば》えがすることにある。もうひとつ、軟陶《なんとう》は、持った感じは、やわらかくあたたか味があるが欠け易《やす》いのが難である。家庭用と商売用は全く違うのである。

・資金より人脈を作るべし

店を作るのは、お金ではない。人間である。これは骨身にしみて判った。一人や二人の力では、逆立ちしても、店をオープンさせることは出来ないのである。資金は銀行が貸してくれるが、人脈を貸してくれるところはどこにもないのである。

　幸い私たちの場合は、妹のもとつとめていた会社の上司同僚方が、心からのごひいきをして下さった。私の仕事仲間や友人たちが、つてからつてをたどって、デザイン、宣伝から、客引きまで引きうけてくれた。日頃は口げんかの多い弟や嫁いだ妹やその連れ合いも応援してくれ、「兄弟《けいてい》ニ友《ゆう》ニ夫婦相和《あいわ》シ」は、商売を始める時は、殊《こと》に大切であることを思い知った。

　それにしても、私は、ついおととし、整理してしまった抽斗《ひきだし》いっぱいの名刺と、三年分の年賀状が残念でならない。店をはじめると知っていたら捨てるんじゃなかった。一人が二人、二人が四人、ガマの油ではないが客が客を連れてきて下さるのである。とにかく、三年五年前から、そのつもりで、つきあいをよくし、交友名簿の整理につとめることが大切である。

・ごみの置場に気をつけよ

「ままや」は、前しばらく空いていたこともあるのだろう、店のすぐ脇が、ごみ置場になっていた。路上にごみを出すことになっている以上、どこかに置かなくてはならないわけだが、食べもの商売の前にごみは有難くない。三カ月おきに場所を代るか、もう少しキチンとして出していただきたいと切に思うのだが、これも避けられたらこれに越したことはない。夏場の夜更け、スプレーを掛けに私は何度も表へとび出した。

・一にも健康二にも健康

店をやるには愛嬌も度胸も大切である。しかし、もっともっと大切なのは健康である。どんなにくたびれても、笑っていられ、最悪の場合には、仕入れから板前さんの代理、はては床みがきご不浄の掃除までする体力がなくては、店はやれない。はたから見れば、しゃれているし面白そうだが、「たわむれに店はすまじ」である。汚ない仕事である。くたびれる商売である。それでもやれる体力と覚悟がなかったら、しない方がいい。

・実際にやった人に聞くこと

やりたい店と同じくらいの規模の店をみつけて、そこの人間に徹底的に聞くことである。私たちの場合も知らないための労力とお金の無駄がかなりあった。

はじめて四カ月。

雨の日も風の日もあったが、思いがけずお客がつき、おかげさまで、まだ大の字はつかないまでも、繁昌している。

黒幕とはいえ、「いらっしゃいませ」という立場に立ってみた時、私はこの二十五年、こういう店の客として、何と心ないことをしてきたことかと、反省させられた。

見ていると、この人は、店をやっているな、というお客は、気の遣い方が違うのである。立てこんでいる時、手のかかるものは頼まない。必ず、小声で礼を言う。下げ易《やす》いようにさりげなく片づける。混んでくると、すすんでカウンターに移動して下さる——こういう心遣いがどれほど店の人間にとって嬉しいか、やった人間でなくては判らないであろう。

それにしても、夜原稿を書いていて店が気になって仕方がない。雨の日は特にそうである。ホステスとして出勤しようかなとウズウズする。ベンチを出たり入ったりする長嶋監督の気持がよく判るようになった。

私というひと

お軽勘平

お正月と聞いただけで溜息が出る。

子供の頃から、お正月は寒いもの、客が多くて気ぜわしいものと決っていたからである。

別にお正月だけが特別に寒かったわけでもないのだろうが、余計なものを取り片づけた座敷は広々としていたし、暮のうちに取り替えた畳は足ざわりも固く青く光っていた。張り替えた障子は、古く黄ばんでケバ立ったのを見馴れた目には、殊更《ことさら》白く見え、床の間の千両や水仙まで冷たく見えた。

来客が見える時間には火鉢を入れるが、あとは重詰がいたまぬよう火の気を控えた部屋もあったから、余計寒く思ったのかも知れない。

日頃は厚手の下着やセーターで、ぼてぼてと着ぶくれていたのが、晴着を着るので薄着になるのがこたえたこともあるのだろう。

家族揃ってお雑煮を祝い終ると、私は晴着の上に白いエプロンをつけ、祖母にたすきをかけてもらって、茶の間の大きな火鉢の前に陣取る。

こも被《かぶ》りや一升瓶の清酒を片口にあけ、うち中ありったけのお銚子をならべて、端から酒を移してゆくのである。いっぱいになると、半紙でつくったおひねりで蓋《ふた》をしてほこりを防ぎ、炭火の加減を整えて、いつも湯がたぎっているよう、お燗《かん》の用意をするのである。私は子供のくせにお燗の加減を見るのがうまく、

「この子はすぐにでも料理屋へお嫁にゆけるねえ」

と親戚の人にからかわれたことがある。

人の出入りが多かったから、お年玉の貰いも少なくはなかったと思うのだが、昔は子供がお金を使うことなどもってのほかで、私と弟は母の手でそれぞれの貯金箱の中に入れてもらうだけであった。貯金箱は、私が二宮尊徳、弟が楠正成であった。

父の勤めていた保険会社の創立何十周年記念かに配った品ではなかったかと思う。まがいの青銅で、かなり大きな持ち重りのするものだった。二宮尊徳や楠正成の顔も本物そっくりで、台座の下から中のものが取り出せるようになっていた。

私と弟はこれを本箱の上に飾っていたが、ある時、学校から帰ると、母が楠正成からお金を出している。

月給日の前だったのか、前の晩押しかけた沢山《たくさん》の来客の、おすし屋さんの払いかなに

かが足りないので借りるわよ、というのである。前にもこういうことは時々あった。うちの母は陽性な人だし、親にお金を貸すのは、いっぱし認められたようで子供としては晴れがましいことなのだが、目の前で見るのは、やはり妙な気持であった。

楠正成が油断のならない人物のように思えてきた。そういう目で見ると、私の二宮尊徳も、少年の癖にいやに老けたズルそうな顔に見えてくる。ソントク（損得）という名前も気に入らない。子供の頃のこういう印象は拭《ぬぐ》えないものと見えて、私は今でも銅像を見ると、あの台座の下にお金が入っているような気がして仕方がないのである。

百人一首の中にある赤染衛門《あかぞめえもん》を男だと思っていた人がいる。

友人の男性だが、

「うむ、女か、本当に女か」

と唸っている。

　やすらはで寝なましものを小夜《さよ》ふけて
　　傾《かたぶ》くまでの月を見しかな

という歌を男が詠むわけはないでしょというのだが、人生五十年、赤染衛門を男と思ってお正月を迎えてきたこの人は、俄《にわか》には納得しがたいといった風である。

なるほど、そういわれて見ると、

明けぬれば暮るるものとは知りながら
なほ恨めしき朝ぼらけかな

という藤原道信朝臣《ふじわらのみちのぶあそん》の歌も、男のくせに愚痴《ぐち》っぽいし、

月見れば千々《ちぢ》に物こそかなしけれ
わが身ひとつの秋にはあらねど

の作者大江千里《おおえのちさと》もレッキとした男性だが、このまま女性の歌としても不思議はないものがある。

百人中女性は二十一人と聞いているが、昔も今も、物書き歌詠《よ》む殿方は心やさしく、女流は男にまさる気性の烈しさを持っているのだろうか。男がごく自然に人間本来の弱みをさらけ出しているのに引きかえ、女は気負い、いま流行《はや》りのことばでいえば「突っぱって」いたのかも知れないという気もする。

私も、人なみに物のあわれのわかる年頃になったことだから、一度ゆっくりと歌のこころを嚙みしめながら、百人一首を取ってみたいと思いながらついつい果さずにお正月が終っている。

晴着を着て初詣をしたり、新春顔見世興行のお芝居を見に行ったことは一度もなかったような気がする。

お正月は、おとそ機嫌の年始客を出迎え、履物を揃え、ショールやとんびを預り、とって返してお燗番をし、父に呼ばれれば座敷に挨拶に出る。

酒の湯気にあたったのか、火鉢の炭火の一酸化炭素のせいか、ぼおっと酔ったようになり、夕方になるといつも頭痛がした。火照《ほて》った舌には蜜柑《みかん》が一番おいしかった。

物心ついた時からそんな風だったから、そういうお正月を私も至極当り前と思い、格別親を恨む気持はなかったが、下町育ちで、町方の娘らしいお正月を知っている母は、私を可哀《かわい》そうに思ったのだろう。小学校三年のお正月に、私を外へ遊びに出してくれた。

「お父さんのお客さまが見えてからだと、お前も出にくくなるだろうから」

と早めに着つけをしてくれ、お友達のところへ行っておいでといわれた。

父の仕事関係の年始客で手いっぱいで、子供の友達を招《よ》んだり招ばれたりは全く無いうちだったから、急に友達のところで遊んでおいでといわれても、急には行くあても思いつかない。

しばらく外に立っていたが寒くて仕方がないので、思い出して、玲子という級友のうちをのぞいてみた。建築の請負をしている大きなうちだったが、座敷に通されて驚いてしまった。

築山のある広い庭を見下ろす中二階の、一番いい眺めのところに子供部屋がある。畳には赤い絨毯《じゅうたん》が敷かれ、庭に面したところは一面にガラスになっていた。すでに七、八人の友達が集まり着飾った玲子は、琴を弾いていた。子供一人一人に可愛いお膳が出る。両親が先頭に立って女中さんを指揮し、子供の客をもてなすのである。広い邸内は静まりかえって、わが家のような酔っぱらいのざわめきなど聞えもしない。私の知らなかった、静かで豊かなお正月であった。福笑いや双六《すごろく》をして遊びながら、それはそれで楽しいのだが、だんだんと落着かなくなってきた。どうもうちのことが気になって仕方がない。今頃はお客様が一番たてこむ時間ではないのか。母や祖母が天手古舞《てんてこまい》をし、父がかんしゃくを起して、お正月そうそうから高声を立てているのではないのか。お燗番は誰がしているのだろう。

結局私は、夕方まで遊んでいれば、まとめてうちの車で送って上げるというのを振り切って、一人だけ先においとまをした。当時、私のうちは中目黒にあり、この玲子のうちは元競馬場というところの奥にあった。今はもう住宅がびっしり建っているのであろうが、戦前はまだ空地が多かった。そこを私は、運動会の駆けっこのようにうちへ向って走り出した。

「お燗が遅いぞ、何してるんだ！」

と父にどなられながら、火傷《やけど》しそうな指を耳たぶに当てて冷やし冷やしお燗をつける。一年に一度顔を見せるお客様が、ご不浄から戻りしなに茶の間をのぞき、私にお世辞をいい、お膳を整える母の背中に抱きつくようにして、

「支店長は駄目！　このうちは奥さんで持ってるんだ！」

などという。こういう時、父はどこでどう見ているのか、ぱっと出てきて、

「そうだそうだ」

といいながら、酔った客を引っぱがして座敷へ連れてゆく。母の顔が上気してうす赤くなっている。

人数が予定より増えそうだというので、祖母は、酢のものなどの小鉢ものを、一人前の量を減らしてもう二、三人前増やしている。

酔った客が、ちょっと品の悪い歌を歌い始める。歌詞が危い箇所にくると、茶の間にいる娘の私に聞かせたくないと思うのだろう。父が持ち前の大声で、

「バンザイ！　バンザイ！」

と叫ぶ。

足音がするので中廊下へ出てみると、ご不浄の帰りに座敷と間違えて納戸を開けている客もいる。格別用もないのに父が出てきて、お燗番をしながらつまみ食いをしている私の頭をひとつ、コツンとやってまた座敷へもどってゆく――。

これが私のお正月なのだ。

嫌だ嫌だと文句をいいながら、私はこういうお正月を、嫌いではなかったのだ。

元競馬場の空地を走り抜け、もう一息で大通りというところで、私は裾がからまり転

んでしまった。通りがかりのおばあさんが、助け起してくれた。すぐ横の古材木を積んだかげで、私の帯を直してくれた。

「なんて子だろうねえ」

といいながら、垂れ下った帯揚げを始末し、

「お正月は駆け出すもンじゃない。福が逃げるよ」

といった。

私は、四柱推命《しちゆうすいめい》で見ると、駅馬《えきば》という運がついている。これは、職業にしても運勢にしても東奔西走《とうほんせいそう》、ひとつところに落着かず絶えず忙しがっている星だという。

元競馬場は、名の通り、以前競馬場のあったところである。目黒記念という名のついたレースは、ここから来ているそうだが、この競馬場あとを晴着を着て走って転んだのは、幼にして、すでに駅馬の兆《きざし》があったということであろう。

あれから四十回近くお雑煮を頂いているが、いまだにゆったりしたお正月を迎えたことがない。

雑誌編集者から、週刊誌のライター、ラジオ、テレビの裏方と、駅馬にふさわしく時間に追われる職業がつづき、急ぐから福が逃げたのか、逃げる福を追いかけて急ぐのか、ゆったりした幸せとは無縁の暮しの中で忙しがっている。

いまでもお三箇日《さんがにち》のテレビなどで、琴の合奏を耳にすると、四十年前の、玲子が弾い

ていた情景が目に浮かんでくる。

シンデレラが、一夜だけ舞踏会に出かけたように、あれはわが生涯でたった一回の場
違いなお正月であった。

さきに新春顔見世のお芝居など一度も出かけたことはないと書いたが、あれは間違いである。思い出したら、一回だけ、お正月に芝居を見に連れていってもらったことがあった。だしものは「忠臣蔵」である――。

というと聞えがいいのだが、これが猿芝居なのだから嫌になってしまう。

たしか宇都宮に住んでいた時分だから、私が小学校に上るか上らないかの時だった。どこのどういう劇場だったのか思い出せないのだが、二匹の猿が「お軽勘平」を演じていた。

勘平の猿はカミシモをつけ、刀を差している。お軽は、頭にかつらをくくりつけ、派手な着物を着ていた。この二匹が時々歯をむき出してうなったり、お客のほうった南京豆に気が散って猿使いにぶたれたりしながらも、かなり上手にお軽勘平の道行と切腹の場をやるのである。

ただ、どういうわけか、勘平になった猿はなにかあると飛び上る癖があり、切腹の最中で、刀をおっぽり出して五十センチも飛び上って見物を大笑いさせていたが、生れて

初めて芝居を見る私には、ただ珍しく面白く、それこそ時のたつのを忘れて眺めていた。

よく見ると、猿達の衣裳はうす汚れていた。役者が自分で嚙み切るらしく破れ、乱雑なつくろいのあともあった。猿はやせて毛並みが悪く、演技のあい間を盗んでみかんや南京豆をひろってはせわしなく口に入れていた。それでいて、どうして教え込んだのか、お軽は勘平に抱きついて別れを惜しんで手を顔に当てて泣き、勘平は、刀を腹に突き差すまねをすると、コロンとひっくりかえって身を震わせて悶絶《もんぜつ》するのである。

あまりのことにびっくりして、私はその晩うちへ帰って熱を出してしまったのだが、思えば、これが私が初めて出逢った演劇であった。

同業の先輩方に初めて見た芝居のことを伺うと、皆さんイプセンであり、シェークスピアでありブレヒトである。私のような、猿芝居の「忠臣蔵」という方は一人もおいでにならない。

どうもこのあたりから、人間の格というか書くものの位が決ったような気がしてならないのである。

「人間はその個性に合った事件に出逢うものだ」

という意味のことをおっしゃったのは、たしか小林秀雄という方と思う。

さすがにうまいことをおっしゃるものだと感心をした。私は出逢った事件が、個性というかその人間をつくり上げてゆくものだと思っていたが、そうではないのである。事件の方が、人間を選ぶのである。

そう考えると、猿芝居の新春顔見世公演「忠臣蔵」も、まさに私というオッチョコチョイで、喜劇的な個性にふさわしい出逢いであった。

天の網

三月に一度かそこらのことだが、買物の帰りに喫茶店へ入ることがある。

まわりのテーブルの若い人たちの話が耳に入ってくる。

気取っているな、いい格好をしているな、と思ってくる。

二十年前三十年前の私と同じ姿だな、とおかしくなってしまう。

もともと見栄っぱりなところがあったのだが、とりわけ、ホテルのロビーや洒落《しゃれ》た喫茶店で人としゃべると、声も話の中身も、ひとつ背伸びをしたものになった。

自分のうちの茶の間で、あかぎれの切れた母の手がお茶を出してくれたり、へりの切れかかったやけた畳が目の前にあったら決してしない、気取った話になってしまうから不思議である。

あのときもそうであった。

場所は有楽町の、ドイツ風の喫茶店である。

相手は、かなり様子のいい男性で、まるで新劇俳優演ずるハムレットみたいな声でしゃべった。話題は、試写室でいま見たばかりのフランス映画から、デュヴィヴィエ論になり、仏教からドビュッシーからサルトル、ボーボワールにまで発展した。

私も、せいいっぱいの知ったかぶりで応戦した。こういうときは、わが家の、草ぼうぼうに生えた手入れの悪い庭も、当時まだ汲取り式だったポッチャンとはねかえってくるご不浄のことも忘れて、オフェーリアみたいな声が出る。

ボーイが、半分嫌がらせのように手荒いしぐさで何度もコップの水をつぎにくる。窓の外は、暗くなっていた。

「食事でもいかがですか」

私たちの坐っている喫茶店は、二階はレストランになっていた。チラリと上を見た彼の視線から考えて、二階へいって洋食をいただくことになりそうだ。

「残念ですけど、ちょっと約束がありますので」

気がついたら、こう言っていた。気取りの限界に来ていたのかも知れない。

相手も、そういえば、ぼくも人と逢う約束がありました、とハムレットのような声で言い、喫茶店の表でお別れをした。

その前から、私は風邪気味なのに気がついていた。背中がスースーして洟《はな》が出る。こういうときは、風邪薬より先に熱いおそばを食べる方がいい。

私は駅前のそば屋に飛び込んだ。そう言ってはなんだが、安直な小さな店である。きつねを注文したとき、ガラス戸があいて一人の男が入ってきた。ハムレットであった。

こわばって棒立ちになった彼の顔は、叔父と密通している母ガートルード王妃の姿をみつけた時と同じだったかも知れない。私は、大きな声で笑った。笑うしか仕方がなかった。このときの私の声は、いま考えると研ナオコと同じ声ではなかったかと思う。

「天網恢恢《かいかい》疎にして漏らさず」という。

老子のおことばで、天の法律は広大で目が粗いようだが、悪人は漏らさずこれを捕える、という意味だということを、たしか女学校のとき習ったようだが、どうも私はこの天の網にすぐ引っかかるように出来ているらしい。

就職をして、最初の締切、残業のときに、私は編集長に嘘を言って早く帰った。小さな出版社で、編集部といっても四人か五人であったから、それこそ深夜まで居残って割付けをしなくてはならなかった。

私はその晩、男友達に芝居をさそわれていた。どうしてもゆきたくて、新入社員の分際で怠けたのである。ところが、芝居が終ってあかりがついたら、すぐ横に、社長が坐っていた。ついこの間、面接をしたばかりの社長である。具合の悪いことに、その日の

夕方に、

「はじめての締切だな。夜遅くなって、うちの方は大丈夫なの？」

などと、御下問《ごかもん》を賜《たまわ》ったばかりである。

逃げもかくれも出来ない。私は、黙って最敬礼をした。社長は、すこし笑って、何も言わずに出ていった。

男友達に事情をはなしながら、近所のおいしいという評判のコーヒー屋に入り、坐りかけたら、友達が私を突つく。奥まった席に社長が坐っていた。

このとき、社長は、大きな声で実に明るく哄笑《こうしょう》した。今更出ることもならず、私たちは入口の席に腰をおろした。社長は、私たちの分も料金を払い、笑いながら、私の頭を拳骨《げんこつ》で小突く真似をして出ていった。

私はこのあと九年間勤めたが、社長はこの夜のことを、編集長にも誰にも話さずにいたようである。

小さい出版社の苦しい時期であり、正直いって月給も高いとはいえなかったが、これだけ長く勤めた原因のひとつは、あの夜の社長の笑い顔だったかも知れない。

それにしても、私はよくこういう網にひっかかる。

天の網にはもういっぺん引っかかっている。

やはり人に誘われて、口実をつくって残業をさぼり、新宿からバスに乗ったところ、そのバスが京王電車とぶつかってしまったのである。

私は運転席のすぐ横の、三、四人掛けられるところに坐っていた。左目の隅に入ってくる京王電車が見え、アッと思ったときはぶつかっていた。運転手というのは、本能的に自分を中心にハンドルを切るものだということが判ったが、その瞬間、バスは猛スピードで突切り、ぶつかったのはバスの後半分であった。

いきなり真暗になり、うしろの席に坐っていた三、四人の傷痍《しょうい》軍人が私の足許に転がってきた。天井がはずれて、びっくりするほど沢山《たくさん》の埃《ほこり》が落ちてきた。

まだ一一九番もなかったのか、間もなく来たのは米軍の大型トラックである。

幸い死者も重傷者もなかったらしいが、怪我《けが》をした人間を、一人ずつトラックに引っぱり上げている。そのとき、私は偶然にも指に瘭疽《ひょうそ》が出来て繃帯《ほうたい》をしていたせいか、引っぱり上げられそうになり、必死で弁明して、手を振り切り駅の方へかけ出した。

新聞にでも名前が出たらどうしよう。二十三か四の私は、本気でそう考えていた。

天の網はまことに不公平である。

まるで蝶々かとんぼのように、小さな嘘をついた女の子はつかまえるが、四億五億のほうはお目こぼしである。もっとも天網ということばには、「かすみあみ」という意味もあるという。いつの世でもかかるのは小さな小鳥だけなのかも知れない。

ポロリ

よそ様のお宅を訪問する。応接間に通されたが、身仕度《みじたく》に手間取っているのかあるじはなかなかあらわれない。しびれを切らして待つほどにやっとお出ましになった。椅子を立ちながら、

「お待たせいたしました」

と言ってしまった。

友人の失敗談だが、私も似たようなことをやらかしている。

知人のところでおしゃべりをしているうちに時分どきになり、引きとめられるままに食事をご馳走になった。近所に新しく出来た中華料理店の「中華風幕の内」が傑作だから出前を頼んだというのである。

ところが御自慢の「中華風幕の内」は、容れものだけは物々しいが、おとといのシューマイの隣りに薩摩揚の甘辛煮が干からびたパセリを枕に寝そべっているという代物《しろもの》で、

味の方も傑作とは言い難かった。

あるじはしきりと恐縮して、

「開店の時はこんなじゃなかったのに。今からこんな心掛けじゃ、一年保《も》たないわよ、あの店は」

と罵《ののし》りながら口を動かしている。まさしくそうだと思いながらも、相手がそう出るとこちらは弁護側に廻るのが世の常というもので、

「おいしいわよ。叉焼《チャシュウ》だって自家製じゃないの。厚さだって立派なもんだし」

無理をしていいところを見つけて賞め上げ、兎《と》も角《かく》食事を終えた。あるじは容器を下げながら、面目ないという風に頭を下げて、

「どうも」

と言いかけた。私はひとりでに口が動いて、

「お粗末でございました」

と言っていた。

四方八方に精いっぱい目配りして、利口ぶった口を利《き》いていながら、一瞬の気のゆるみか言ってはならないことをポロリと言ってしまうのは、私の悪い癖である。

口やかましい親に育てられたせいであろう、私は子供の時分は聞きわけがよく、こま

っしゃくれた挨拶をした。お茶やお菓子も父が、「頂きなさい」というまでは目もくれないから、父は自慢でよく私を連れ歩いた。

お坐りやお預けを仕込まれた犬みたいなものだが、はじめての子供だから、父も賞められたさによく上役の家にも連れて行った。

父は、そのお宅で私にひとわたり芸を、つまり挨拶やお預けをさせ、

「さすがはお躾《しつけ》のいいお嬢さん」

と賞めそやされて得意になっていたところ、私はかなり大きな声で、こう聞いたそうな。

「お父さん。どしてこのおうちは懸軸《かけじく》がないの？」

直属の上司のお宅で父は赤っ恥を掻《か》き、

「二度と邦子は連れてゆかないぞ」

と母に八つ当りをしていたそうだ。


空襲が烈しくなった頃だったから、昭和も十九年か二十年であろう。

女学校に入ったばかりの私は、暗い茶の間でラジオを聞いていた。今でいえばニュース解説のようなものを男の人がしゃべっていた。まだ民間放送は開局していなかったからＮＨＫである。

戦地で戦っている兵隊さんのことを考えて、食糧の節約にはげむように、というような話が、時折雑音の入る旧式のラジオから流れていたが、

「日本の一年間の米の生産高は」

と具体的に数字を言いはじめた。

あれ、こんなことを言ってもいいのかなと思った瞬間、しゃべっていた人は、

「あッ」

と小さく叫んで絶句した。

「申しわけない。自分は大変な間違いを言ってしまった。今あげた数字は全くカン違いで、実際とは何の関係もないものであります」

というようなことを、しどろもどろになって、しつこいほど繰り返した。

私はこの時のラジオの形を、いまも覚えている。大きな置時計みたいな形で、スピーカーのところが茶色の絹張りになっており、古いせいか布がいたんで、たるんでいた。

あの数字は、多分カン違いではなく、事実であろう。どういう立場の何という人か知らないが、あとでどんなに叱られるだろうと胸がいたんだ。

戦局の切迫は子供にも判っていたし、防諜はやかましく言われていたから、このまま済むとは思われなかった。

このときうちにいたのは、どういうわけか私ひとりである。長いこと忘れていたが、

考えてみれば私のほかにも三十五、六年前に同じ放送を聞き、アッと思った方もかなりいらしたのではないかと思う。

これも此の頃《こ》になって気がついたことだが、あの時ついうっかりして、ポロリと数字を口走ってしまった人は、私と同じ「て」のお人であろう。いま、どこでどうしておいでになるのか、あのあと、どういう目におあいになったか、判ったら嬉しい。気持の隅で、今でも何となく気になっているのである。

此の間の高校野球の、あれは決勝の日であった。仕事をしながら、時々目を上げてテレビを見ていたら、ワッと喚声《かんせい》が上った。池田か箕島《みのしま》かどちらかに点が入ったらしい。手を止めて画面を見ると観客席がうつっていた。地元の人なのだろう、一人の若い男が、抱いていた赤んぼうを頭より高く差し上げて躍り上って叫んでいる。赤んぼうは乳首のついた哺乳瓶《ほにゅうびん》を口にくわえたまま、父親に高く掲げられて泣きもせずにいた。

これも一瞬のことで、画面はすぐグラウンドの選手の方に切りかえられてしまったが、私はおかしくて仕方がなかった。

おっぱいを飲んでいる赤んぼうをほうり上げんばかりに喜ぶ若い父親も愉快だし、乳首をくわえて離しもせずにいる赤んぼうも、この父にしてこの子ありというかしっかりしたものである。

この若い父親も、もしかしたら、血液型は私と同じではないか。ワッとなったりカッとなったりすると、押えが利かない。自分を偽ることが出来ずポロリと本心をさらけ出してしまう。

こういうタイプの人間は、絶対にスパイになれない。女房を離別して山科《やましな》に住み、綺麗どころをからかって腑《ふ》抜《ぬ》け呼ばわりされながら四十六人を率いて主君の仇を討つことも出来ないし、一国の宰相にもなることはないであろう。

だが、時々逢って、他人の悪口を言いながらお酒を飲み、あまり役に立たない相談相手になってもらう友人には、このくらいの人物が私にとってはちょうど頃合いなのである。

字も下手だが絵は更に下手である。

どうにか人並みに形がとれるのは南瓜《かぼちゃ》と猫のうしろ姿ぐらいで、河豚《ふぐ》を描くつもりではじめたものの、

「お宅の菜切り庖丁、面白い格好してるわねえ」

外野席からの声で途端に弱気になり、尻尾の代りに柄をつけて豆腐屋の使うような庖丁にしてしまう。特に、色を塗るといけなくなる。それでもまだ十二色の王様クレヨンを使って描いていた頃はよかった。

水彩絵具を使うようになったのは、父の転勤で鹿児島に居た時分だから小学校四年か五年の頃である。水彩の道具を各自で整えておくようにいわれ、祖母に連れられて買いに行った。通っていた山下小学校そばの、有隣館《ゆうりんかん》という大きな文房具店である。

祖母は、絵具もパレットも、水を入れる四角い容器も、兎《と》に角一切合財《かくいっさいがっさい》、一番上等で

一番大きくて一番高いものを下さいと注文した。年かさの店員は、小学生のお嬢さんには勿体《もったい》ないと渋ったが祖母は聞き入れず、

「これの父親が、初めての子供なので、正式に習わせたいと言っておりますので」

と譲らない。

「言われた通りにしないと、帰ってから私が剣突《けんつく》を食いますから」

自分の意見が容《い》れられなかった店員はムッとした顔で奥へ引っこむと梯子《はしご》をかついで出てきた。画家が三脚に向って絵を描いている写真は見たことがあるが、梯子に乗っているのは見たことがない。びっくりして見ていたら、梯子は棚の一番上にある埃《ほこり》だらけの箱を取るためのものであった。箱から出てきたパレットは、レオナルド・ダ・ヴィンチが持つような大型である。銀色の水入れは水筒の大きさであり、白い陶器で出来た筆洗いはカナリアが水浴び出来るほどのゆとりがあった。何だか違うような気がしたが、黙って帰ってきた。

その夜、父は上機嫌であった。晩酌をしながら、左手にパレットを持ち、長い筆で絵具をまぜるしぐさをしてみせながら得意の訓戒を垂れた。

「お父さんはほかはみな甲だったが、図画だけは丙《へい》だった。図画の宿題だけは手伝ってやれないから、しっかり勉強しなさい」

恵まれない少年時代を送った父は、この夜、はじめてパレットというものを手にした

ようであった。

図画のある日、母は風呂敷に水彩道具一切を包んでくれた。大きい上にまちまちな大きさで、筆は飛び出すし、重くてひどく持ちにくい。一抱えもあるのを抱えて登校したのだが、教室に入って呆然《ぼうぜん》としてしまった。私一人だけが違うのである。ほかの生徒は、みなワンセットになって木のケースに入った小学生用を持って来ていた。

私の絵はますます下手になった。そしてもうひとつ、物事をあまり正式にするのは滑稽であることを思い知らされた。

父は何事も正式にやらないと気の済まない人間であった。

冬至には何時に帰っても必ず南瓜を食べる。珍しいものや初物は、たとえ松茸一本でも家長である自分から箸《はし》をつけないと機嫌が悪かった。

元旦の朝、廊下で父と擦《す》れ違う。

「おはようございます」

というと、ムッとした顔でにらみつける。正月匆々《そうそう》何を怒っているのかと思うと、家族一同揃《そろ》って席につき、お屠蘇《とそ》を祝って、

「あけましておめでとう」

の挨拶《あいさつ》を終った途端に声を荒げ、

「便所の前で、新年の挨拶が出来るか。来年から気をつけろ」

とどなるのである。

私が着物を着るようになり、つけ帯を作って見せた途端、ひどく腹を立てた。

「これで、どれだけの時間、得をするというんだ。こんな心掛けでは日本は潰《つぶ》れるぞ」

ひどい水虫に苦しみながら、サンダルやメッシュ（編目）の靴を不真面目と罵《ののし》って絶対に履《は》かず、冠婚葬祭には夏でもモーニングを着用して汗疹《あせも》を作っていた。


小野寺氏は、もと勤めていた出版社の上司である。大正生れだが、何事も正式にやらないと気の済まない点はうちの父といい勝負であった。

編集部にケーキの箱を頂戴する。私たち女の新入社員が、お茶をいれながら皿に移そうとすると、小野寺氏はつと席を立ち、ケーキの箱を手に、デスクを廻りはじめる。初めは男のくせにおかしなことをする人だなと思っていたが、二度三度重なるうちに気がついた。彼は年功月給順に席を廻りケーキをすすめていたのである。

明治節が来ないと、どんなに寒くてもコートを着ない。他人に対する呼び方も、位勲等年功序列によってはっきりしており「先生」「さん」「君」「ちゃん」をキチンと分けていた。女子社員が男子社員を「君」と呼ぶことを嫌い、その都度《つど》たしなめていた。

編集部の中で彼はまとめ役のような立場にあったが七転八倒するのは、年に一度の席替えの時であった。

年長者を窓ぎわの上席にしたいのだが、冬はあたたかいが西日があたる。電話のそばだと電話番をさせることになるし、仕事の能率もよくない——と何度も机の位置を図に描いては消している。大礼服を着用しているような反《そ》りかえったいかつい体を、ボキンと音がしそうに二つ折にして、「どうもうまくゆかなくて」と先輩の社員に詫びている姿は、二十年も前のことなのに、まだはっきりと目の底に残っている。彼は絶対に他人をあだ名では呼ばなかった。

小野寺氏には三年ほど前に、ばったり出逢った。髪にも白いものが増えており、お孫さんの手を引いていた。背筋を伸ばしたシャンとした姿勢は昔のままだったが、ベージュのサファリ・スーツのような上衣を着ておいでになる。いつも紺の背広にネクタイを息苦しくなるほどキチンと結んでいる人であったのに、さすがにご時世かなと思ったら、

「孫にせがまれて、多摩動物園に放し飼いのライオンを見にゆくんですよ」

といわれた。

何事も正式にしないと機嫌の悪い父を見て育ったせいか、私は略式が好きである。応接間の三点だか四点セットが嫌いで、出鱈目《でたらめ》に椅子をならべ、靴下が嫌いで年中裸足《はだし》である。年賀も欠礼、マンション住いを幸い日の丸門松も出さないで暮している。ところが此《こ》の間、友人の為の小宴の席で、乾杯の前にオードブルに手を出そうとした年若《としわか》の友

人の手を私はピシリと打っていた。あんなに嫌っていた正式魔の血が私の中にも流れていたのである。

電気どじょう

渋谷の道玄坂をのぼったところに、熱帯魚の店があり、電気うなぎが呼び物になっていた。

電気うなぎは店を入ったすぐの大きな水槽《すいそう》の底で、ぼんやりした顔つきで丸まっている。

「どじょう一匹十円」

という貼り紙があって、客は金を払うと電気うなぎがどじょうを食べる瞬間を拝見することが出来た。

私が店へ入ったとき、一人の客がどじょうを買ったところであった。

どじょうが水槽にほうり込まれると、電気うなぎは首を持ち上げる。どじょうが十センチくらいの距離に近づくと、このとき放電が起るらしい。どじょうは急に折れ釘のように硬直して折れ曲り、ビクビクッと痙攣《けいれん》して、そのままスーと下へ落ちる。抵抗力ゼ口になったところを、電気うなぎはゆっくりと召し上るわけである。

その客は、立てつづけに三匹ばかりのどじょうを折れ釘にした。見ているのは私ひとりだった。無料で三回分見せていただいたわけだから、私も二匹分くらいはお返しをしなくてはいけないかな、とも思ったが、どじょうの身になれば殺生《せっしょう》なはなしである。うなぎがおなかをこわしてもいけないと思い、私は、小さな会釈《えしゃく》をして「ただ見」をお詫びして店を出た。

友達にこのはなしをして聞かせたのだが、どうも途中で電気どじょう、電気どじょうと言ってしまったらしい。

「電気のつくのはうなぎのほうでしょ。どじょうは別に電気を出すわけじゃないから、ただのどじょうでしょ。あんた間違えてるわよ」

見て来た興奮を伝えようとすると、どうしても話に熱が入る。どじょうがビクビクッと折れ釘になるあたりは、わが体をもって実演しているのに、話の腰を折ることはないじゃないか。

私は面白くなかった。

「間違いじゃないわよ。どじょうだって感電した瞬間は、電気どじょうになるわけでしょ」

それからしばらく、私は、かげで電気どじょうというあだ名で呼ばれていたらしい。

ごめんなさい、間違いました、と謝るのが口惜しいので、理屈にならぬ屁理屈をこねる癖がある。

あれは小学校の四年のときだったか五年のときだったのか、理科の休み時間に拡大鏡のことをどうして虫めがねというのだろうというはなしになった。

すぐうしろに坐っていた女の子が、

「そんなこと簡単よ。小さい虫見るときに使うからじゃないの」

あんたたち、なにを馬鹿なこと言ってるのよ、といわんばかりの口の利《き》き方をした。

この女の子はどういうわけか、着るものからお弁当のおかずまで自分のものが一番だと思い込んでいるらしく、なにかというとまわりの友達を見下《みくだ》す態度をする。

かねがね面白くないと思っていたらしい。私はバカなことを言ってしまった。

「そうじゃないでしょ。虫から人間を見たとき、物凄《ものすご》く大きく見えるじゃないの。だから、大きく見えるのを虫めがねというのよ」

電気どじょうは、この頃から萌芽《ほうが》があったのである。

あるプロデューサーが、テレビドラマの原稿が出来ない書けないときに私が申しのべる言いわけというのを数え上げて下すった。

二十いくつあることにまずびっくりしたが、なかには、我ながら、あきれかえるのがあった。

「頭がかゆいの」

頭がかゆいときに書くと、登場人物全員が頭がかゆいようなセリフをしゃべってしまう。

ここは思い切って中断して美容院へゆき髪を洗って来たほうがいいものが書けると思うわよ、と言ったそうである。

「今日は煙突が見えないから駄目だわ」

煙突というのは、わがアパートのベランダから見える、品川あたりに立っている三本の煙突である。

快晴だと三本揃《そろ》って見えるが、曇りやスモッグ垂れ込める日は一本しか見えない。全く見えない日もある。

私は低血圧症で、曇りの日はどうも頭痛がして、脳のほうも不調である。

「南シナ海に気圧の谷が」

天気予報の方がこうおっしゃっただけで頭のうしろがジーンとしてくるたちだから、煙突が見えない日は、原稿のほうもハカがいかないのである。

「お隣りさんがまた三波春夫かけてるのよ」

ひと頃隣りの部屋にアメリカ人が住んでいたことがある。大使館関係のかたらしいが、日本研究にひどく熱心な夫婦で、正月には松飾りを飾り、よく三波春夫のレコードを大きくかけていた。チャンチキおけさが特にお気に召したらしく、よく聞えていた。

さて、今日は頑張るぞ、と机の前に坐ったとき、チャンチキおけさが聞えると、少なからず意気阻喪《そそう》したのは事実である。

「パンタロンのゴムがきつくて書けないの」

追いつめられたとはいえ、何たるお恥かしいことを口走ったものだろう。

「きつかったらはき替えればいいじゃないですか。パンタロン、一枚しかないんですか」

私ならそう言い返すわね、と言ったところ、

「そんなこと言ったら、また何と言われるか判らないから、黙って帰りました」

と温厚なプロデューサーは笑っていらした。

男というのは、度量の大きいものだと感心しながら、私のこういうところは父ゆずりだなと気がついた。

うちの父も、屁理屈の人であり、理不尽な人間であった。

出先で面白くないことがあると、玄関へ入るなりちょっとした落度をみつけてよく母をどなりつけた。

玄関の土間に子供の靴がだらしなく脱ぎ捨ててあったり、下駄箱の上の花が枯れていたりすると、当然カミナリが落ちた。

父の帰宅時間が近づくと、母はいつも玄関のあたりをよく調べ、手落ちのないように気を配っていた。

それでも父はよく玄関でどなっていた。

雨の降る日は、玄関に濡れた肩や顔を拭くタオルを置いてない、といって怒っていた。子供の出迎えが遅いといってどなったこともあった。

一番あきれたのは、酔って帰ったときで、

「なんだ、これは。どなるタネが何にもないじゃないか」

と怒っていたことである。

こういうとき、私たちが出迎えに起きてゆくと、さすがに面はゆいらしく、

「子供はこなくていい。おやじのみっともないとこ見なくていいぞ」

こうどなっていた。

ヒコーキ

スチュワーデスの方に一度本音《ほんね》を伺いたいと思っていることがある。

あなたがたは離着陸のとき本当に平気なのですか。自転車や自動車が走り出すときと全く同じ気持なのですか。ノミが食ったほどにも、こわいとは感じないのですか。

本当はこわいのだけど、少しは馴《な》れたし、自分たちがこわがっていたら、お客様はもっと不安になる。客足にひびくので、つとめてにこにこしているのではないんですか。スチュワーデスのお給料のなかには「ニコニコ料」も入っているんじゃないんですか。

私は、生れてはじめて飛行機に乗ったとき、あれは二十五年くらい前に、たしか大阪へ行くときだったが、友人がこういうはなしをしてくれた。いざ離陸というのでプロペラが廻り出した。一人の乗客が急にまっ青な顔になり、

「急用を思い出した。おろしてくれ」

と騒ぎ出した。

「今からおろすわけにはゆきません」

とめるスチュワーデスを殴り倒さんばかりにして客はおろしてくれ、おろせと大暴れして、遂に力ずくで下りていった。そのあと飛行機は飛び立ったが、離陸後すぐにエンジンの故障で墜落した。客は元戦闘機のパイロットであった。

「じゃあ元気でいってらっしゃい」

とその友人に送られてタラップを上ったのだが、プロペラが廻り出すと胸がしめつけられるようになった。

ブルブルブルブルル、なんてむせたりしているけど、あれがさっき話してたエンジン不調の音ではないか。ああ、ナミの耳しか持ってないのが情けない。ブルブルブルル、やっぱりおかしい。下りるなら今だ。

しかし飛行機は無事に飛び立ち、無事に大阪空港に着陸した。

このときの気持が尾を引いているらしく、私はいまでも離着陸のときは平静ではいられない。

まわりを見廻すと、みなさん平気な顔で坐っているが、あれもウサン臭い。本当に平気なのか、こんなものはタクシーと同じに乗りなれておりますというよそゆきの顔なのか。

このところ出たり入ったりが多く、一週間に一度は飛行機のお世話になっていながら、まだ気を許してはいない。散らかった部屋や抽斗《ひきだし》のなかを片づけてから乗ろうかと思うのだが、いやいやあまり綺麗にすると、万一のことがあったとき、

「やっぱりムシが知らせたんだね」

などと言われそうで、ここは縁起をかついでそのままにしておこうと、わざと汚ないままで旅行に出たりしている。

いつもこわいのだが、この間アメリカへ行ったときは一番おっかなかった。ロケに同行したので、撮影機材と一緒だったのである。カメラやら照明機具、合せて二十五個、目方にすると二百キロを超す大荷物である。ジャンボ機なので四百五十人のりだが、一人体重七十キロ、荷物二十キロとして——もう大変な目方である。どう考えたって、太平洋を飛び越えるのは無理ではないだろうか。

カラスの首に目覚し時計をブラ下げて飛べというようなものではないか。絶対に落ちる。卑怯なようだが、せめて機材とは別の便にさせてもらえないだろうか。

心のなかで、チラリとそんなことを考えながら、しかし、気《け》どられまいとして私はスタッフの人たちと冗談を言っていた。

こういうときは着陸のときが嫌だ。

あ、海面が妙に近い。海面に飛行機の影がうつっている。地上の街並みや車がぐんぐ

ん大きくなっている。これはおかしいぞ。早く下りすぎたのだ。誰も知らないけど、これは失敗だ。早く教えて上げなくちゃ――などと思っているうちにドスンという衝撃がお尻にあって、無事着陸するのである。

この間はじめて沖縄へいったのだが、帰りに羽田空港の荷物待ちのカウンターで私はしたたかに突き飛ばされた。

ぐるぐる廻って出てくる荷物台のそばである。突き飛ばしたのは、十人ほどの五十五、六から六十歳ぐらいの中年婦人の団体であった。

「ここだよ！　ここへ出てくんだ！」

一人が叫ぶ。

「荷札ついてねくて、どして判んだよ」

「グズグズしてるとかっぱらわれるぞ」

「気つけろや」

「誰か、モトのとこ、走れ、早く」

オバサンたちは、台の廻りの客を押しのけ蹴散らかして、二、三人が荷物の出る場所に走り、二、三人ずつ配置についた。

「廻りかた早いから、取りそこねたらどなれ」

「よお、これ寺内さんのではないの？」

「そだそだ！　あ、ちがう！」

まるで戦争さわぎである。

みんなあっけにとられ、押されたまま突き飛ばされたままでいた。田舎っぺだな（このことばは差別語だったかしら）と笑えないものがあった。私だって、今こそ平気な顔をしているが、はじめて飛行機に乗ったときは、オバサンたちと同じ気持だった。引き替えのタグはついているが、自分の荷物が出てくると、品位を失わない程度にすばやく手許に引っぱり、ほっとするのは、どこかで、

「かっぱらわれやしないか」

という気持が働いているに違いないからであろう。

うちの母がはじめて飛行機に乗ったのは、東京・名古屋間である。もう二十年近い昔のことだが、乗る前になって、小さな声で、

「困ったわねえ」

「いい年してきまりが悪いなあ」

と呟《つぶや》いている。

父がわけをたずねると、

「だって、乗るとき、はしご段の上で、手振らなきゃならないでしょ」

と言ったというのである。

「馬鹿。あれは、新聞やなんかに写真の出る偉い人だけだ。乗る人間みんなが、あそこで立ちどまって手振ってみろ。どんなことになる。何様の気してるんだお前は」

父にどなられて、シュンとしていたという。

このあと母は何度か飛行機に乗っているが、飛行機は大好きだという。理由は落ちると、飛行機会社でお葬式をして下さるからだそうだ。

スペースシャトルの滑るような着陸を見ていたら、私は完全に乗り遅れだなあと思った。

私の感覚は、プロペラでゆっくりと飛ぶヒコーキである。不時着ということばの使える、プロペラと翼のある飛行機である。

コンコルドではないが、最近の飛行機はだんだん怪獣に似てきた。顔つきがこわくなった。昔の飛行機はのんきな顔をしていた。

これも二十年以上前のことだが、中央線の駅のそばのおもちゃ屋のガラス戸に、

「ヒーコキあります」

と書いてあったのをみたことがあった。

黄色い服

デパートの洋服売場を歩いていて、ふとよみがえるものがあった。

四十何年か前に、たしか七歳の幼い私は、ひとりで子供服売場を歩いた記憶がある。ひとりで、と書いたが、別に孤児《みなしご》ではないので、父も母もちゃんといた。デパートの別の売場で、父のラクダの下着かなんか見ていたのだと思う。私は両親に連れられて夏のよそゆきを買いに行ったのだが、うちの親は私を子供服売場へ連れてゆくと、

「お前の好きなのを選びなさい。ただし、今年は一枚しか買ってやらないよ。デパートに迷惑をかけるからあとになって泣いて取り替えることは出来ないのだから、ようく考えて決めなさい」

すこしたったら見にくるから、と言い残して居なくなってしまったのである。

私は子供のくせに、好みにうるさいと言うのか我がままで、嫌いな色の手袋だとはめずにいて、しもやけが出来てしまう、というところがあった。洋服の形にもやかましく

て、このリボンはいらないから取ってくれと、駄々《だだ》をこねたことがあった。そんなところから、親にしてみれば懲《こ》らしめてやれというおもんぱかりがあったのかも知れない。

季節は初夏であったと思う。デパートは、当時父の仕事の関係で住んでいた、宇都宮の上野という店である。


デパートの人はさぞびっくりしたろうと思う。小さい子供がひとりで、洋服売場をかけ回り、いろいろな洋服を胸にあてがっているのである。

待ちくたびれた親を、待合室の長椅子で散々待たせてから、ようやく私が決めたのは黄色い服であった。黄色の絹の袖なしで、胸のところにシャーリング（縫い縮め）があり、胸から下には、クリーム色のオーガンディがふわっとかぶさっていた。胸には、黄色と黒のオーガンディでつくった造花がついていた。黒は、袖なしのところにも縁どりとしてあしらってあった。今まで一度も買ってもらったことのない綺麗《きれい》な色の、フワッとした夢のような服を、子供心にいいなあと思ったのであろう。

ところが、父は私の選んだ黄色い服を一目見るなり、

「カフェの女給みたいな服だな」

吐き出すように呟《つぶや》いた。カフェの女給さんというのを見たことはなかったが、祖母や母の会話から、香《かんば》しくない職業の人たちということは見当がついた。

この服は、その夏と次の夏、私のよそゆきとなったわけだが、どうもこの服を着ると、父のきげんが悪いのである。

「また、その服か」

と、いやな顔をする。

ほかの季節にくらべて、よそへ連れていってくれる回数が少ないように思えた。「カフェの女給」といわれたせいか、母の鏡の前に立つと、すこし品が悪いようで気が滅入《めい》った。ほかのにしたいと思ったが、前の年のは体に合わなくなっているし、自分で選んだのだから文句を言うな、と釘《くぎ》を差されているので、これで我慢するよりほかはなかった。

これを皮切りにして、うちの親は洋服を買うときは私に選ばせてくれるようになった。といっても一人で売場に追っ放すということはあれ以来無くて、そばについているだけなのだが。

選ぶ方の私も慎重になった。

ちょっと見にいいと思って選ぶと、あの黄色い服のように失敗をするのである。帽子にも合わなくて、損をするのは自分だということに気がついていたのであろう。

次の年の冬だったか選んだぶどう酒色のオーバーは評判がよかった。

「お前がそれを着てると、お母さん、うれしくなるわ」

と母も言ってくれた。黒いエナメルの靴とも合ったし、黒いビロードの背広を着ている弟と並んで写真を撮ったら、とてもうつりがよかった。

「あのオーバーに合うと思って」

と、ビロードで出来た黒猫の子供用のハンドバッグを下さった父の友人もいた。少し地味目の品のいいものを選ぶと、自分も気分がいいし、まわりもきげんがよくて具合がいい、ということをこのとき覚えた。このぶどう酒色のオーバーは、妹二人にお下りをして、そのあと長くうちの物置きで眠ってから、戦後の衣料のない時期に、妹のハンドバッグと帽子になった。つまり二十七、八年もの間、わが家にいたことになる。

今にして思えば、これもまたひとつの教育だったと思う。

勿論《もちろん》、これは結果論である。大して教育もない明治生れのうちの親に、そう大した教育理念があったとは思えないが、長い歳月を経て考えれば、私はあれで、物の選び方を教わった。

責任をもって、ひとつを選ぶ。

選んだ以上、どんなことがあっても、取りかえを許さない。泣きごとも聞かない。親も大変だったと思う。私が選んだものを、高いから嫌だとは一度も言わなかったが、保険会社の支店次長だった父がそうそう高給を取っていたとも思えないからである。何枚も買わされるよりいいと考えたのか、それとも、この方がこの子のためになると思ったのか。

はじめて黄色い服を選んで、四十年以上もたっているが、この頃になって、これは、洋服だけのことではないなと気がついた。

職業も、つき合う人間も、大きく言えば、そのすべて、人生といってもいいのか、それは私で言えば、黄色い服なのであろう。一シーズンに一枚。取りかえなし。愚痴《ぐち》も言いわけもなし、なのである。

手袋をさがす

二十二歳の時だったと思いますが、私はひと冬を手袋なしですごしたことがあります。その頃、私は四谷にある教育映画をつくる会社につとめていました。月給は高いとはいえませんが、身のまわりを整えるくらいのことは出来た筈です。にもかかわらず手袋をしなかったのは、気に入ったのが見つからなかったためでした。

あの頃は、今よりもずっと寒かったような気がします。戦争が終って間もなくで、栄養状態も悪かったせいでしょう。今のように暖房も行きとどいてはおらず、駅も乗物もひどい寒さでした。人はみな厚着をした上に分厚いオーバーを着こみ、手袋をはめていました。今でこそ、手袋なし、コートなしはかえって粋《いき》でカッコいいとされますが、当時は衣生活も貧しかったせいでしょう、それはそのままお金がない、惨めなことのサンプルでした。

私は、惨めったらしく見えるのが嫌でしたから、ポケットに手を突っ込んだり、こす

り合わせて息を吐きかけたりなどせず、冷たくなんかないわ、私はわざとこうやってい
るのよ、というふうにことさら颯爽《さっそう》と歩いていましたが、手袋のない私の手はカサカサ
に乾き、いつも冷たくかじかんでいました。

今ふりかえってみて、一体どんな手袋が欲しくてあんなやせ我慢をしていたのか全く
思い出せないのがおかしいのですが、とにかく気に入らないものをはめるくらいなら、
はめないほうが気持がいい、と考えていたようです。

まわりは、はじめは冗談だと考えていたようです。ところが私が風邪をひくに及んで、
とうとうあきれかえり、母は本気で私を叱りました。

「バカバカしいことはやめてちょうだいよ。大事になったらどうするの」

私は、手袋のせいで風邪をひいたのではないと頑張りました。そうなるとこっちも意
地で、熱があるのに一日も休まず勤めに通いました。その頃になると、私がいつ手袋を
買うか、まわりの人間が気にするようになりましたから、私は嫌でもあとへ引けない気
持になっていました。

そんなある日。

会社の上司で、私に目をかけてくれた人が、残業にことよせて私に忠告をして下さっ
たのです。当時三十五、六だったその人は、自腹を切って五目そばを二つ取り、少し離
れた自分の席で、湯気の立つおそばをすすり込みながらこう言いました。

「君のいまやっていることは、ひょっとしたら手袋だけの問題ではないかも知れないねえ」

私はハッとしました。

「男ならいい。だが女はいけない。そんなことでは女の幸せを取り逃がすよ」

そして、少し笑いかけながら、ハッキリとこうつけ加えました。

「今のうちに直さないと、一生後悔するんじゃないのかな」

素直にハイ、という気持と、そういえない気持がありました。その晩、私は電車にのらず、自分の気持に納得がゆく答が出るまで自分のうちに向ってどこまでも歩いてみようと決めました。当時、井の頭線の久我山に住んでいましたので、四谷駅をあとに電車通りを信濃町方向に歩き出しました。おそばで暖まった手袋のない指先はすぐに冷たくかじかんできました。

私は子供の頃から、ぜいたくで虚栄心が強い子供でした。いいもの好きで、ないものねだりのところもありました。ほどほどで満足するということがなく、もっと探せば、もっといいものが手に入るのではないか、とキョロキョロしているところがありました。玩具でもセーターでも、数は少なくてもいいから、いいものをとねだって、子供のくせに生意気をいう、と大人たちのひんしゅくを買ったのも憶えています。

おまけに、子供のくせに、自分のそういう高のぞみを、ひそかに自慢するところがあって——ひとくちにいえば鼻持ちならない嫌な子供だったと思います。爪をかむ癖と高のぞみは、はたちを過ぎても直らず、ますます深みに入ってゆく感じがありました。考えてみますと、私の爪をかむ癖も、フロイト学説によりますと、欲求不満が原因とかで、のぞむものが手に入らない苛々《いらいら》からきていることに間違いはなさそうです。十七、八歳の頃、気持を静めようと本を読んでいて、気がついたら、本の上にポタポタと血が落ちたことがありました。

たしかに、私は苛立っていました。

社員十人ほどの小さな会社でしたが、カメラマン、画家、音楽家もいて、学校では学べなかったさまざまなものを私に与えてくれました。社長夫妻も私を可愛がってくれ、生れた娘に私と同じ名前をつけるということもあったりして——つまり、はた目からみると若い娘の結婚前の職場としては、不平不満をいうのはぜいたくとうつったことでしょう。

私は若く健康でした。親兄弟にも恵まれ、暮しにも事欠いたことはありません。つきあっていた男の友達もあり、二つ三つの縁談もありました。今考えればみな男としても人間としても立派な人たちばかりで、あの中の誰と結婚していても私は、いわゆる世間なみの幸せは手に出来たに違いありません。

にもかかわらず、私は毎日が本当にたのしくありませんでした。

私は何をしたいのか。

私は何に向いているのか。

なにをどうしたらいいのか、どうしたらさしあたって不満は消えるのか、それさえもはっきりしないままに、ただ漠然と、今のままではいやだ、何かしっくりしない、と身に過ぎる見果てぬ夢と、爪先き立ちしてもなお手のとどかない現実に腹を立てていたのです。たしかに手袋は手袋だけのことではありませんでした。

我ながら、何というイヤな性格だろうと思いました。

このままでは、私の一生は不平不満の連続だろうな、と思いました。今年の冬どころか来年の冬も、ずっと手袋をしないで過ごすことになるのではないか、と思いました。自分に何ほどの才能も魅力もないのに、もっともっと上を見て、「感謝」とか「平安」を知らないこの性格は、まず結婚してもうまくゆかないだろうな、と思いました。

そういえば父にも言われたことがありました。

「若いうちはまだいい。自然の可愛げがあるから、まわりも許してくれる。だが、年をとってその気性では、自分が苦労するぞ」

これは本気で反省しなくてはならない。

やり直すならいまだ。

今晩、この瞬間だ。

私は四谷の裏通りを歩いていました。夕餉《ゆうげ》の匂いにまじって赤ちゃんのなき声、ラジオの音、そしてお風呂を落としたのでしょうか、妙に人恋しい湯垢《ゆあか》の匂いがどぶから立ちのぼってきました。こういう暮しのどこが、なにが不満なのだ。十人並みの容貌と才能なら、それにふさわしく、ほどほどのところにつとめ、相手をえらび、上を見る代りに下と前を見て歩き出せば、私にもきっとほどほどの幸せはくるに違いないと思いました。そうすることが、長女である私の結婚を待っている両親にも親孝行というものです。

しかし、結局のところ私は、このままゆこう。そう決めたのです。ないものねだりの高のぞみが私のイヤな性格なら、とことん、そのイヤなところとつきあってみよう。そう決めたのです。二つ三つの頃からはたちを過ぎるその当時まで、親や先生たちにも注意され、多少は自分でも変えようとしてみたにもかかわらず変らないのは、それこそ死に至る病ではないだろうか。

今、ここで妥協をして、手頃な手袋で我慢をしたところで、結局は気に入らなければはめないのです。気に入ったフリをしてみたところで、それは自分自身への安っぽい迎合の芝居に過ぎません。本心の不満に変りはないのです。いえ、かえって、不満をかくしていかにも楽しそうに振舞っているようにみせかけるなど、二重三重の嘘をつくことになると思いました。

お恥かしいはなしですが、私は極めて現実的な欲望の強い人間です。いいものを着たい、おいしいものを食べたい。いい絵が欲しい。黒い猫が欲しいとなったら、どうしても欲しいのです。それが手に入るまで不平不満を鳴らしつづけるのです。

若い時分は、さすがに自分のこの欠点を恥かしいと思い、もっと志を高く「精神」で生きようとしたものです。ところが、私は、物の本で読む偉い人の精神構造にくらべて、造りが下世話《げせわ》に出来ているのでしょう。衣食住が自分なりの好みで満ち足りていないと、精神までいじけてさもしくなってしまう人間なのです。このイヤな自分をどうしたらよいか、このことも考えました。

そして――私は決めたのです。

反省するのをやめにしよう――と。

私はヘンに完全主義者のくせに、身を責めて努力するのをおっくうがるところがあります。要領がいいので、その場その場で、いともお手軽に反省をしてしまうのです。本心からすまないことをした、と思わないくせに、謝ったほうが身のため、まわりのためと思うとアッサリと謝り、自分のとった行動を反省して、こんどは反省したことで、罪業消滅したと錯覚して、そのことに何の罪悪感ももたず、一日もたてば反省したことすら忘れてしまって、また同じあやまちを繰り返していたのです。

これでは、良心をうぬぼれ鏡にうつして、自分の見栄っぱりな心におべっかを使っているのと同じではありませんか。毎日毎日の精神の出納簿《すいとうぼ》の、小さな帳尻はあってはいるものの、さて、「一生」という大きな単位で見ると、何の変りはなく、むしろ、私は毎日反省をしています、という自己満足だけが残るのではないか、と思ったからです。

本当に心の底から反省して、その結果を実行にうつしている人もいるでしょう。しかし、私の反省は、ただのお座なりの反省だったのです。

それくらいなら、中途半端な気休めの反省なんかしないぞ、と居直ることにしようと思ったのです。魂の底からの反省、誰も見ていなくても、暗闇の中にいても、恥かしさに体がふるえてくるような悔恨がなくて、何の反省でしょうか。日記に反省したと記しただけで、眠る前の、就眠儀式《しゅうみんぎしき》のための反省など、偽善以外の何ものでもない、と思ったのです。

花を活けてみると、枝を矯《た》めることがいかにむつかしいかよく判ります。折らないようにに細心の注意をはらい、長い時間かけて少しずつ枝の向きを直しても、ちょっと気をぬくと、そして時間がたつと、枝は、人間のおごりをあざ笑うように天然自然の枝ぶりにもどってしまうのです。よしんば、その枝ぶりが、あまり上等の美しい枝ぶりといえなくとも、人はその枝ぶりを活かして、それなりに生きてゆくほうが本当なのではないか、と思ったのです。

私は「清貧」ということばが嫌いです。

それと「謙遜《けんそん》」ということばも好きになれません。

私のまわりに、この言葉を美しいと感じさせる人間がいなかったこともあります。少しきつい言い方になりますが、私の感じを率直に申しますと、

清貧は、やせがまん、

謙遜は、おごりと偽善に見えてならないのです。

清貧よりは欲ばりのほうが性にあっていますし、へりくだりながら、どこかで認めてもらいたいという感じをチラチラさせ、私は人間が出来ているでしょう、というヘンに行き届いたものを匂わせられると、もうそれだけで嫌気がさして、いっそ見栄も外聞もなく、お金が欲しい、地位も欲しい、私は英語が出来るのよ、と正直に言う友人のほうが好きでした。

結局、この晩、私は渋谷駅まで歩いて井の頭線に乗ったのですが、電車の中で、こう決めました。あしたから、今まで、私は自分の性格の中で、ああいやだ、これだけは直さなくてはいけないぞと思っていることをためしにみんなやってみよう。

その翌朝から、新聞の就職欄に目を通しました。そして朝日新聞の女子求人欄の「編集部員求ム」の広告に応募してパスしました。もと勤めていた四谷の勤め先のほうではすぐやめては困る、ということだったので、少しの間昼は日本橋、夜は四谷の会社へ残務整理に通いました。

ここで、私は洋画専門の映画雑誌の編集をやりながら、二十二年間の「NEVER」を一度に取りもどしたのです。

ぜいたく好きだと叱られて、ほどほどのもので我慢することもやめました。三カ月間のサラリーをたった一枚のアメリカ製の水着に替えたのもこの頃です。もちろん、もと もと安いサラリーですから、お茶ものまず、お弁当をブラ下げて通い、洋服の新調もすべてあきらめてのぜいたくでした。

アメリカの雑誌でみた黒い、何の飾りもない競泳用のエラスチック製のワンピースの水着で、真っ青な海で泳ぎたい。この欲望をかなえるための、人からみればバカバカしい三カ月間の貧乏暮しは、少しも苦にならず、むしろ、爽《さわ》やかだったことを覚えています。この水着は十年間、夏ごとに使い、どうしても欲しいとせがむ水泳自慢の友人にゆずって、そのあとずい分役に立った筈です。

欲しいものを手に入れるためには、我慢や苦痛がともなう。しかし、自分の我がままを矯めないでやっているのだから、不平不満も言いわけもなく、精神衛生上大変にいいことを発見したといえます。

水着は一例ですが、映画雑誌の編集の仕事をしながら、私のないものねだりと高のぞみはますます強くなっていったようです。

他人のつくった映画を紹介したり、批評家の批評をのせる仕事にあきたらなくなって、自分でも何かを作ってみようと帽子の個人レッスンに一年ほど通ったこともありました。

　ふとしたことがきっかけでラジオのディスク・ジョッキーの原稿を書く仕事をはじめたのも二十代の終りでした。今まで活字の世界にいて、音楽は趣味だったのですが、この二つが一つになって、活字が音になって自由に飛びはねる面白さに三年ばかりは、ほかにわき見もしないで、一生懸命にやりました。この仕事にも馴《な》れ、一回五分という制約に少し物足りなくて、いつもの癖の不満と高のぞみがそろそろ頭をもたげかける頃、週刊誌のルポライターの仕事がとびこんできました。

　ひと頃、私は、朝九時から出版社に行き、昼まで一生懸命にデスクワークをして、昼食もそこそこに試写を一本見て、朝日新聞社の地下の有料喫茶室（一時間いくら）へゆき、ラジオの原稿を書き、夜は築地にある週刊誌の編集部へ顔をだし、夜は近所の旅館にカンヅメになって十二時過ぎまで原稿を書く、という生活をしたことがあります。

　その頃、あまりのあわただしさに、一体、私は何をしているのだろう、と我ながらおかしくなって、銀座四丁目の交差点のところを、笑いながら渡っていて、友人に見とがめられ、

「何がおかしいのか」

　と真顔で聞かれたことがありました。

　もっと面白いことはないか。

もっと、もっと——好奇心だけで、あとはおなかをすかせた狼《おおかみ》のようにうろうろと歩き廻った二十代でした。何しろ、身から出たサビで、三つの会社から月給をもらっていたこともあり、うっかりすると眠る間もろくにありませんでしたが、そんな緊張感がよかったのか、幸い病気もせず、あとは、水が納まるところに納まって川になるように（自分ではそんな感じでした）勤めをやめ、ラジオをやめ、自分としては一番面白そうなテレビドラマ一本にしぼって、今七年になります。

二十二歳の冬のあの晩——。

もしも私が一パイの五目そばをふるまわれなかったら、そして、あたたかい忠告をもらわなかったら。私は、あんなにムキになって自分のイヤな性格のことを考えたりしなかったと思います。何しろ、私ときたら、観念や抽象よりも至って現実的な人間だからです。

結果としては、あのときの上司の忠告は裏目に出たようです。

考えてみると、あの上司のことばは、今の私を予言していたことになります。

四十を半ば過ぎたというのに結婚もせず、テレビドラマ作家という安定性のない虚業についている私です。

しかも、今なお、これでよし、という満足はなく、もっとどこかに面白いことがあるんじゃないだろうか、私には、もっと別の、なにかがあるのではないだろうか、と、あきらめ悪くジタバタしているのですから。

これは、七、八年前ですが、石川達三さんの作品の中の一節に、こういう意味のことばがありました。正確ではないかも知れませんが、

「現代では、往生際《おうじょうぎわ》の悪い女を悪女という」

名言だなと思いました。

この間、子供の頃のアルバムをみて発見しました。私には、ニッコリ笑った、子供らしい可愛らしい写真は一枚もないのです。

女のくせに、ケンカ腰で写真屋さんをにらみつけているか、ふくれているかのどちらかです。そして、いまだに「何かを探している」ような、据《す》わりの悪い顔をしています。

もしもあのとき、高のぞみでないものねだりの自分のイヤな性格を反省して、ほどほどのしあわせを感謝し、日々平安をうたがわずに生きてきたなら、私は一体、どういう顔で、どういう半生を送ったことでしょうか。

神ならぬ身ですから、これだけは判りません。

しかし、生れ変りでもしない限り、精神の整形手術は無理なのではないでしょうか。

私は、それこそ我ながら一番イヤなところですが、自己愛とうぬぼれの強さから、自身の欠点を直すのがいやさに、ここを精神の分母にしてやれと、居直りました。

そのプラス面を、形の上だけでいえば、ささやかながら、女として自活をしていると

いうことでしょう。そして、世間相場からいえば、いまだ定まる夫も子供もなく、死ぬときは一人という身の上です。これを幸福とみるか不幸とみるかは、人さまざまでしょう。私自身、どちらかと聞かれても、答えようがありません。

ただ、これだけはいえます。

自分の気性から考えて、あのとき――二十二歳のあの晩、かりそめに妥協していたら、やはりその私は自分の生き方に不平不満をもったのではないか――。

いまの私にも不満はあります。

年と共に、用心深くずるくなっている自分への腹立ち。

心ははやっても体のついてゆかない苛立ち。

音楽も学びたい、語学もおぼえたい、とお題目にとなえながら、地道な努力をしない怠けものの自分に対する軽蔑――。

そして、貧しい才能のひけ目。

でも、たったひとつ私の財産といえるのは、いまだに「手袋をさがしている」ということなのです。

どんな手袋がほしいのか。

それは私にも判りません。

なにしろ、私ときたら、いまだに、これ一冊あれば無人島にいってもあきない、といえる本にもめぐりあわず、これさえあればほかのレコードはいらないという音も知らず——それは生涯の伴侶《はんりょ》たる男性にもあてはまるのです。

多分私は、ないものねだりをしているのでしょう。一生足を棒にしても手に入らない、これは、ドン・キホーテの風車のようなものでしょう。でも、この頃、私は、この年で、まだ、合う手袋がなく、キョロキョロして、上を見たりまわりを見たりしながら、運命の神さまになるべくゴマをすらず、少しばかりけんか腰で、もう少し、欲しいものをさがして歩く、人生のバタ屋のような生き方を、少し誇りにも思っているのです。

私の書いてきたことは、ひとりよがりの自己弁護だということも判っています。ただ、私は、若い時に、純粋なあまり、あまりムキになって己れを反省するあまり、個性のある枝を——それはしばしば、長所より短所という形であらわれるように思います——矯めてしまうのではないか、ということを、私自身の逆説的自慢バナシを通じて、お話ししてみたかったのです。

編者あとがき

向田和子

邦子と和子は九歳違いの長女と末っ子。

気がつけば、宿題の作文は邦子が書きたがった小学生の頃。

私の言葉と内容でバレないうまさがありました。

中学生になっても、スキあらば邦子は書きたがりました。やさしい言葉、私の目線、白湯をのんだようなぬくもりを感じ、色彩もあり……衝撃が走りました。

もう限界。これはバレると気がつきました。

不意打ちに取材（質問）する邦子。社会人一年生の頃か。

「戦争の記憶にあることは～？」と。

即答できた私。

「おばあさんの背中」。

「え、和子ちゃん見たの、気づいてたの～」と、驚く邦子。

それは、昭和二十年三月十日、東京大空襲の一瞬の出来事。

そして、昭和五十三年、十一月、邦子のはじめてのエッセイ『父の詫び状』（文藝春秋刊）が刊行され、そのなかの一篇「ごはん」で、わたしはあの「おばあさんの背中」と再会しました。

またその頃、
「どんなものを書いて欲しい？」という邦子からの質問に、
「やさしく書いて、私にも解るようにお願いします」と言うと、
「それって……一番むずかしい」とつぶやいた邦子。
その声がいまも私の胸に響いています。

没後四十年まであと一年になった今、ベスト・エッセイの作品選をやってみませんかと、杉田淳子さんに声をかけていただきました。あつかましくも、その気になって1／3ほど選んでみました。あとは杉田さんにお願いしました。それらすべて大満足です。
感謝を込めて手渡したい本になりました。

解説

角田光代

向田邦子より自分が年上になったとき、ものすごく奇妙な感じがした。二十代の私が、向田邦子にたいして「ものすごく大人の女性」という印象を持つのはわかる。でも、なぜこの作家は私より年下になったのに、まだ、ずっと年上の女性のような印象のままなのだろう？

その問いはともかく、このエッセイのおさらいをしてみよう。ベスト・エッセイというだけあって、おさめられているのは名エッセイばかり。そうだったそうだった、と自分の記憶のように思い出すものもあれば、遠い記憶の底から浮き上がってきて、新鮮な感動を覚えるものもある。何より、向田邦子という人が愛したものが、章立てにぎゅっと凝縮されている。家族、おいしいもの、猫と動物たち、身のまわりのもの、旅、仕事。

あらためてこの名エッセイを読み返して、私は細部にわたるその妙技にうなった。もちろん向田邦子が名エッセイストだということは、それこそ二十代のはじめから知っている。でも、成長して学校を出て働きはじめて家を出て、映画雑誌から脚本家、作家へと、仕事というより生きる場所を変えていく向田邦子の日々を、それと同じような時間を自分も過ごしてきたあとで、こうして読み返すと、若き日よりずっとずっと深く濃く、心に染みこんでくる。そして、あらためて気づいてしまう。向田邦子のエッセイは特異だ。特殊だ。向田邦子はある意味、エッセイのパイオニアだと私は思ってしまう。

もちろん向田邦子以前にエッセイ、随筆を書いた女性作家は大勢いる。宇野千代だっているし森茉莉だって中里恒子だっている。向田邦子の同世代である、須賀敦子、大庭みな子、津村節子……と名を挙げていけば、それぞれの個性や魅力はともかく、向田邦子のエッセイがいかに変わっているかはっきりするだろう。ひとつ年上の田辺聖子のエッセイが、親しみやすさという点では向田邦子にまだ近いだろうか。でも、近いのはそこだけ。

何が変わっているかといえば、読み手の強力な共感である。はじめてのエッセイ『父の詫び状』が出版された後、自宅の電話のベルが頻繁に鳴り、本文に登場する父親が自分の父親と同じだと語る人がいかに多かったかが「娘の詫び状」に書かれている。「わかるわかる」を作者本人に伝えなければ気がすまないほどの共感。これは異常事態だ。

今の時代は、明治生まれのこわい父親を知らない人が多いだろうから、「父の詫び状」に共感はしないかもしれない。でも、「たっぷり派」を読んで、わかるわかるとうなずく人はいるはずだし、ネットでなんでも調べられる時代でも、「幻のソース」にうなずく人もいるだろう。「黄色い服」に自身の幼少期を重ねた人も、「お辞儀」に老いた親を重ねて涙した人もいるだろう。わかるわかる、ばかりでなく、「あるある」も多い。こちらが体験していないから共感しようもないことでも、向田邦子の文章は、読み手の五感を刺激して、体験させてしまう。電車のなかからライオンも見せるし、六十グラムの子猫も抱かせるし、ふだんはこわい父親の泣き声も聞かせ、海苔弁も味わわせ、そして、共感させる。読めば体験してしまうのだから、この共感は、時代や世代を軽々と超える。

同時代を生きた同世代の人たちにも、令和の時代を生きる私たちにも、同じくらいの近さを感じさせる、そういうエッセイを向田邦子以前に書いた人はいないし、以後もいない。

しかしながら向田邦子には近所のおばさん的なところがまったくないのも、不思議ではないか。向田邦子が描く日々の細部は、面識もない人が思わず電話を掛けてしまうくらい、「わかる」「あるある」「そうそう」と、私たちの感情や記憶と近しい、ちっぽけなもの——かんたんにいえば庶民的なものであるが、作者に庶民的な印象を持つかといえば、持たない。多くの人が憧れの対象にすらすれ、近所に住んでいそうだと思ったりはしないのである。私も、はじめて読んだ若き日から今に至るまで、向田邦子はずっと憧れの対象である。具体的に何に憧れるか、というと、暮らしや生きかたのセンスだったり、自立した姿勢だったり、エッセイからうかがい知ることはできても、文字ではっきりとは書かれていないことだ。

だれしもがうなずける庶民的なことを書くが、でも庶民的ではない存在。その矛盾が矛盾となない不思議の種明かしは、じつはこの一冊のなかでなされている。

「私は、テレビの脚本を書いて身すぎ世すぎをしている売れのこりの女の子（?）でありますが、脚本家というタイトルよりも、味醂干し評論家、または水羊羹評論家というほうがふさわしいのではないかと思っております」（「水羊羹」）

さらには、

「決して、理想の家、夢の茶の間にしないことが、愛されるテレビドラマの茶の間になるコツなのである」（「テレビドラマの茶の間」）

そうなのだ。男女雇用機会均等法などまだまだ先の六〇年代、七〇年代、いってみればばりばり男性優位の時代、ラジオの台本から書きはじめた向田邦子は、ぐんぐん陣地を広げテレビ界へと進出し、向田ワールドを確たるものとし、芸能の世界を颯爽と闊歩していた。まだ若いうちに都心の一等地にマンションを買い、テレビ関係者や俳優女優と食べて飲み、さらには赤坂に飲食店まで出してしまう。一般的な暮らしとはまったく異なる、派手ではなやかな世界の住人なのである。

しかしそのはなやかさ、とくべつさをひけらかすことを、この作家はぜったいに自分に許さなかった。芸能の世界にいた人だと、読み手が忘れてしまうほどに。先に挙げた「愛される茶の間」理論よりよほど強く深い信念が、無意識にせよあったはずだ。その信念の礎は、含羞だと私は思う。この作家は、自身の内に含羞を深く強く抱いていて、それが、ドラマにせよエッセイにせよ小説にせよ、書くことの礎になっていたと私は思うのだ。

厳しい父親と慎み深い母親に育てられたからだけではない、もっとべつの、心のやわらかなところで、向田邦子は含羞を知ったと私は想像する。それはたとえば、「お弁当」や「薩摩揚」に描かれた、一瞬の心の動きだ。言ってみればそれは、相手が持っていない側だと気づき、さらに、自分が持っている側だと気づいたときの強烈な恥ずかしさ。それは、作者の言葉を借りれば「茶色の粗末な風呂敷と、ほかほかと温かい茹で卵の重味」だ。「春霞に包まれてぼんやりと眠っていた女の子が、目を覚まし始めた」鹿児島時代に、まだ中学生にもならない少女はこの礎を自分の内に持ったのだろう。

仕事の章で、往年のスターたちとの交遊録も書かれているが、それがきらきらしい世界のことに思えないのは、ここにもやはり含羞があるからだ。向田邦子は名だたる有名人ではなく、彼らのなかの人間を見据え、それを書く。きらきらしい人たちのきらきらしい名前も飾りも、恥ずかしいからぜんぶ剝ぎ取って、生身の人を見るのだと思う。

それでもその含羞の隙間から作者本人の強靭さがにじみ出る。この一冊の大トリが「手袋をさがす」であることに、私は感動した。このエッセイが、ずばり向田邦子という人の本質だと思うからだ。この強さ。たくましさ。意地。そして、軽やかさ。

もっともっと。そう思いながら仕事をいくつも掛け持ちし、夜の銀座を笑いながら闊歩する若い女性は、今の私には娘くらいの年齢だけれども、それでもやっぱり、ずっと大人に思えてしまう。向田邦子という人は、たぶん永遠に私にとって年上の女性でい続ける。もっともっと駆けだしていくその背中を、追いつくことができないまま、私は見続けていくのだろう。

所収一覧

新装版『父の詫び状』
文春文庫（2005）
父の詫び状
ごはん
お辞儀
お八つの時間
薩摩揚
お軽勘平
新装版『眠る盃』
講談社文庫（2016）
娘の詫び状
父の風船
字のない葉書
幻のソース
水羊羹
犬の銀行

噛み癖
猫自慢
六十グラムの猫
マハシャイ・マミオ殿
中野のライオン
新宿のライオン
負けいくさ　東京美術倶楽部の歳末売立て
鹿児島感傷旅行
新装版『無名仮名人名簿』
文春文庫（2015）
白か黒か
麗子の足
お弁当
眠る机
天の網
ポロリ
正式魔

新装版『霊長類ヒト科動物図鑑』
文春文庫（2014）
丁半
知った顔
たっぷり派
「う」
旅枕
紐育・雨
電気どじょう
ヒコーキ

新装版『夜中の薔薇』
講談社文庫（2016）
「食らわんか」
手袋をさがす

新装版『女の人差し指』
文春文庫（2011）
眼があう
ないものねだり

沖縄胃袋旅行
一杯のコーヒーから
放送作家
テレビドラマの茶の間
板前志願
「ままや」繁昌記

『男どき女どき』
新潮文庫（2011）
きず
反芻旅行
花束
わたしと職業
黄色い服

本書は文庫オリジナルです。
企画編集・杉田淳子
本文レイアウト・櫻井久＋中川あゆみ

吉行淳之介ベスト・エッセイ　吉行淳之介　荻原魚雷編

創作の秘密から、ダンディズムの条件まで。「文学」「男と女」「紳士」「人物」のテーマごとに厳選した、吉行淳之介の入門書にして決定版。（大竹聡）

田中小実昌ベスト・エッセイ　田中小実昌　大庭萱朗編

東大哲学科を中退し、バーテン、香具師などを転々とし、飄々とした作風とミステリー翻訳で知られるコミさんの厳選されたエッセイ集。（片岡義男）

山口瞳ベスト・エッセイ　小玉武編

サラリーマン処世術から飲食、幸福と死まで。――幅広い話題の中に普遍的な人間観察眼が光る山口瞳の豊饒なエッセイ世界を一冊に凝縮した決定版。

色川武大・阿佐田哲也ベスト・エッセイ　色川武大／阿佐田哲也　大庭萱朗編

二つの名前を持つ作家のベスト。文学論、落語からタモリまでの芸能論、ジャズ、作家たちとの交流も。もちろん阿佐田哲也名の博打論も収録。（木村紅美）

開高健ベスト・エッセイ　開高健　小玉武編

文学から食、ヴェトナム戦争まで――おそるべき博覧強記と行動力。「生きて、書いて、ぶつかった」開高健の広大な世界を凝縮したエッセイを精選。

中島らもエッセイ・コレクション　中島らも　小堀純編

小説家、戯曲家、ミュージシャンなど幅広い活躍で没後なお人気の中島らもの魅力を凝縮！　酒と文学とエンターテインメント。（いとうせいこう）

文房具56話　串田孫一

使う者の心をときめかせる文房具。どうすればこの小さな道具が創造力の源泉になりうるのか。文房具の想い出や新たな発見、工夫や悦びを語る。

ぼくは散歩と雑学がすき　植草甚一

１９７０年、遠かったアメリカ。その風俗、映画、本、音楽から政治までをフレッシュな感性と膨大な知識、貪欲な好奇心で描き出す代表エッセイ集。

快楽としてのミステリー　丸谷才一

ホームズ、００７、マーロウ――探偵小説を愛読して半世紀、その楽しみを文芸批評とゴシップを駆使して自在に語る、文庫オリジナル。（三浦雅士）

超発明　真鍋博

昭和を代表する天才イラストレーターが、唯一無二のＳＦ的想像力と未来的発想で〝夢のような発明品〟１２９例を描き出す幻の作品集。（川田十夢）

ねぼけ人生〈新装版〉　水木しげる
戦争で片腕を喪失、紙芝居・貸本漫画の時代と、波瀾万丈の人生を、楽天的に生きぬいてきた水木しげるの、面白くも哀しい半生記。（呉智英）

「下り坂」繁盛記　嵐山光三郎
人の一生は、「下り坂」をどう楽しむかにかかっている。真の喜びや快感は「下り坂」にあるのだ。あちこちにガタがきても、愉快な毎日が待っている。

向田邦子との二十年　久世光彦
あの人は、あり過ぎるくらいあった始末におえない胸の中のものを誰にだって、一言も口にしない人だった。時を共有した二人の世界。（新井信）

旅に出る　ゴトゴト揺られて本と酒　椎名誠
旅の読書は、漂流モノと無人島モノと一点こだわりガンコ本！　本と旅とそれから派生していく自由な思いのつまったエッセイ集。（竹田聡一郎）

昭和三十年代の匂い　岡崎武志
テレビ購入、不二家、空地に土管、トロリーバス、くみとり便所、少年時代の昭和三十年代の記憶をたどる。巻末に岡田斗司夫氏との対談を収録。

本と怠け者　荻原魚雷
日々の暮らしと古本を語り、古書に独特の輝きを与えた「ちくま」好評連載「魚雷の眼」を、一冊にまとめた文庫オリジナルエッセイ集。（岡崎武志）

増補版　誤植読本　高橋輝次編著
本と誤植は切っても切れない!?　恥ずかしい打ち明け話や、校正をめぐるあれこれなど、作家たちが本音を語り出す。作品42篇収録。（堀江敏幸）

わたしの小さな古本屋　田中美穂
会社を辞めた日、古本屋になることを決めた。倉敷の空気、古書がつなぐ人の縁、店の生きものたち……。女性店主が綴る蟲文庫の日々。（早川義夫）

ぼくは本屋のおやじさん　早川義夫
22年間の書店としての苦労と、お客さんとの交流。どこにもありそうで、ない書店。30年来のロングセラー！（大槻ケンヂ）

たましいの場所　早川義夫
「恋をしていいのだ。今を歌っていくのだ」。心を揺るがす本質的な言葉。文庫用に最終章を追加。帯文＝宮藤官九郎　オマージュエッセイ＝七尾旅人

これで古典がよくわかる　橋本治

古典文学に親しめず、興味を持てない人たちは少なくない。どうすれば古典が「わかる」ようになるかを具体例を挙げ、教授する最良の入門書。

恋する伊勢物語　俵万智

恋愛のパターンは今も昔も変わらない。恋がいっぱいの歌物語の世界に案内する、ロマンチックでユーモラスな古典エッセイ。（武藤康史）

倚りかからず　茨木のり子

もはや／いかなる権威にも倚りかかりたくはない……話題の単行本に3篇の詩を加え、高瀬省三氏の絵を添えて贈る決定版詩集。（山根基世）

茨木のり子集　言の葉（全3冊）　茨木のり子

しなやかに凛と生きた詩人の歩みの跡を、詩とエッセイで編んだ自選作品集。単行本未収録の作品なども収め、魅力の全貌をコンパクトに纏める。

詩ってなんだろう　谷川俊太郎

谷川さんはどう考えているのだろう。その道筋にそって詩を集め、選び、配列し、詩とは何かを考えるおもとを示しました。（華恵）

笑う子規　正岡子規＋天野祐吉＋南伸坊

「弘法は何と書きしぞ筆始」「猫老て鼠もとらず置火燵」。天野さんのユニークなコメント、南さんの豪快な絵を添えて贈る愉快な子規句集。（関川夏央）

尾崎放哉全句集　村上護編

「咳をしても一人」などの感銘深い句で名高い自由律の俳人・放哉。放浪の旅の果て、小豆島で破滅型の人生を終えるまでの全句業。（村上護）

山頭火句集　種田山頭火　村上護編　小崎侃・画

自選句集「草木塔」を中心に、その境涯を象徴する随筆も精選収録し、〝行乞流転〟の俳人の全容を伝える一巻選集！（村上護）

絶滅寸前季語辞典　夏井いつき

「従兄煮」「蚊帳」「夜這星」「竈猫」……季節感が失われ、風習が廃れて消えていく季語たちに、新しい命を吹き込む読み物辞典。（茨木和生）

絶滅危急季語辞典　夏井いつき

「ぎぎ・ぐぐ」「われから」「子持花椰菜」「大根祝う」……消えゆく季語に新たな命を吹き込む読み物辞典。超絶季語続出の第二弾。（古谷徹）

一人で始める短歌入門　枡野浩一

「かんたん短歌の作り方」の続篇。CHINTAIのCM「いい部屋みつかっ短歌」の応募作を題材に短歌を指南。毎週10首、10週でマスター！

片想い百人一首　安野光雅

オリジナリティーあふれる本歌取り百人一首とエッセイ。読み進めるうちに、不思議と本歌も頭に入ってきて、いつのまにやらあなたも百人一首の達人に。

宮沢賢治のオノマトペ集　宮沢賢治　杉田淳子編　栗原敦監修

賢治ワールドの魅力的な擬音をセレクト・解説した画期的な一冊。ご存じ「どっどどどどうど　どどうど　どどう」など、声に出して読みたくなります。

増補　日本語が亡びるとき　水村美苗

明治以来豊かな近代文学を生み出してきた日本語が、いま、大きな岐路に立っている。我々にとって言語とは何なのか。第8回小林秀雄賞受賞作に大幅増補。

ことばが劈《ひら》かれるとき　竹内敏晴

ことばとこえとからだと、それは自分と世界との境界線だ。幼時に耳を病んだ著者が、いかにことばを回復し、自分をとり戻したか。

発声と身体のレッスン　鴻上尚史

あなた自身の「こえ」と「からだ」を自覚し、魅力的に向上させるための必要最低限のレッスンの数々。続ければ驚くべき変化が！　（安田登）

パンツの面目ふんどしの沽券　米原万里

キリストの下着はパンツか腰巻か？　幼い日にめばえた疑問を手がかりに、人類史上の謎に挑んだ、抱腹絶倒&禁断のエッセイ。　（井上章一）

全身翻訳家　鴻巣友季子

何をやっても翻訳的思考から逃れられない。妙に言葉が気になり妙な連想にはまる。翻訳というメガネで世界を見た貴重な記録（エッセイ）。　（穂村弘）

夜露死苦現代詩　都築響一

寝たきり老人の独語、死刑囚の俳句、エロサイトのコピー……誰も文学と思わないのに、一番僕たちをドキドキさせる言葉をめぐる旅。増補版。

英絵辞典　岩田一男　真鍋博

真鍋博のポップで精緻なイラストで描かれた日常生活の205の場面に、6000語の英単語を配したビジュアル英単語辞典。　（マーティン・ジャナル）

落語百選　春　麻生芳伸編

古典落語の名作を、その〝素型〟に最も近い形で書き起こす。故金原亭馬生師の挿画も楽しい。まずは、おなじみ「長屋の花見」など25篇。（鶴見俊輔）

落語百選　夏　麻生芳伸編

「出来心」「金明竹」「素人鰻」「お化け長屋」など、大笑いあり、しみじみありの名作25篇。読者が演者となりきれる〈活字寄席〉。（都筑道夫）

落語百選　秋　麻生芳伸編

「秋刀魚は目黒にかぎる」でおなじみの「目黒のさんま」ほか「時そば」「野ざらし」「粗忽の釘」など江戸の気分あふれる25篇。（加藤秀俊）

落語百選　冬　麻生芳伸編

義太夫好きの旦那をめぐるおかしくせつない「寝床」。「火焔太鼓」「文七元結」「芝浜」「粗忽長屋」など25篇。百選完結。（岡部伊都子）

びんぼう自慢　古今亭志ん生　小島貞二編・解説

「貧乏はするものじゃありません。味わうものですな」その生き方が落語そのものと言われた志ん生が自らの人生を語り尽くす名著の復活。

なめくじ艦隊　古今亭志ん生

〝空襲から逃れたい〟、〝向こうには酒がいっぱいある〟という理由で満州行きを決意。存分に自我を発揮して自由に生きた落語家の半生。（矢野誠一）

古典落語　志ん生集　古今亭志ん生　飯島友治編

八方破れの生きざまを芸の肥やしとした五代目志ん生の、「お直し」「品川心中」など今も色褪せることのない演目を再現する。

志ん生の噺（全5巻）　古今亭志ん生　小島貞二編

その生き方すべてが「落語」と言われた志ん生の幅広い芸を滑稽、人情、艶などのテーマ別に贈る、読む「志ん生落語」の決定版。

志ん朝の風流入門　古今亭志ん朝　齋藤明

失われつつある日本の風流な言葉を、小唄端唄、和歌俳句、芝居や物語から選び抜き、古今亭志ん朝の粋な語りに乗せてお贈りする。（浜美雪）

志ん朝の落語1　——男と女　古今亭志ん朝　京須偕充編

第一巻「男と女」は志ん朝ならではの色気漂う噺集。口絵に遺品のノート、各話に編者解説を付す。「明烏」「品川心中」「厩火事」他全十二篇。

らくごDE枝雀　桂枝雀

桂枝雀が落語の魅力と笑いのヒミツをおもしろおかしく解きあかす本。持ちネタ五選と対談で、「笑いの正体」が見えてくる。（上岡龍太郎）

桂枝雀のらくご案内　桂枝雀

上方落語の人気者が愛する持ちネタ厳選60を紹介。噺の聞かせどころや想い出話をまじえて楽しく落語の世界を案内する。（イーデス・ハンソン）

上方落語
桂枝雀爆笑コレクション（全5巻）　桂枝雀

人気衰えぬ上方落語の爆笑王の魅力を、速記と写真で再現。「スビバセンね」「ふしぎななあ」などテーマ別全5巻、計62演題。各話に解題を付す。

上方落語
桂米朝コレクション（全8巻）　桂米朝

人間国宝・桂米朝の噺をテーマ別に編集する。端正で上品な語り口、多彩な持ちネタで、今日の上方落語隆盛をもたらした大看板の魅力を集成。

落語家論　柳家小三治

この世界に足を踏み入れて日の浅い、若い噺家に向けて二十年以上前に書いたもので、これは、あの頃の私の心意気でもあります。（小沢昭一）

滝田ゆう落語劇場（全）　滝田ゆう

下町風俗を描いてピカ一の滝田ゆうが意欲満々取り組んだ古典落語の世界。作品はおなじみ「富久」「芝浜」「死神」「青菜」「付け馬」など三十席収録。

絵本・落語長屋　落合登　西川清之

一〇八話の落語のエッセンスを、絵と随想でつづった「落語長屋」。江戸っ子言葉をまじえた軽妙洒脱な文章と、絵とで紹介する。（中野翠）

桂吉坊がきく　藝　桂吉坊

上方落語の俊英が聞きだした名人芸の秘密。若手の思いに応えてくれた名人は、立川談志、市川團十郎、小沢昭一、喜味こいし、桂米朝、他全十人。

この世は落語　中野翠

ヒトの愚かさのいろいろを呑気に受けとめ笑ってしまう。そんな落語の魅力を30年来のファンである著者が、イラスト入りで語り尽くす最良の入門書。

落語を聴かなくても人生は生きられる　松本尚久編

落語家が名人芸だけをやっていればよかった時代は去った。時代と社会を視野に入れた他者の視線を通じて落語の現在を読み解くアンソロジー。

ちくま文庫

向田邦子《むこうだくにこ》ベスト・エッセイ

二〇二〇年三月十日　第一刷発行
二〇二〇年七月十五日　第六刷発行

著　者　向田邦子（むこうだ・くにこ）
編　者　向田和子（むこうだ・かずこ）
発行者　喜入冬子
発行所　株式会社　筑摩書房
東京都台東区蔵前二―五―三　〒一一一―八七五五
電話番号　〇三―五六八七―二六〇一（代表）
装幀者　安野光雅
印刷所　星野精版印刷株式会社
製本所　株式会社積信堂

ISBN978-4-480-43659-7 C0195